In einem idyllischen Dorf in der Provence geschieht ein Mord. Das Opfer, die Berlinerin Monika Terboven, lebte auf dem Landgut »Les Oliviers«, das ihrer Freundin und Geliebten Cathérine Volet gehört, einer bekannten Schlagersängerin und Nichte des französischen Staatspräsidenten.
Die Kriminalpolizei in Nîmes bittet die Kripo Berlin um Amtshilfe. Kommissarin Florence Labelle, deren Mutter aus Avignon stammt, reist von Berlin nach Südfrankreich. Florence sieht sich nicht nur den massiven Schikanen ihres französischen Kollegen Marbeuf ausgesetzt; der Mordfall Terboven erweist sich auch in anderer Hinsicht als schwierig und delikat. Dringend tatverdächtig sind neben dem arbeitslosen Gilbert, der das Opfer in der Mordnacht getroffen hat, vor allem auch Cathérine Volet und einige Personen aus ihrem näheren Umfeld. Aufgrund ihrer verwandtschaftlichen Beziehungen zu höchsten politischen Kreisen wird die Schlagersängerin von der örtlichen Polizei überaus vorsichtig und zuvorkommend behandelt.
Als Florence entdeckt, daß es im Leben der Bewohner von »Les Oliviers« eine unbekannte Dritte gibt, ist es, als ob plötzlich ein Schlüssel zu einer Tür paßt. Was sich hinter dieser Tür auftut, ist ein ebenso einfacher wie diabolischer Plan …

Alexandra von Grote ging in Paris zur Schule, studierte in München und Wien Theaterwissenschaften und promovierte zum Dr. phil. Seit 1981 ist sie als Filmregisseurin tätig, u. a. drehte sie die Kinofilme ›Weggehen um anzukommen‹ und ›Novembermond‹. Nach zahlreichen Drehbüchern, Gedichten und Erzählungen ist ›Die unbekannte Dritte‹ ihr erster Roman. Alexandra von Grote lebt in Berlin und Frankreich.

Alexandra von Grote

Die unbekannte Dritte

Roman

Fischer Taschenbuch Verlag

Die Frau in der Gesellschaft
Herausgegeben von Ingeborg Mues

Originalausgabe
Veröffentlicht im Fischer Taschenbuch Verlag GmbH,
Frankfurt am Main, Dezember 1998

Gesamtherstellung: Clausen & Bosse, Leck
Printed in Germany
ISBN 3-596-13958-9

Für Marietta

1

Als Gilbert Cosme die Dorfstraße entlanggeht, ist es fünf Uhr dreißig.

Noch immer brütende Hitze. Seit Wochen ist kein Tropfen Regen gefallen. In einzelnen Kommunen des Départements muß das Wasser bereits rationiert werden. Mittags fahren Aluminiumtankwagen in die Dörfer, und die Menschen stehen mit Eimern und Plastikkanistern Schlange. Da hat man hier in Blans noch Glück.

Die Kinder des Dorfes schlagen in der Mittagshitze rohe Eier auf die Straße. Nach vier Minuten wird das Eigelb hart.

Blans hat nicht mehr als hundert Einwohner. Noch Anfang der fünfziger Jahre waren es fast dreimal soviel. Etliche Häuser stehen leer und verlassen. Die Fensterläden sind verriegelt, und auf ausgetretenen Steinstufen wuchert wilde Minze. Dazwischen liegen zerbrochene Ziegel, die der Mistral im Lauf der Jahre von den Dächern gefegt hat.

Eine Kapelle aus dem 12. Jahrhundert oder eine kleine Tropfsteinhöhle als Touristenattraktion – das gibt es in Blans nicht. Das hat dazu geführt, daß sich nur selten Fremde in den Ort verirren. Selbst zur Hochsaison, obwohl Blans keine zwanzig Kilometer von Nîmes entfernt ist und man zum Meer nur eine gute Stunde braucht.

Der staubige Platz in der Dorfmitte liegt bereits zur Hälfte im Schatten. Einige alte Männer in blauen Arbeitshosen und schmuddeligen Unterhemden spielen Boules.

An der Längsseite des Platzes befindet sich das Café *Embuscade*, die einzige Kneipe am Ort. Elise Lamarque, die Wirtin, wischt gerade einen der Tische ab, die auf dem Bürgersteig stehen, und nimmt dann die Bestellung eines jungen Pärchens entgegen, die einzigen Gäste.

Wahrscheinlich Touristen, denkt Gilbert, und seine Vermutung wird bestätigt durch den vor dem Café parkenden Peugeot 404, Baujahr 78 oder 79, mit holländischem Kennzeichen.

»Bonjour, Madame Lamarque!« Gilbert ist vor dem Café angekommen.

»Salut, Gilbert.« Elise hält Gilbert ihre Wangen hin, und die beiden begrüßen sich mit den drei üblichen Küßchen.

Elise geht zurück ins Café, wo sie sich hinter der Bar zu schaffen macht und zwei Perrier-Menthe vorbereitet. Gilbert folgt ihr.

»Sollte Claire heute nicht kommen?«

»Nein, morgen erst«, antwortet Elise. Dann schaut sie Gilbert prüfend an. »Sag mal, hast du wieder Ärger zu Hause?«

Gilbert antwortet nicht. Er betrachtet die Fingernägel seiner rechten Hand. Sie sind bis auf das Nagelbett abgebissen.

»Einen Kaffee?« Elise stellt eine Tasse unter die Espressomaschine. Während der Kaffee durchläuft, legt sie zwei Stück Zucker auf die Untertasse.

»Hier«, sagt sie und schiebt den fertigen Espresso über den Tresen. »Du könntest wahrscheinlich eher einen Pastis gebrauchen. Aber ich weiß ja, daß du keinen Alkohol mehr trinkst.«

Elise nimmt das Tablett mit den beiden Perrier-Menthe und geht nach draußen an den Tisch der holländischen Touristen.

Gilbert rührt die beiden Zuckerstücke in den Kaffee.

Schon als kleiner Junge hatte er sich immer eine Mutter wie Elise Lamarque gewünscht. Er hatte Claire stets um ihre Familie beneidet, vielleicht weil es keinen Ehemann und Vater im Haus gab. Und Philippe, Claires älterer Bruder, war auch wie ein älterer Bruder für Gilbert. Die Lamarques hatten ein richtiges Zuhause. Als Gilbert und Claire noch zur Schule gingen (sie waren in derselben Klasse), aß Gilbert zwei- bis dreimal in der Woche bei den Lamarques zu Abend, froh, der eigenen häuslichen Misere zu entrinnen.

Seit Jahren hat er einen immer wiederkehrenden Traum: Er kommt in die Küche seines Elternhauses. Die Küche ist riesengroß, viel größer als in Wirklichkeit. Dort steht sein Vater mit dem Rücken gegen die Wand. Von allen Seiten stürzen Raubtiere auf ihn zu und reißen ihn in Stücke. Panisch rennt Gilbert aus der Küche, den Todesschrei seines Vaters im Nacken. Als er in den Hausflur kommt, sieht er in einer Ecke auf einem Kehrblech den abgeschnittenen Kopf seiner Mutter. Die Augen leben noch, sie verfolgen ihn. Er rennt aus dem Haus und wacht auf, noch ehe er die Straße erreichen kann.

Gilbert leert seine Tasse mit einem Zug, legt ein paar Francstücke auf den Tresen und verläßt das Café. An der Tür stößt er fast mit Elise zusammen, die ihm nur noch nachrufen kann:

»Versuch's morgen abend. Dann ist Claire sicher da!«

»Ja, ja«, antwortet er und dreht sich kurz um.

»Vielleicht hat sie irgendwann mal Lust, nachts mit mir rauszukommen. Saturn beobachten!«

»Bestimmt!« antwortet Elise. Dann schüttelt sie den Kopf und verfolgt Gilbert einen Moment lang mit ihren Blicken, wie er über den Platz geht.

Ein Kindskopf, denkt sie. Will einfach nicht erwachsen werden. Und das mit sechsundzwanzig Jahren. Seine Mutter, die arme Madeleine, muß zwei Kerle durchfüttern, die ihr auf der Tasche liegen. Dabei hat sie seit Jahren schwere Rückenprobleme, und der Putzjob, mit dem sie die Familie über Wasser hält, ist Gift für sie.

Aber irgendwie hat Gilbert natürlich auch seine liebenswerten Seiten. Die gibt es bei jedem Menschen, egal, ob er es im Leben mal zu etwas bringt oder nicht. Außerdem ist er ein Freund ihrer Tochter Claire.

Ja, ein Freund, weiter nichts. Gott sei Dank hat das Schicksal Elise davor bewahrt, jemanden wie Gilbert zum Schwiegersohn zu bekommen. Das muß man Claire lassen: Sie hat Instinkt für Menschen und einen kühlen Kopf in Sachen Liebe.

Mit einem zärtlichen Lächeln für ihre Claire geht Elise hinter den Tresen zurück.

...

Gilbert lenkt seine Schritte auf ein geräumiges Haus mit lila Fensterläden. Am Eingang ein Schild: *Poterie.*

Vor dem Haus parkt ein Mercedes 500, silbermetallic, mit deutschem Kennzeichen. Gilbert kennt den Besitzer. Er ist ein Geschäftspartner von Tommy, dem Töpfer. Ein stinkreicher Knopf aus München. Inhaber eines Antiquitätengeschäftes und einer Keramikboutique. Einer von Tommys besten Kunden. Gilbert durchquert den dunklen Flur und erreicht den dahinter liegenden Innenhof der Poterie.

Die Doppelglastür zum Atelier steht offen, und Gilbert tritt ein.

Tommy räumt gerade den Brennofen aus, der in der Mitte des Ateliers steht. Als er Gilbert sieht, hält er ihm eine frischgebrannte Keramik entgegen.

»Wie findest du das?«

»Na ja ...«

Gilbert wirft nur einen kurzen Blick darauf. Dann zuckt er mit den Schultern. Was soll das sein? Eine Art Hut, Damenhut mit Krempe, Farbe Türkis, mit bunten Blumen darauf. Er findet Tommy insgesamt in Ordnung, aber mit den Keramiken kann er nichts anfangen. Töpfersachen müssen Gebrauchsgegenstände sein. Tommys Arbeiten haben keinerlei Nutzwert. Die Leute hängen sich die Dinger an die Wand oder stellen sie in eine Vitrine. Wozu? Wenn er Geld hätte, würde er sich bestimmt nicht so einen Firlefanz kaufen.

»Kommst du heute nacht mit raus?« fragt er Tommy. »Es wird eine klare Nacht. Und heute steht Saturn in Opposition zur Sonne.«

Tommy nickt vage mit dem Kopf. »Vielleicht«, sagt er und betrachtet stolz seine Keramiken. »Wenn ich nicht zu müde bin. Ich hab unheimlich geackert in den letzten Tagen, damit Werner die Sachen heute abend mit nach München nehmen kann.«

»Genau«, sagt eine männliche Stimmt mit ausländischem Akzent.

Aus dem angrenzenden Raum, vom Atelier durch eine Tür und eine große Fensterscheibe getrennt, betritt ein gutgekleideter

Mann Ende Dreißig das Atelier. Er streckt Gilbert lachend die Hand hin.

»Salut.«

»Salut«, sagt Gilbert etwas unsicher.

Er mag Werner nicht. Dieser Deutsche schwimmt im Geld. Er kann sich sicher nicht vorstellen, wie es ist, wenn man von seinen Eltern und vom Sozialamt abhängig ist.

»Schade, daß ich heute abend zurück nach München muß«, sagt Werner. »Sonst wäre *ich* mal mit dir rausgegangen auf deine Sternwarte.«

»Ja, schade«, antwortet Gilbert und ist froh, daß aus dieser Idee nichts wird. Das fehlte noch! Dieser Typ hat so viel Geld, daß er sich ein 300er Schmidt-Cassegrin kaufen könnte, während er sich seit Jahren mit diesem 100er Secondhand-Refraktor ohne vollautomatische Steuerung behelfen muß. Das ist so, als ob ein Konzertpianist auf einem verstimmten Flügel spielen müßte …

Na ja, eines Tages wird sich Gilbert dieses Superteleskop aus den USA bestellen, mit computergesteuerter Koordinateneinstellung und der entsprechenden Software. Und dann wird der Andromedanebel nicht nur als milchiger Punkt zu sehen sein, sondern in seiner wahren Form einer Spiralnebelgalaxie.

Gilbert verabschiedet sich und beschließt, auf dem schnellsten Weg nach Hause zu gehen. Dort wird er sich zum hundertsten Mal in den Prospekt des 5000 Dollar teuren Schmidt-Cassegrin-Teleskops vertiefen. Was gibt es Schöneres, als von etwas zu träumen, das man eines Tages wie durch ein Wunder zu besitzen erhofft?

2

Früher als geplant kommt Cathérine aus Paris zurück und parkt ihren staubigen Landrover auf dem Kiesweg im Park.

Sie geht durch die Pforte, die in den quadratischen Innenhof führt, und überquert ihn Richtung Herrenhaus. An den Stallungen bleibt sie einen Moment stehen. Aus einer der Boxen hört sie Miras Schnauben. Sie öffnet den oberen Teil der Stalltür, und Mira streckt ihren Kopf heraus. Cathérine streicht mit ihren Händen über Miras Nüstern, sagt ein paar beruhigende Worte und geht weiter.

Cathérine ist eine große Frau, Anfang Fünfzig, die trotz zunehmenden Alters ihre schlanke Figur behalten hat. Der ideale Körper für maßgeschneiderte Hosenanzüge, die sie früher bevorzugte. Feinste englische Tuche. Glencheck, dunkelblauer Nadelstreifen. Leinenstoffe.

Heute trägt sie eine dünne weiße Gabardinehose und eine karierte kurzärmelige Hemdbluse. Ihre braungebrannten Arme haben zwar an den Innenseiten ein paar Falten und schlaffe Hautstellen, aber dennoch: Cathérine ist eine attraktive Frau, die ihr Alter besser und erfolgreicher in den Griff bekommen hat als andere.

Früher, als sie noch auf der Bühne stand, waren ihre blonden Haare lang bis auf die Schultern, glatt geschnitten mit Pony. Ihr Markenzeichen sozusagen. Doch seit vielen Jahren sind die Haare nun kurz, was ihren androgynen Typ noch unterstreicht.

Vor der Freitreppe parken Monikas gelber Clio, ein schwarzer Golf Cabrio und der beige R4 von Emmanuelle, der Haushälterin.

Kein menschlicher Laut ist zu hören. Nur das Schreien der Zikaden in den Bäumen der Pinienallee durchbricht die Stille.

Cathérine benutzt den Seiteneingang, durch den früher Dienstboten und Lieferanten kamen, und betritt einen Flur. Er ist kühl und dunkel. Für einen Moment schließt Cathérine die Augen. Der Kontrast zu dem gleißenden Licht der Nachmittagssonne ist so stark, daß kleine schwarze Flecken vor ihren Pupillen auf- und abtanzen.

Am Ende des Flurs erstreckt sich die Eingangshalle, von der aus diverse Türen in die Salons und Kaminzimmer führen.

Die Tür zum venezianischen Salon steht einen Spalt offen. Cathérine geht darauf zu und will gerade etwas sagen, da sieht sie durch den Türspalt Monika und Lucienne.

Die beiden stehen mitten im Raum. Lucienne hat Monika mit beiden Armen umschlungen. Monika hält Luciennes Gesicht in ihren Händen, und die beiden küssen sich. Sie haben die Augen geschlossen. Ihr Kuß wird immer heftiger, und Cathérine sieht, wie Monikas linke Hand jetzt Luciennes rechte Brust umschließt.

Cathérine dreht sich weg. Geräuschlos entfernt sie sich und öffnet die Tür zur Bibliothek. Als sie sie hinter sich geschlossen hat, steht sie eine Weile reglos da und starrt auf den Lichtstreifen, der durch den geschlossenen Fensterladen ins Zimmer fällt.

Also doch! denkt sie, ich habe es geahnt. Es hätte mich auch gewundert, wenn sie sich geändert hätte. Das haben die beiden ja schön eingefädelt ... Cathérine atmet tief durch und gibt sich einen Ruck. Jetzt hat sie endlich den Beweis. Betont leise geht sie zurück zum venezianischen Salon und beobachtet die beiden durch den Türspalt. Monika liegt inzwischen in einem der Sessel, Lucienne beugt sich über sie.

»Sag mir, daß du mich liebst.« Luciennes Stimme ist fordernd.

»Ich liebe dich«, flüstert Monika, und Lucienne preßt ihre Lippen auf ihren Mund. Monika schlingt ihre Arme um Lucienne und zieht sie an sich. Lucienne legt sich auf sie, ohne von ihren Lippen zu lassen. Mit ihrem Knie zwingt sie sanft Monikas Beine auseinander, aber die öffnen sich nur allzu bereitwillig. Lucienne bewegt sich rhythmisch zwischen Monikas Schenkeln.

»Begehrst du mich?« fragt Lucienne, und der Druck ihrer kreisenden Bewegungen wird immer stärker.

»Ja. Hör nicht auf!«

Lucienne dreht sich jetzt abrupt zur Seite, um mit der rechten Hand nach Monikas Schoß zu greifen. Monika stöhnt laut.

»Tut das gut? Willst du es so?«

»Ja«, flüstert Monika heiser und bewegt sich auf und ab.

Angewidert und mit einer grenzenlosen Leere im Herzen verläßt Cathérine ihren Beobachtungsposten.

...

Zum zweiten Mal klingelt das Telefon. Als er den Hörer abnimmt, wird wieder aufgelegt.

François Berrière, Politiker und Präfekt des Départements, ist ein Mann, der viel Wert auf seine äußere Erscheinung legt, selbst dann, wenn sein offizieller Tag beendet ist und er keinerlei Repräsentationspflichten mehr hat, sondern seinen Feierabend zu Hause verbringen kann. Von großer und schlanker Statur, trägt er gutsitzende Calvin-Klein-Jeans, ein dunkelgrünes Polohemd und hellbraune Mokassins. Seine von grauen Strähnen gleichmäßig durchzogenen schwarzen Haare, voll und leicht gewellt, sind noch naß vom Duschen.

Komisch, ständig diese anonymen Anrufe. Zu unterschiedlichen Tageszeiten, aber fast täglich klingelt das Telefon, und am anderen Ende wird sofort aufgelegt, wenn er sich meldet.

François Berrière will gerade den Salon verlassen, als das Telefon zum dritten Mal läutet. Im selben Augenblick wird die Tür geöffnet. Chantal, seine Frau, lächelt ihn flüchtig an.

»Laß mich mal rangehen.« Sie nimmt den Hörer ab, sagt: »Hallo?«, wirft ihrem Mann einen kurzen Blick zu und dreht sich dann mit dem Rücken zu ihm.

»Ja? Ach so, nein, nein, Sie stören nicht«, sagt sie zögernd und nimmt den Hörer nervös in die andere Hand. Wieder wendet sich ihr Blick rasch dem Präfekten zu. Der spürt, daß er offenbar unerwünscht ist, und verläßt den Raum. Als er die Tür schließt, vernimmt er gerade noch Chantals Lachen. Es klingt so, als sei sie mit dem Teilnehmer am anderen Ende der Leitung vertraut, als kenne sie ihn schon lange und …

Auf halbem Wege zu seinem Arbeitszimmer hält der Präfekt plötzlich inne. Der Gedanke, den er zu Ende denkt, ist zwar ungeheuerlich, aber er ist die einzige Erklärung für die fortwährenden Anrufe.

Ja, richtig: Ihr Lachen klingt, als habe sie auf diesen Anruf gewartet.

François Berrière dreht seinen Kopf Richtung Salon, lauscht, doch es ist nichts zu hören.

In einer schnellen Abfolge von Bildern dringen die letzten Monate in seine Erinnerung: Chantal, die mehr und mehr eigene Wege geht; die von einer Stagnation in der Beziehung mit ihm redet; die die Idee hat, sich eine eigene kleine Wohnung zu mieten, als Arbeitsplatz, wie sie sagt, um nicht nur zu Hause an ihren Übersetzungen zu arbeiten, zur Zeit eine Neuübertragung sämtlicher Werke von Joyce.

Der Präfekt hat das alles geduldet und versucht, Verständnis dafür aufzubringen. Ihre Ehe war kinderlos geblieben, was sie weniger zu bedauern schien als er. Die einst eher schüchterne, introvertierte Tochter aus einflußreicher Familie, deren Elternhaus für ihn das Sprungbrett zu seiner Karriere war, hatte sich zunehmend emanzipiert. Chantal begnügte sich nicht mehr damit, auf Wohltätigkeitsveranstaltungen und in Waisenhäusern zu repräsentieren. Sie vertrat zunehmend eindeutige politische Standpunkte. Letzten Monat empfing sie eine Delegation bosnischer Frauen, unterschrieb eine Petition an den Präsidenten, in der zum Eingreifen Frankreichs im Bosnienkonflikt aufgefordert wurde. Vor wenigen Tagen demonstrierte sie sogar zusammen mit einer Gruppe von Atomkraftgegnern vor der Präfektur gegen die neuen atomaren Versuche auf Mururoa.

Der Präfekt steht regungslos da, seine Augen starren ins Leere.

Und jetzt? Diese ständigen Telefonate und die Tatsache, daß aufgelegt wird, wenn er den Hörer abnimmt?

Wie Schuppen fällt es ihm von den Augen. Die zunehmende Selbständigkeit seiner Frau muß einen Grund haben, und zwar einen, der weit über politisches Engagement und den Wunsch nach einem eigenen Arbeitsplatz hinausgeht. Etwas ganz Privates steckt dahinter.

Entschlossen geht der Präfekt in sein Arbeitszimmer, nimmt behutsam den Hörer des Telefons ab und lauscht am Zweitapparat den letzten Gesprächsfetzen. Das, was er hört, verwirrt und irritiert ihn, doch es bestätigt seine Vermutung, wenn auch auf völlig andere Weise, als er gedacht hat.

...

Monika öffnet den Knopf ihrer Leinenhose. Sie hat zuviel gegessen, aber was soll's, sie kann es sich leisten. Seit Jahren hält sie ihre Figur, egal wieviel sie ißt. Lucienne findet das beneidenswert, denn die vier Zucchini-Crêpes, die sie selbst verdrückt hat, werden morgen früh sicher auf der Waage zu Buche schlagen.

Monika sieht Lucienne an, die ihr gegenübersitzt. Ihr halblanges schwarzes Haar reflektiert das flackernde Kerzenlicht. Ihre Augen sind blau, aber das verspielt sich in der Dämmerung des Raumes.

Monika spürt noch die flirrende Intensität ihrer mittäglichen Liebesstunde. Niemals hat sie eine Frau so begehrt wie Lucienne. Zum ersten Mal in ihrem Leben gibt sie sich einer Frau richtig hin, läßt sich fallen und ist nicht selbst diejenige, die ihre Gefühle und die Inszenierung der Liebesstunde unter Kontrolle hat. Lucienne mit ihrem weiblichen Körper. Nie hätte Monika gedacht, daß ihr das gefallen könnte. Luciennes Brüste sind voll und groß, ganz anders als die von Cathérine. Bisher dachte Monika immer, daß sie sich nur in große, schlanke Frauen verlieben könnte. Lucienne ist das genaue Gegenteil davon. Sie ist das, was Männer im allgemeinen ein »Vollweib« nennen.

Sie sei ein maßloser Mensch, behauptet Lucienne gern von sich selbst. Maßlos und unersättlich in allem ... Schade, daß Cathérine schon wieder zurück ist. Sie müssen vorsichtig sein und erfindungsreich ...

Monika legt Messer und Gabel auf den Teller und wischt sich mit der Serviette den Mund ab.

»Das war phantastisch, Cathérine!«

»Danke.« Cathérine verzieht keine Miene. Sie zündet sich eine Zigarette an und bläst den ersten Rauch mit einer schnellen Bewegung senkrecht in die Luft.

Monika trinkt einen Schluck Rosé.

»Wieso bist du eigentlich früher zurückgekommen?«

Cathérine wirft ihr einen flüchtigen, abschätzenden Blick zu.

»Weil das, was ich zu erledigen hatte, schneller ging als erwartet.«

»Hoffentlich hört das irgendwann auf, dieses ewige Hin- und Herfahren nach Paris. Bei der Hitze!«

Wie geschickt sie sich verstellt! Cathérine muß sich beherrschen, um ihr nicht ins Gesicht zu schleudern, wie sehr sie ihr Spiel durchschaut hat.

»Was macht ihr denn mit dem Rest des Abends?« Cathérines Stimme klingt kühl und sachlich.

»Ich fahre nach Nîmes. In die Spätvorstellung«, erwidert Lucienne schnell.

»Was gibt es denn?« fragt Monika.

»*Der englische Patient* mit Juliette Binoche.«

»Hab ich schon gesehen. Ich hab dir doch neulich von dem Film erzählt.«

»Ja, stimmt.« Lucienne nickt zerstreut.

»Und du?« Monikas Blick wandert zu Cathérine, die ihr Weinglas mit beiden Händen umfaßt hält, die Ellbogen auf den Tisch gestützt. Sie schüttelt den Kopf.

»Ich bin müde von der Fahrt und leg mich früh schlafen.«

Monika faltet ihre Serviette zusammen und wirft einen Blick auf ihre Armbanduhr.

»Ich bringe Tommy frisches Gemüse und gehe danach kurz mit ihm zu diesem Gilbert auf seine Sternwarte. Heute nacht ist irgendwas mit Saturn.«

»Ich denke, du bist Sternzeichen Skorpion?« Lucienne leert ihr Glas mit einem Zug.

»Saturn ist ein Planet.« Monika lächelt. »Und die Sternzeichen bestehen, wie der Name schon sagt, aus Sternen. Das ist ein Unterschied.«

Lucienne winkt ungeduldig ab. »Ja, ja, so genau interessiert mich das nicht.«

Sie legt ihre Hand auf Monikas Arm, zieht sie jedoch sofort zurück, als sie Cathérines Blick wahrnimmt.

»Ich würde ja gern mitkommen, aber ...«, meint Cathérine.

»Nein, nein, laß nur«, sagt Monika schnell und sieht erneut auf die Uhr. »Ich fahre lieber allein.«

»O. K.« Cathérine steht auf. »Ich wünsche euch einen schönen

Abend, ob im Kino oder auf der Sternwarte. Also – wer räumt ab?«

»Ich«, sagt Lucienne lustlos.

»Ich helfe dir.« Monika berührt kurz Luciennes Hand und beginnt dann, die Teller zusammenzuräumen.

Cathérine verläßt mit großen Schritten den Raum, als ob sie in Eile wäre.

...

Monika parkt ihren zitronengelben Clio, dessen Schiebedach geöffnet ist, vor der Poterie. Kurz nach zwanzig Uhr, und noch immer steht die Hitze.

Vom Rücksitz nimmt sie einen Korb mit Gemüse: Zucchini, Tomaten, grüne Bohnen und Auberginen. Sie wirft einen kurzen, aber desinteressierten Blick auf den metallicfarbenen Mercedes und geht ins Töpferatelier. Ihre beigefarbene, gutgeschnittene Leinenhose und das ärmellose grüne Trägerhemdchen betonen ihre schlanke, fast mädchenhafte Figur.

Das Auffälligste an Monika sind ihre Haare; braunrote, bis auf die Schultern fallende Naturlocken. Jetzt sind sie wegen der Hitze zu einem Seitenzopf geflochten.

Im Atelier ist Tommy damit beschäftigt, seine Keramikhüte in einer Kiste mit Holzwolle zu verstauen. Als er Monika sieht, blickt er kurz auf und lächelt. »Salut, Monika.«

»Salut. Ich hab dir was mitgebracht. Mit schönem Gruß von Cathérine.« Sie stellt den Korb mit dem Gemüse auf den Ateliertisch und umarmt Tommy.

»Danke.« Tommy gibt ihr drei Küßchen.

Vorsichtig nimmt Monika jetzt einen der noch nicht eingepackten Keramikhüte, betrachtet ihn von allen Seiten und hält ihn an den Kopf, als wolle sie ihn anprobieren.

Tommy lacht. »Dafür ist er zu klein. Aber er würde dir stehen!«

»Er ist unheimlich schön.« Ihre Bewunderung ist echt.

»Ich habe zwanzig Stück gemacht. Für ein Geschäft in München. Und jeder Hut ist anders.«

Monika gibt Tommy den Hut. Der packt ihn zu den anderen in die Kiste.

»Wie geht's bei euch oben?«

»Gut. Cathérine ist gerade wieder aus Paris zurückgekommen.«

»Ich dachte, sie wollte die ganze Woche bleiben?«

»Ja, das dachte ich auch.« Monika hat es plötzlich eilig. »Du, ich muß vorher noch was erledigen. Soll ich dich nachher abholen?«

»Nein.« Tommy überlegt. »Ich bin vielleicht schon oben bei Gilbert, wenn du kommst. Treffen wir uns doch gleich draußen auf der Lichtung.«

Kaum hat Monika die Tür ins Schloß fallen lassen, kommt Werner aus dem hinteren Raum ins Atelier. Er pfeift leise durch die Zähne.

»Wer war denn das?«

Tommy sieht ihn spöttisch an.

»Zu spät. Ich hätte dich vorstellen können.«

»Ich habe euch durch die Glasscheibe beobachtet. Spitze, die Kleine. Sag mal, sind die roten Haare echt?«

»Ich glaub schon.«

»Die sehen so nach Henna aus. Na, ist auch egal. Die Frau weiß jedenfalls, was ihr steht.«

»An der verbrennst du dir die Finger.«

Werner sieht Tommy erstaunt an, dann grinst er.

»Wieso?«

Tommy hat keine Lust, ihm das groß zu erklären. Werner ist sein Geschäftspartner, weiter nichts. Seine Ansichten über Politik und Frauen gehen Tommy auf die Nerven. Daß sie sich duzen, war Werners Idee.

Er wechselt das Thema.

»So, ich wäre jetzt fertig. Wir können alles in deinen Wagen laden, wenn du willst.«

»Ja, sofort. Aber erst sagt du mir, wer die Kleine ist.«

»Du kannst einen wirklich nerven.«

»Ach, komm, tu mir den Gefallen. Nicht jeder ist schließlich so ein Asket wie du, mein lieber Tommy.«

Tommy überhört diese Bemerkung und sagt kühl:

»Also gut, *die Kleine* heißt Monika.«

»Eine Deutsche?«

»Ja.«

»Macht sie Ferien hier? Doch nicht etwa allein?«

Tommy sieht Werner direkt in die Augen. Habichtsaugen, denkt er. Obwohl sie blau sind. Werner versucht, Tommys Blick standzuhalten, doch nach ein paar Sekunden gibt er auf. Schon stellt er die nächste Frage:

»Wo wohnt sie? Hier im Dorf? Mann, spann mich doch nicht so auf die Folter!«

Tommy sieht Werner verächtlich an.

»Der Jäger auf der Fährte, was? Gut, daß ich Vegetarier bin. Ich kann dich nur bedauern.«

»Du, sie ist genau mein Typ. Außerdem bin ich seit zwei Wochen solo.«

Tommy weiß, daß Werner nicht eher lockerlassen wird, bis seine Neugierde befriedigt ist. Also gut, dann gib dem Affen Zucker ...

»Sie wohnt auf Les Oliviers. Das ist ein Anwesen, davon kannst du nur träumen. Ein alter Herrensitz mit 2000 Hektar Land, und – wie der Name schon sagt – Olivenhainen. Beeindruckt dich das nicht?« Der Sarkasmus in Tommys Stimme ist kaum zu überhören.

»Doch, und wie«, antwortet Werner. »Gehört das alles ihr?«

»Ende der Durchsage. Laß die Finger davon. Beladen wir jetzt den Wagen oder nicht?«

»Na klar!« Werner lacht sein jungenhaftes Lachen und klopft Tommy auf die Schulter. »War doch nur Spaß, Tommy. Du mußt das Leben ein bißchen lockerer nehmen. Vielleicht stellst du mich ihr mal vor, wenn ich das nächste Mal komme, hm?« Werner sieht auf die Uhr. »So, beeilen wir uns. Ich muß los. Wenn ich durchfahre, bin ich morgen früh in München.«

...

Lucienne wirft einen Blick auf die Uhr und wischt sich eine Haarsträhne aus dem Gesicht. Sie sucht sich einen Tisch in der Ecke. Als der Kellner kommt, bestellt sie sich einen Kaffee.

Es ist eine schwüle Nacht. Lucienne ist dankbar für den leichten Windhauch, der ab und zu ihre Arme streift, auch wenn er keine Kühlung bringt. Sie schließt die Augen.

Das Leben hat es gut mit ihr gemeint. Beruflich hat sie Erfolg. Demnächst soll sie für *Harper's Bazaar* eine Artikelserie schreiben mit dem Titel *Nachsaison an der Côte*. Das wird ihr Sprung ins internationale Geschäft sein, endlich!

Der Kellner bringt den Kaffee, und Lucienne trinkt ihn schwarz und heiß.

Und, was mindestens ebenso wichtig ist, sie hat Erfolg bei Frauen. Sie kennt ihr Geheimnis diesbezüglich nur allzugut. Lucienne hat die Fähigkeit, zuzuhören und Verständnis zu entwikkeln, das hat sie schon von Berufs wegen gelernt. Aber das ist nicht alles. Hinzu kommt, daß Lucienne eine gute Liebhaberin ist, was ihr bisher immer wieder bestätigt wurde. Insbesondere ihre letzte Eroberung ... Lucienne seufzt wohlig. Sie ist verliebt in die Liebe. Es erregt sie, eine Frau verrückt zu machen, sie zu beherrschen. Eine Frau zu erobern ist wie ein Kartenspiel, das immer neu, aber auf immer dieselbe Weise gemischt wird. Ein Spiel, das sie immer gewinnt.

Lucienne trinkt den letzten Schluck Kaffee, legt ein paar Münzen auf den Tisch und steht auf. Sie weiß, daß es noch zu früh ist. Langsam schlendert sie den großen Boulevard entlang, der voller Leben ist mit seinen vielen Cafés und Restaurants.

Hin und wieder bleibt sie vor einem Schaufenster stehen. Nach einer halben Stunde biegt sie in die Gasse ein.

...

Gilbert steckt den Schlüssel in das Vorhängeschloß und sperrt die Tür auf. Den Holzschuppen am Rande der Lichtung, etwa einen Kilometer außerhalb von Blans, hat er vor Jahren selbst gebaut. Das Waldstück gehört der Kommune. Nach längerem Hin und

Her hatte der Bürgermeister ihm schließlich die Genehmigung zum Bau der Hütte erteilt.

Gilbert trägt Teleskop und Stativ aus dem Schuppen, plaziert das Stativ an einem markierten Punkt und schraubt den Tubus auf. Mit dem bloßen Auge sucht er prüfend den Himmel ab.

Milliarden von Sternen, Nebeln, Sternhaufen und fernen Galaxien. Die Unendlichkeit in ihrer unvorstellbaren Größe ... Ob es irgendwo da oben Leben gibt? Bestimmt. Einige der vielen Sonnen werden sicher auch Planeten haben, auf denen dieselben günstigen Bedingungen für die Entstehung von Leben existieren wie auf der Erde. Wie weit mögen sie dort sein? Gibt es schon Menschen? Hausen sie noch in Höhlen wie bei uns in der Steinzeit? Oder erleben sie bereits die Vorboten des Untergangs ihres Sonnensystems: verwüstete Landstriche, Temperaturen von über achtzig Grad Celsius im Dezember? Werden schon Kriege geführt wegen Wassermangels? Ob wir Menschen das jemals in Erfahrung bringen werden? Gilbert ist überzeugt davon. Eines Tages wird es möglich sein, die riesigen Entfernungen des Weltalls zu überwinden und zu anderen Galaxien aufzubrechen ...

Kein Planet ist zu sehen. Venus ist bereits untergegangen, Jupiter zeigt sich erst in den frühen Morgenstunden, Saturn wird gegen dreiundzwanzig Uhr zehn am Südosthimmel aufgehen.

Gilbert hat ein paar Dosen Cola mitgebracht und öffnet jetzt eine. Er holt einen verbeulten Metallhocker aus dem Schuppen, setzt sich hin und wartet.

Wie schwül es ist! Ob ein Gewitter kommt? Doch noch ist der Himmel klar. Die Zikaden schreien in den Bäumen, und allerlei Insekten und Nachtfalter sind unterwegs.

Gilbert greift nach seinem Walkman, den er in der Brusttasche seines Hemdes trägt. Er setzt den Kopfhörer auf und schaltet so die nächtlichen Außengeräusche einfach ab.

Nach einigen Minuten sieht er den Strahl einer Taschenlampe.

»Salut. Ich bin hier«, ruft er in die Dunkelheit. Er nimmt den Walkman ab. Es ist Monika, allein.

»Ich hab uns was mitgebracht.« Sie reicht Gilbert eine Flasche Rosé und dreht sich suchend um.

»Ist Tommy noch nicht hier?«

»Nein. Ich dachte, ihr kommt zusammen?«

Monika schüttelt den Kopf. »Er kommt sicher gleich. Der Wein ist sogar noch kalt. Schenkst du uns was ein?«

»Danke«, sagt Gilbert, »aber ich bleibe bei Cola.«

Er steht auf und holt aus dem Schuppen ein Wasserglas. Aus der Tasche seiner Jeans zieht er sein Taschenmesser, klappt den Korkenzieher raus und öffnet den Rosé.

Er schenkt Monika ein, reicht ihr das Glas und sagt: »Noch ein paar Minuten Zeit, bis Saturn herauskommt. Hoffentlich verpaßt Tommy den Zeitpunkt nicht.« Sein ausgestreckter Finger zeigt zum Himmel und malt ein Dreieck in die Luft. »Wega in der Leier, Deneb im Schwan und Atair im Sternbild Adler. Das Sommerdreieck.«

Monika hat ihren Kopf nach hinten gebogen und sieht nach oben.

»Ja, sieht tatsächlich aus wie ein Dreieck. Sommerdreieck, sagst du? Und was ist im Winter?«

»Da ist nur noch Deneb zu sehen, tief am Nordhimmel. Die anderen Sterne sind dann auf der Südhalbkugel der Erde sichtbar. In Australien zum Beispiel.«

Gilbert betrachtet Monika von der Seite. Sie hat immer noch den Kopf nach hinten gebogen und blickt in den Sternenhimmel.

Er mag sie. Ihr Interesse an den Sternen ist echt, das spürt er. Neben Claire und Tommy ist sie die einzige, die schon mit hier draußen gewesen ist.

Gilbert berührt Monika jetzt leicht am Arm und zeigt mit der Hand nach Süden.

»Da unten, der riesige, rötlich schimmernde Stern, das ist Antares im Skorpion.«

»Ich bin Sternbild Skorpion.«

»Tatsächlich?«

Gilbert öffnet eine zweite Dose Cola. Mit einer Kopfbewegung deutet er auf den Metallhocker.

»Setz dich doch. Es geht gleich los. Heute nacht steht Saturn in Opposition zur Sonne, das heißt, da ist er besonders gut zu beobachten. Eine Saturnopposition gibt es nur einmal im Jahr. Genauer gesagt: alle 378 Tage.«

»Woher weißt du das eigentlich alles?«

»Tja, Astronomie ist eben mein Hobby.«

»Hättest du so was nicht beruflich machen können?«

Das ist sein wunder Punkt. Natürlich hätte er Astrophysik studieren können, wenn sein Physiklehrer auf der Schule seine Begabung erkannt hätte, statt ihn ständig vor der Klasse bloßzustellen. Und wenn er ein anderes Elternhaus gehabt hätte … Wenn Geld und Verständnis für ihn dagewesen wären.

Gilbert läßt Monikas Frage unbeantwortet und steht auf. Er geht zum Teleskop und stellt die Koordinaten für Saturn ein. Er weiß sie auswendig. Das Teleskop dreht sich und zeigt mit der Tubusöffnung genau nach Südosten. Gilbert stellt den Nachführungsmotor an. Dann holt er aus einem Pappkarton ein Okular, steckt es in die Okularhülse. Er kneift das linke Auge zu, mit dem rechten sieht er durchs Fernrohr und dreht am Schärfeneinstellknopf.

Nach einer Weile blickt er auf.

»Wahnsinn! Sieh ihn dir an. Aber berühr nicht mit dem Auge das Okular, sonst wackelt es.«

»Ich weiß, das hast du letztes Mal schon gesagt.«

Monika sieht durch das Fernrohr.

»Ist es scharf?« fragt Gilbert.

»Ja, ich glaube schon. Ich kann die Ringe sehen. Und das Schwarze in der Mitte.«

»Das nennt man die Cassini-Teilung.«

Gilbert steht jetzt direkt hinter Monika. Die ganze Zeit schon hat er ihr Parfüm gerochen. Frauen mit starkem Parfümgeruch erregen ihn. Die Nutte auf dem Wohnwagenstrich zwischen Nîmes und Arles hatte auch so ein intensives Parfüm, nur schwerer und süßlicher. Tagelang kriegt man so was nicht aus den Kleidern heraus. Die Frauen nehmen wahrscheinlich deshalb so starkes Parfüm, damit man sich länger an sie erinnert.

Gilberts Augen ruhen auf Monikas Nacken. Neben dem Duft ihres Parfüms fällt ihm noch etwas auf. Komisch, daß er das vorher nie gesehen hat …

Als spüre sie seinen Blick, hebt Monika schnell ihren Kopf.

»Wirklich, sehr beeindruckend. Bloß schade, daß das *Ganze* nur so ein winziges Scheibchen ist. Nach einer Weile ist es ein bißchen anstrengend. Du, ich muß jetzt gehen. Ich bin ein bißchen sauer, daß Tommy nicht gekommen ist.«

Doch Gilbert hat bereits ihre Schultern von hinten umfaßt und will Monika an sich ziehen. Mit einer schnellen Bewegung macht sie sich frei, tritt einige Schritte zurück und zwingt sich zu einem Lachen.

»Na hör mal, Gilbert!«

Gilbert fühlt, wie er rot wird. Monikas Körper versetzt ihn in eine plötzliche Erregung.

Monika nimmt ihre Taschenlampe. Zu blöd, daß Tommy nicht gekommen ist, dann wäre sie nicht in diese Situation geraten. Weitab vom Dorf, allein mit diesem Gilbert, der offensichtlich mehr von ihr will, als ihr nur die Sterne zu zeigen ... Monika ist es unbehaglich. Sie beschließt jedoch, sich nichts anmerken zu lassen und gelassen zu bleiben.

»Dann werde ich mal gehen. Danke, Gilbert, bis bald!«

Ohne große Eile schlendert sie über die Lichtung Richtung Blans. Als sie Gilberts Blicken entschwunden ist, beschleunigt sie ihre Schritte, und ihr klopfendes Herz schlägt wieder gleichmäßiger.

Gilbert, der sein Geschlecht steif und pulsierend in seiner Jeans spürt, sieht ihr nach, bis die Dunkelheit sie verschluckt hat und der Strahl ihrer Taschenlampe schwächer und schwächer wird.

3

Es ist wie Weltuntergang, denkt Claire und lenkt ihre Ente mit einer Geschwindigkeit von zwanzig Kilometern in der Stunde über die Landstraße. Das Wasser steht mindestens zehn Zentimeter hoch, und der Regen ist so heftig, daß Claire keine drei Meter Sicht hat. Hoffentlich hält der Scheibenwischer durch.

Schon seit einer Stunde tobt das Unwetter. Blitze folgen dicht aufeinander, und Donner und Regen geben eine Geräuschkulisse ab, die Claire angst macht. Aber im Wagen ist sie sicher, das weiß sie.

Vormittagsgewitter. Wie letztes Jahr die großen Unwetter Anfang Oktober. Oder vor ein paar Jahren, als Nîmes unter Wasser stand und siebzehn Menschen den Tod fanden.

Wenn nur der Regen bald aufhört!

Claire ist unterwegs nach Hause, dahin, wo einmal ihr Zuhause war. Vor acht Jahren, als sie noch zur Schule ging und daheim wohnte. Jetzt lebt sie in Aix. Gleich nach dem Examen hat sie hier eine Stelle als Grundschullehrerin bekommen. Aber ihre Mutter in Blans sagt immer: Claire, dein richtiges Zuhause ist hier.

Alle zwei bis drei Wochen legt sie diese Strecke zurück, von Aix nach Blans, rund hundertzehn Kilometer. Von der einen Seite der Rhône auf die andere. In Avignon über die Europabrücke, dann Richtung Remoulins und Uzès.

Vor zwei Tagen haben die Sommerferien begonnen. Und die will Claire zum großen Teil in Blans verbringen.

Hinter Uzès biegt Claire von der Nationalstraße auf die kleine Départementstraße ab. Noch zehn Kilometer. Elise, ihre Mutter, hat sicherlich wieder *Soupe au Pistou* gekocht. Claire muß lächeln. Immer gibt es Soupe au Pistou, wenn sie nach Blans kommt. Zugegeben, im Sommer schmeckt sie besonders gut, weil das Basilikum ganz frisch aus dem Garten kommt.

Eigentlich sind Suppen eher etwas für Herbst und Winter. Aber es ist Elises Willkommensessen, zu jeder Jahreszeit. Die heiße Gemüsesuppe mit dem rohen Knoblauch, dem Olivenöl und dem Käse durchflutet die Magenwände und erzeugt eine Behaglichkeit, nur vergleichbar mit der Wärme eines Kaminfeuers im Winter, wenn der eisige Tramontane bläst.

Die Allee, die Claire jetzt entlangfährt, wird rechts und links von großen Platanen gesäumt. Es sind genau zweihundertzweiundfünfzig. Damals, als Claire noch zur Schule ging, ist sie die Straße mit ihrem Fahrrad entlanggefahren und hat die Bäume gezählt. Jetzt sind die Stämme naß vom Regen und glänzen.

Die Platanenallee liegt deutlich höher als das Land ringsum, wo Wein wächst, Melonen, Sonnenblumen und Getreide. Hin und wieder säumen Kirschbäume die Felder. Manchmal steht mittendrin ein einsamer Maulbeerbaum.

Der Regen hat nachgelassen, und Claire wirft einen Blick aus ihrem Seitenfenster. Die Felder rechts und links der Chaussee sind überspült, eine lehmige, ockergelbe Brühe.

Plötzlich stockt der Motor des Wagens. Claire wirft einen schnellen Blick auf das Armaturenbrett. Der Zeiger der Benzinuhr steht auf Null. Sie schlägt ärgerlich mit der Hand aufs Lenkrad. »So was Dämliches!« Doch dann muß sie unwillkürlich lachen. Einige Kilometer vor dem Ziel geht ihr das Benzin aus, und das bei diesem Wetter. Dabei hätte sie schwören können, daß sie es bis Blans schaffen würde.

Claire schaltet in den Leerlauf, und der Motor gibt einen letzten Seufzer von sich, bevor er endgültig schweigt. Langsam rollt der Wagen aus, bleibt dann vor der nächsten Kurve stehen. Sie drückt auf den Knopf der Warnblinkanlage und überlegt. Soll sie warten, bis irgendwann ein Auto vorbeikommt? Das kann lange dauern. Sie beschließt, zu Fuß zu gehen. Das Gewitter ist weitergezogen, nur vereinzelt sind noch Blitze zu sehen, und der Donner verliert sich in der Ferne. In ungefähr zwanzig Minuten wird sie in Blans sein und Gilbert bitten, sie mit seinem Moped und einem Reservekanister wieder hierherzufahren.

Claire streckt sich kurz, überquert die Straße und läuft auf der linken Seite der Allee Richtung Blans. Im Nu sind ihre Sandalen durchtränkt. Claire zieht sie einfach aus und geht barfuß weiter.

Nach etwa fünfzig Metern biegt ein Schotterweg ab. Eine Abkürzung, um ins Dorf zu kommen. Er führt über die Anhöhe durch ein Wäldchen, über die Lichtung an Gilberts Sternwarte vorbei, und von da aus ist es noch knapp ein Kilometer.

Die Erde ist völlig aufgeweicht. Der Regen hat bizarre Rinnsale gegraben. Vereinzelt liegen Äste auf dem Weg, vom Wind abgerissen und lehmverschmiert. Bäume und Büsche glitzern vor Nässe. Jetzt kommen die ersten Sonnenstrahlen heraus. In einer halben Stunde wird der Himmel wieder tiefblau sein.

Wenig später überquert Claire die Lichtung, wo Gilberts Sternwarte steht. Ein idealer Platz. Man hat die volle Sicht nach allen Himmelsrichtungen, beinahe bis an den Horizont. In den nächsten Tagen wird sie mal mit Gilbert hierhergehen.

Hinter der Lichtung beginnt das dichte Unterholz. Buschwerk, Ginster und grüne Eichen bilden ein undurchdringliches Gestrüpp. Als Kinder haben sie hier oft Versteck gespielt.

Der Weg macht jetzt eine Biegung und führt dann etwa hundert Meter steil nach unten. Claire muß aufpassen, daß sie auf dem glitschigen Bogen nicht ausrutscht.

Als sie den Abhang passiert hat und schon die drei Maulbeerbäume sehen kann, die die Kinder von Blans *Die drei Schwestern* nennen, entdeckt Claire etwas. Es liegt an der Seite und ist ein gelber Espadrille, verdreckt und vom Gewitterregen völlig durchweicht.

Während Claire noch nachdenkt, fällt ihr Blick auf das Unterholz. Da steckt ein nackter Fuß zwischen den Zweigen, merkwürdig verrenkt.

Claire geht ein paar Schritte näher. Ein unheimliches Gefühl der Beklemmung und Angst überkommt sie. Mit zitternden Händen schiebt sie vorsichtig die Zweige des Dickichts beiseite. Und da, etwas tiefer in den Büschen, liegt der dazugehörige Körper.

Claire schreit auf, taumelt entsetzt zurück und rennt, so schnell sie kann, ins Dorf.

4

Blaschke steht am offenen Fenster und hält sein Gesicht in einen Luftzug, den es nicht gibt. Der Himmel über der Stadt hat eine milchige Farbe, und die Hitze treibt den Schweiß aus jeder Pore.

»Berlin im Sommer ist das letzte«, sagt er und dreht sich um. »Wenn bloß endlich ein Gewitter käme!« Feine Schweißperlen laufen über sein Gesicht. »Ganz ehrlich, ich beneide dich, Florence. Leider hab ich meinen Urlaub schon hinter mir.«

Florence Labelle, Kommissarin bei der Berliner Kriminalpolizei, steht an ihrem Schreibtisch und packt die letzten Akten zusammen. Sie schaut Blaschke kurz an.

»Du wirst es kaum glauben, aber ich beneide mich selbst. Morgen früh um acht bin ich schon in der Luft.«

»Wie lange fliegt man denn nach Australien?«

Blaschke versucht, seine Stimme beiläufig klingen zu lassen.

»Vierundzwanzig Stunden. Zwischenlandung in Bangkok. In Australien ist jetzt Winter.«

»Kann ich mir gar nicht vorstellen.« Blaschke zieht sein Taschentuch aus der Hosentasche und tupft sich die Stirn ab. »Ehrlich – was wollt ihr denn da? So ein Haufen Weiber ganz allein auf einem fremden Kontinent?«

Florence nimmt ihre Handtasche aus der linken Schreibtischschublade. Sie sieht Blaschke spöttisch an.

»Ach, Blaschke, immer denkst du, wenn ein paar Frauen was zusammen unternehmen, haben sie nichts Besseres zu tun, als sich auszumalen, wie sie euch Kerle am besten kastrieren.«

»Quatsch!«

»Wir sind sechs gestandene, berufstätige Frauen, die in ihren wohlverdienten Urlaub fahren. Wir sind einfach abenteuerlustig, weiter nichts.«

»So kann man das auch nennen«, sagt Blaschke. Er spürt, daß Florence ihm in dieser Diskussion weit überlegen ist. Deshalb wechselt er das Thema. »Meine Tochter hat übrigens neulich so'n

Buch gelesen. Da hat eine Frau allein mit Kamelen die australische Wüste durchquert.«

»Das ist doch 'ne tolle Leistung, oder?« sagt Florence, doch Blaschke überhört diese Bemerkung.

»Sie hat die Kamele vorher gezähmt, extra für diese Tour, um dann dreitausend Kilometer mit ihnen durch den Busch zu latschen. Ganz ehrlich – dafür fehlt mir jedes Verständnis.«

Florence wirft einen letzten prüfenden Blick auf den Schreibtisch und schiebt Blaschke dann einen Zettel hinüber.

»Hier, eine Telefonnummer, wo ich mich zweimal die Woche melde. Falls was Dringendes ist.«

Für die nächsten vier Wochen wird sie untertauchen. Einmal alles hinter sich lassen. Nicht morgens als erstes den Geruch der gebohnerten Flure vor ihrem Dienstzimmer in der Nase haben. Nicht Blaschkes verschwitzte Hand schütteln und sein blödes Gequatsche über Frauen anhören. Keine Leichen in irgendwelchen Bahnhofstoiletten, keine Mordanschläge auf Asylanten. Keine Wochenendlehrgänge in Sachen Täterpsychologie oder genetischer Fingerabdruck.

In wenigen Minuten wird sie unten auf dem Parkplatz in ihren Honda steigen, durch die verstopfte City bis zu ihrer Wohnung nach Friedenau fahren, eine Dusche nehmen, die Sachen zusammenpacken, die Reiseliste checken. Dann ein letzter Rundruf mit den fünf Reisegefährtinnen aus ihrer Karategruppe. Danach mit Rita essen gehen, zum Inder bei Rita um die Ecke.

Als Florence jetzt auf Blaschke zugeht und ihm zum Abschied fest die Hand drückt, sagt sie nichts. Längst ist sie mit ihren Gedanken woanders.

»Na denn, viel Spaß.« Blaschke lächelt dünn. »Schreib mal 'ne Ansichtskarte!«

Auf dem Hof des Polizeipräsidiums steht die Luft wie Beton.

Florence geht zum Parkplatz.

Ein Streifenwagen fährt mit Blaulicht und Martinshorn auf die Torausfahrt zu.

»Viel Spaß im Schwimmbad, Kollegin!« ruft einer der Beamten

ihr aus dem Wagen zu. »Wir kommen nach, halten Sie uns ein Handtuch frei!«

Florence lacht und tippt sich an die Stirn. Der Streifenwagen fährt mit quietschenden Reifen um die Ecke.

Florence kramt gerade ihren Autoschlüssel aus der Seitentasche ihres Leinenrockes, als sie Blaschkes Stimme hört.

»Florence, warte!«

Das darf doch nicht wahr sein! Er kann sich einfach nicht trennen.

Florence dreht sich um und sieht, daß Blaschke sich weit aus dem Fenster ihres gemeinsamen Dienstzimmers im zweiten Stock hinauslehnt.

»Komm sofort zurück, der Chef will dich sprechen!«

Kriminaldirektor Müller-Ehrlich ist ein Vorgesetzter, den man nie richtig einschätzen kann. Seine grauen Augen blicken distanziert. Er ist ein nüchterner Typ, dessen Maxime ist, sich im Dienst und auch sonst im Leben niemals von Emotionen leiten zu lassen.

Er reicht Florence ein Fax.

»Hier, das kam vor fünf Minuten. Von französischen Kollegen aus Nîmes. Ich glaube, daß ich den Text einigermaßen richtig verstanden habe.«

Florence nimmt das Fax und liest es sorgfältig, während Müller-Ehrlich weiterspricht.

»Sie sehen ja selbst, die wollen, daß wir bei diesem Fall kooperieren. Im Sinne einer europäischen Zusammenarbeit und des Binnenmarktes ist das auch nur zu begrüßen. Wissen Sie, wo das liegt, Blans oder wie das heißt? Das muß irgendwo bei Nîmes sein, sonst wäre das Präsidium da nicht zuständig.«

Florence hört die Stimme ihres Chefs wie von fern. Noch ehe sie das Fax zu Ende gelesen hat, begreift sie, daß all ihre Pläne von einer Sekunde zur anderen über den Haufen geworfen werden. Kein Abenteuer im australischen Busch. Kein Urlaub, den sie dringend nötig hat. Den ersten seit zweieinhalb Jahren.

»Tut mir leid, Kommissar.« Müller-Ehrlich sieht Florence kühl an.

Florence versucht mit aller Kraft gegen ihre Enttäuschung anzukämpfen. Obwohl sie weiß, daß es wenig Zweck hat, sagt sie: »Ich habe einen festgebuchten Flug morgen früh nach Australien.«

Der Kriminaldirektor hebt beruhigend die Hand. »Machen Sie sich keine Sorgen. Wir regeln das Finanzielle. Sie haben keinerlei Verlust.«

»Aber darum geht es mir nicht!« Ihre Stimme hat einen Anflug von Verzweiflung.

Müller-Ehrlich steht auf, zum Zeichen, daß das Gespräch damit beendet ist. »Das Opfer ist aus Berlin. Mein Kollege Desgranges will uns hinzuziehen. Niemand bei uns spricht auch nur annähernd so gut Französisch wie Sie. Ich beglückwünsche Sie zu dieser Chance, Kommissar!«

...

Im nachlassenden Blau des Tageslichtes verändern sich die Farben des Fußbodens im venezianischen Salon auf Les Oliviers.

Cathérine betrachtet die geometrischen Muster aus weißem, flaschengrünem, schwarzem und rosa Marmor. Ein Kunstwerk, zeitlos schön. Wie ein Gemälde, das das Auge immer wieder aufs neue verwöhnt. Die matte Politur der Steine ist ohne Spiegelung, so daß nichts von der Struktur der dreieckigen und treppenförmigen Mosaike ablenkt.

Cathérine bückt sich und legt ihre flache Hand auf die nahtlos verfugten dreidimensionalen Muster. Die Oberfläche fühlt sich glatt und kühl an.

Ein Stück Ewigkeit.

Anders als das menschliche Leben. Das ist ohne Garantie und ohne bleibenden Wert. Ein Vabanquespiel von einem Tag zum nächsten. Plötzlich ausgelöscht, ohne Vorwarnung, ohne Grund, ohne Chance. Wie schnell doch alles geht! Einige Stunden zuvor weiß man noch nicht, daß die Spirale sich immer rasender dreht, ihrem Ende zu. Daß es die letzte Mahlzeit sein wird, der letzte Blick. Die letzten Worte.

Monikas letzte Worte gestern abend waren: »Ich helfe dir.« Sie galten nicht ihr, Cathérine, sondern Lucienne und bezogen sich aufs Tischabräumen.

Ich helfe dir.

Einige Stunden später hätte sie selbst Hilfe brauchen können. Was geschah in ihren letzten Minuten, Sekunden? Was fühlte sie? Was waren ihre letzten Worte, ihre allerletzten?

Angst hatte sie nicht gehabt.

Als Cathérine am späten Nachmittag Monikas Gesicht im Leichenschauhaus betrachtete, sah es entspannt aus. Ihre Lippen waren so, als ob sie sich jeden Moment aus einer festgefrorenen Bewegung lösen würden, zu einem Lächeln. Zu jenem Lächeln, das Cathérine so geliebt hat an ihr, früher …

Also keine Todesangst.

Das ist ihr erspart geblieben. Den Tod auf sich zukommen sehen, muß das Schrecklichste sein. Schlimmer als das Ende selbst, weil man um das Unausweichliche weiß und gleichzeitig nichts dagegen tun kann.

Die Sekunde *vor* dem Tod.

Cathérine steht auf und geht zum Fenster. Am westlichen Horizont wird die Sonne von einem Wolkenstreifen verdeckt.

Seltsam, wie nüchtern sie über die Ereignisse nachdenkt. Mit einer gewissen Distanziertheit und unberührt davon, daß sie Monika gekannt und einmal geliebt hat.

Diese Kälte in ihr … sie hat nun doch Einlaß gefunden. Cathérine hat es kommen sehen und sich nicht dagegen wehren können. Aber sie hat sich nicht vorgestellt, daß es *so* sein würde. Monikas Tod berührt sie nicht im geringsten. Auch die Umstände ihrer Ermordung nicht. Als die Polizei sie am frühen Nachmittag anrief, sie bat, die Leiche offiziell zu identifizieren, stellte sie erstaunt fest, wie gleichgültig sie bei dieser Nachricht blieb. Sie war sogar erleichtert. Als ob auf diese Weise endlich ein Problem gelöst worden sei, das anders nicht lösbar war.

Monika ist tot. Etwas ist abgeschlossen, endgültig. Der Zufall, das Schicksal – was auch immer eingegriffen und die Dinge geregelt hat. Erledigt.

Monika auf der Metallbahre im Leichenschauhaus. Das Ende einer Geschichte, die von Anfang an schiefgelaufen ist.

Sie, Cathérine, hat gelitten und dafür bezahlt. Jetzt war Monika dran. Das Leben kennt immer eine ausgleichende Gerechtigkeit. Niemals schlägt das Pendel nur nach einer Seite aus.

Und Lucienne? Monika war ihr mit Haut und Haaren verfallen. Cathérine hatte lange gebraucht, um sich das einzugestehen. Nicht sie, die Monika alles geboten, alles für sie getan hat, wurde von ihr geliebt, sondern Lucienne, die hergelaufene Journalistin. Doch Lucienne wiederum … Cathérine muß unwillkürlich lächeln. Welche Ironie des Schicksals! Lucienne und ihr großes Geheimnis, das ihr jetzt das Genick brechen wird.

In aller Ruhe kann Cathérine zusehen, wie Lucienne zu Fall kommt. Kann den Haß zulassen. Endlich. Ihn auskosten bis zum letzten. Wie eine Erlösung ist das.

»Nein – nein!!!« Cathérine vernimmt ihren eigenen Schrei wie den einer anderen Person. Mit drei Schritten geht sie zum Kaminsims, nimmt einen silbernen Kerzenleuchter und schleudert ihn mit weit ausholender Geste auf den Marmorfußboden.

Metall auf Stein, ein allzu lautes Geräusch, das einige Sekunden nachklingt.

In die Stille hinein verharrt Cathérine einen Moment bewegungslos. Dann geht sie langsam an die Stelle, wo der Leuchter aufgeschlagen ist.

Aus einem der Dreiecke aus weißem und rosa Marmor ist ein Stück herausgebrochen. Ein kreisrundes Stück wie eine Delle.

Nein, wie die Schußwunde in Monikas Kopf.

…

Das Gewitter ist an Berlin vorbeigezogen, und über der Stadt liegt dichter Smog.

Florence hat weder Hunger noch Appetit. In der Hoffnung, daß sich beides einstellen werde, bestellt sie ihr Lieblingsgericht, vegetarisches Biryani. Dazu einen Gewürztee und ein Mineralwasser. Sie würde jetzt viel lieber einen doppelten Whisky pur herunterkippen. Aus Erfahrung weiß sie jedoch, daß Alkohol und beruflicher Ärger in ihrem Körper eine Kombination eingehen, die fatale Folgen hat.

Rita gibt ebenfalls ihre Bestellung auf und klappt die Menükarte zu.

»Ich würde die Sache positiv sehen. Ein Mordfall im Ausland, und sie schicken dich hin. Das ist doch *die* Chance!«

»Das sagt Müller-Ehrlich auch, dieser Idiot. Aber der fährt ja im Urlaub nur in den Schwarzwald. Der hat doch keine Ahnung, was mir dieser Australientrip bedeutet. Scheißjob!«

»Wann fährst du?«

»Morgen früh um sieben. Ich nehme den Flieger nach Paris und von da aus den TGV bis Nîmes. Dort holt mich mein französischer Kollege ab.«

»Weißt du schon Einzelheiten?«

»Nur, daß das Opfer eine Frau ist und aus Berlin stammt. Während ich mich in Frankreich vor Ort mit den Tatumständen vertraut mache, wird Blaschke hier in Berlin die Daten der Toten recherchieren. Du, der war richtig erleichtert, daß ich nicht nach Australien fahren kann.«

Florence spürt plötzlich einen großen Kloß in ihrem Hals. Sie muß sich zusammennehmen, um nicht loszuheulen.

»Ach, Rita, ich hatte mich so auf die Reise gefreut!«

»Ich weiß. Aber freu dich doch jetzt auf die Provence. Das Land deiner Mutter.«

Florence muß lachen.

»Na, stimmt doch«, fährt Rita fort. »Schließlich hat nicht jeder eine Mutter, die aus Avignon stammt, oder?«

Als das Essen kommt, sagt Florence: »So, Themenwechsel. Morgen werde ich noch früh genug mit dem Mordfall Monika Terboven konfrontiert.«

Rita läßt langsam ihr Besteck sinken.

»Was? Monika Terboven?«

»Ja. Wieso, kennst du sie?«

Rita schüttelt den Kopf.

»Nur flüchtig. Aus einer Arbeitsgruppe. Das ist bestimmt schon zehn Jahre her. Wenn es *die* Monika Terboven ist. In der Szene hat man sich später erzählt, sie sei nach Paris gegangen, wo sie angeblich mit einer französischen Schlagersängerin zusammenlebte. Cathérine Volet, die kennst du doch auch. Schnulzen aus den späten Sechzigern.«

Florence nickt vage.

Rita trinkt einen Schluck aus ihrem Bierglas und sieht Florence mit großen Augen an.

»Monika Terboven, da bist du sicher? Und diese Frau wurde ermordet?«

Florence beugt sich nach vorn und sagt leise: »Hör mal, du weißt, daß du die Klappe halten mußt. Keine Namensnennung. Halte dich bitte zurück, wenn du irgendwelche Freundinnen aus der damaligen Zeit triffst.«

»Keine Angst. Von denen ist ja fast niemand mehr in Berlin.«

»Ich verlasse mich auf dich«, antwortet Florence. Doch mit ihren Gedanken ist sie längst woanders. Sie versucht, sich an einen Schlager der französischen Sängerin Cathérine Volet zu erinnern, doch es gelingt ihr nicht.

...

François Berrière, der Präfekt des Départements, drückt seine Frau an sich, preßt seine Lippen auf ihren Mund, so daß sie seine gierige Zunge spürt. Mit einer schnellen Bewegung entzieht sich Chantal seiner Umarmung.

»Nicht doch, François, ich muß mich noch fertig machen!«

Sie öffnet den Kleiderschrank, wirft einen prüfenden Blick hinein und entscheidet sich für das lapislazuliblaue Satinkleid.

Der Präfekt dreht sich wortlos um und nimmt von der Kommode ein Paar goldene Manschettenknöpfe. Geschickt schiebt er sie durch die Knopflöcher seines blütenweißen Smokinghemdes. Dann hebt er seinen Blick und betrachtet die Silhouette seiner Frau, die am Kleiderschrank steht und das Satinkleid mit dem Bügel außen an die Tür hängt.

»Kannst du mir eigentlich sagen, was mit dir los ist?« Seine Frage soll beiläufig klingen, doch er ahnt, daß zu viel Emotion in seiner Stimme mitschwingt.

Chantal dreht sich um. »Wieso?« Sie lächelt. »Was soll los sein?«

Ihr Mann lacht kurz auf. »Du mußt mich nicht für blöd verkaufen. Glaubst du, ich merke nicht, daß du dich komisch benimmst in den letzten Monaten?«

Chantal streift den Morgenrock ab und steht im dunkelblauen Seidenslip und Büstenhalter da.

Er kann seine Augen nicht von ihrer Gestalt lösen, und Chantal dreht sich schnell weg, als seien ihr die Blicke ihres Mannes peinlich.

Sie ist schön, und er begehrt sie, und dieses Gefühl ist so übermächtig, daß er auf sie zugeht und sie in seine Arme reißt.

»Du bist meine Frau«, sagt er heiser und vergräbt seinen Mund in ihrer Halsbeuge. »Seit Monaten entziehst du dich, mit immer neuen Ausreden.«

Sein Atem wird schneller. Chantal versucht, sich aus seiner Umklammerung zu befreien, doch er ist stärker. Er wirft sie aufs Bett, reißt ihr mit einem Ruck den Büstenhalter herunter und umfaßt mit einer brutalen Bewegung ihre nackten Brüste. Chantal schreit leise auf und stemmt ihre Fäuste gegen seine Brust.

»Ich bin ein normaler Mann, das solltest du wissen. Ich begehre dich, verdammt noch mal, und habe ein Anrecht auf dich!«

Jetzt gelingt es Chantal, ihre Knie an den Körper zu ziehen und ihren Mann wegzustoßen. Er taumelt zur Seite, und Chantal nutzt den Augenblick, um rasch aufzustehen. Sie weicht ein paar Schritte zurück und sieht ihn entsetzt an.

»Bist du wahnsinnig?«

François Berrière setzt sich auf den Rand des Bettes und starrt seine Frau an. Wie aus einem Traum erwachend, sagt er langsam: »Entschuldige, Chérie, ich weiß nicht, was in mich gefahren ist.« Er bedeckt sein Gesicht mit den Händen.

Chantal zieht hastig ihren Morgenrock über und sieht ihren Mann kalt an.

»Ich wollte es dir schon lange sagen, aber vielleicht ist das ja der richtige Augenblick. Wir haben uns auseinandergelebt. Ich möchte gern eigene Wege gehen. Ich habe vor, mich von dir zu trennen.«

François Berrière nickt, als habe er das, was seine Frau ihm da eröffnet, erwartet.

»Weswegen?« fragt er leise.

Chantal zögert einen Augenblick und betrachtet ihren Mann, der zusammengesunken auf der Bettkante sitzt. Sie setzt sich neben ihn, legt freundschaftlich ihren Arm um seine Schulter und sagt: »Wir sollten in aller Ruhe und vernünftig miteinander reden.«

Er nickt und nimmt ihre Hände.

»Alles, was du willst. Ich akzeptiere alles, nur keinen Skandal!«

Chantal Berrière atmet tief durch, sieht ihren Mann prüfend an, als wolle sie herausfinden, ob man ihm vertrauen könne. Dann beginnt sie, ihm eine Geschichte zu erzählen. Ihre Stimme ist fest und entschlossen.

Der Präfekt hört zu, ohne sie zu unterbrechen. Als sie geendet hat, sind zwei Dinge für ihn zur Gewißheit geworden: Zum einen, daß sie sich unter keinen Umständen von ihrem Weg abbringen lassen wird, und zum anderen, daß er einem verhängnisvollen Irrtum aufgesessen ist.

...

Pierre Desgranges, Chef der Départementpolizei, hat es sich zur Gewohnheit gemacht, auf offiziellen Empfängen erst dann zu erscheinen, wenn die meisten Gäste bereits eingetroffen sind. Zum einen verschafft ihm das einen raschen Überblick, um die wirklich wichtigen Leute zu registrieren, zum anderen genießt er es, seine Ankunft als kleinen Auftritt zu inszenieren.

Zu den wichtigen Leuten gehört er ja selbst. Vor ihm rangiert nur noch der Präfekt und allenfalls der Oberstaatsanwalt, wenn überhaupt.

Auch diesmal ruhen die Blicke der bereits Anwesenden auf Desgranges. Sein Smoking ist maßgeschneidert und sitzt tadellos. Seine Manieren sind die eines Absolventen der Eliteschule ENA. Mit seinem Charme und seiner jungenhaften Art erweckt er bei älteren Männern, die über Macht und Einfluß verfügen, väterliche Gefühle und größtes Wohlwollen und bei Damen jeden Alters Bewunderung.

Desgranges' Karrierekurve zeigt steil nach oben. Er ist jemand, der seinen Beruf liebt. Er ist gern Polizist. Die Zeit an der Basis ist natürlich längst vorbei. Aber Männer wie er, mit Ideen und Initiative, steigen schnell in Führungspositionen auf. Nachdem er in Paris einige Jahre Chef der Kommissarsgewerkschaft war und in dieser Funktion drei Innenminister überstanden hatte, belohnte man ihn vor zwei Jahren mit dem Posten in Nîmes. Bedauerlicherweise steht das Département, was die Klein- und Beschaffungskriminalität betrifft, in den Statistiken an dritter Stelle aller Départements. Desgranges liebt Statistiken, und insbesondere mag er es, wenn sie sich positiv verändern, sobald er die Verantwortung übernommen hat.

Er geht an den Gästen vorbei hinaus auf die Terrasse. Die Menschen drehen sich nach ihm um. Viele grüßen ihn, und Desgranges lächelt ihnen zu. Hin und wieder schüttelt er eine Hand und wechselt ein paar freundliche, belanglose Worte.

Draußen im Park spielt eine Combo gedämpfte Barmusik. Kellner in weißen Dinnerjacketts und Serviermädchen in gestreiften Kleidern und mit weißgestärkten Schürzen reichen Getränke und Canapés.

Jetzt weht der Wind ein Lachen herüber, das warme, tiefe Lachen einer Frau. Desgranges dreht sich um. Chantal Berrière, die Gattin des Präfekten, steht inmitten einer Gruppe von Gästen, unter ihnen auch die junge Untersuchungsrichterin Arlette Colombier, die gerade aus Grenoble hierher versetzt wurde.

Desgranges schlendert zu ihnen. Er lächelt in die Runde, nimmt Chantal Berrières Hand und führt sie an seine Lippen.

Chantal strahlt ihn an.

»Pierre, wie schön, Sie zu sehen!«

»Ganz meinerseits, meine Liebe.«

Mit ihren blaßblauen Augen, dem aschblonden Haar und der Zartheit ihrer ganzen Erscheinung hat Chantal Berrière eine gewisse Ähnlichkeit mit der Schauspielerin Aurore Clément, für die Desgranges seit jeher schwärmt. Chantal ist eine schöne und attraktive Frau und der Präfekt ein beneidenswerter Glückspilz.

Desgranges spürt jetzt eine Hand auf seiner Schulter. Der Präfekt hat sich zu ihnen gesellt und zieht ihn sanft von der Gruppe weg. Während sie ein paar Schritte gehen, vernimmt Desgranges erneut Chantals Lachen. Es löst ein Gefühl in ihm aus, das ihm vertraut ist, solange er Chantal Berrière kennt. Eine Mischung aus Wehmut und Selbstmitleid, gepaart mit der sicheren Erkenntnis, daß es keine Erlösung für ihn gibt. Er weiß, daß er Chantal Berrière liebt. Sie ist der eigentliche Grund, warum er seit zwei Jahren jeder ernsthaften Bindung aus dem Weg geht. Ob sie seine Leidenschaft ahnt? Er hat sich ihr nie offenbart. In einem Land, wo Anstand und Moral zunehmend verfallen, muß es dennoch ein paar Menschen geben, denen der Begriff Ehre noch etwas bedeutet. Und Desgranges' Ehrbegriff verbietet ihm, sich Chantal Berrière, der Frau seines Vorgesetzten, zu nähern. Ein bißchen Karrieredenken ist natürlich auch dabei, zugegeben. Denn der Arm eines Präfekten hat eine große Reichweite, insbesondere, wenn sein Name für den Posten des nächsten Innenministers gehandelt wird.

Der Präfekt reißt Desgranges aus seinen Gedanken.

»Wie ich Ihnen ja heute nachmittag schon sagte: Sie würden mir einen Gefallen tun, wenn Cathérine Volets Privatleben möglichst aus der Sache rausgehalten würde. Es wäre niemandem damit gedient, wenn man sie hineinziehen würde.«

Desgranges nickt. »Marbeuf wird die Ermittlungen mit der nötigen Diskretion führen.«

»Davon bin ich überzeugt«, antwortet der Präfekt. »Ich habe ihn vorhin persönlich instruiert.«

Ein Kellner nähert sich ihnen und bietet auf einem Tablett Getränke an. Der Präfekt greift nach zwei Gläsern Champagner und reicht eines davon Desgranges. Er prostet seinem Polizeichef zu.

»Ich gratuliere Ihnen übrigens. Die Idee mit Berlin ist ausgezeichnet. Wenn die Sache erfolgreich ist, wird unser Beispiel sicher Schule machen. Und da sage noch einer, wir in der Provinz schliefen vor uns hin und dächten nicht grenzübergreifend und europäisch!«

Desgranges lächelt. Er war sicher gewesen, daß sein Vorschlag den Geschmack seines Vorgesetzten treffen würde. Der Präfekt schätzte unbürokratische und originelle Ideen. Solange sie effektvoll waren, erfolgreich und vor allem medienwirksam, hatte man seine hundertprozentige Unterstützung. Stellte sich das Ganze allerdings als Flop heraus, ließ er einen fallen wie eine heiße Kartoffel.

Oben auf der Terrasse erscheint der Oberstaatsanwalt mit seiner Frau.

»Entschuldigen Sie mich, mein Lieber«, sagt der Präfekt zu Desgranges und geht mit ausgebreiteten Armen auf die beiden zu.

Desgranges trinkt einen kräftigen Schluck aus seinem Champagnerglas. Seine Augen suchen Chantal Berrière. Er sieht gerade noch, wie sie ins Haus geht, eine schlanke, zerbrechlich wirkende Gestalt in einem lapislazuliblauen Satinkleid.

Desgranges seufzt noch einmal kurz auf und schiebt seine sehnsüchtigen Gedanken auf eine untere Etage seines Herzens. Er beschließt, die junge Untersuchungsrichterin Colombier ein wenig unter die Lupe zu nehmen.

5

»Sie ist also regelrecht liquidiert worden«, sagt Florence.

Es ist eng neben ihrem französischen Kollegen Marbeuf in dem stickigen Wagen auf dem Weg von Nîmes nach Blans.

»Aus kurzer Entfernung erschossen, in den Hinterkopf.«

Aufmerksam betrachtet sie den Packen Schwarzweißfotos.

Eines zeigt den gesamten Tatort, ein Gebüsch mit einer Pinie und einen Weg. Auf diesem Foto sieht man nur einen nackten linken Fuß, der aus dem Unterholz ragt, und einen am Wegrand liegenden Espadrille.

Dann die Detailaufnahmen: rechtes Bein und der Fuß stark zum Körper hin angewinkelt, von Steinen und Schlamm halb bedeckt. Der Fuß steckt in dem anderen Espadrille. Die Hose über dem Gesäß aufgerissen. Brust, Schultern und Oberschenkel in Bauchlage. Der linke Arm wird vom Körper verdeckt. Der rechte Arm ist hinter der Pinie verschränkt, als wolle er sich an ihr festklammern. Am Handgelenk trägt die Tote eine Uhr mit einem dunklen Lederarmband.

Nasse und dreckverklebte Haare fallen über ihre Schultern. An den nackten Armen und am Rücken sowie an den Füßen sind Verletzungen zu erkennen, dunkle Flecken und Risse. Am Hinterkopf, etwa zehn Zentimeter vom rechten Ohr nach innen gehend, die Einschußwunde. Und dann das Gesicht der Toten, aufgenommen, als die Leiche umgedreht und geborgen wurde. Beide Augen halb geschlossen, der Mund leicht geöffnet.

Friedlich.

Florence legt die Fotos zurück in den braunen Umschlag und gibt ihn Kommissar Marbeuf, der angestrengt jeden Blickkontakt vermeidet.

»Ein Sexualverbrechen?«

»Können wir noch nicht sagen. Wir müssen abwarten, was die Autopsie ergibt.«

»Wie kam sie denn auf die Lichtung?«

»Ihr Wagen stand am Dorfende, wo der Weg beginnt. Unsere Leute von der Spurensicherung haben ihn zuerst an Ort und Stelle unter die Lupe genommen und dann zu weiteren Untersuchungen nach Montpellier transportiert.«

Marbeuf klopft jetzt seinem Assistenten Alain Roche, der am Steuer sitzt, heftig auf die Schulter.

»Sieh zu, daß du ihn endlich überholst!«

Gemeint ist der Lastwagen mit Anhänger, der vor ihnen fährt und Tomaten geladen hat. Ein rotes Gebirge ovaler Provence-

Tomaten. An zwei Stellen des Anhängers läuft Saft aus und hinterläßt eine blutrote Spur auf der Landstraße.

»Warum die nicht nachts fahren, sondern zur Hauptverkehrszeit, verstehe ich nicht.« Marbeuf schüttelt den Kopf.

»Soll ich das Blaulicht anschalten, Patron?« fragt Alain Roche vorsichtig.

»Ach, Quatsch. Ob Blaulicht oder nicht, es ist einfach zu starker Gegenverkehr.« Marbeuf trommelt mit den Fingerspitzen auf seinem rechten Knie. »Außerdem hat er zuviel geladen. Die untere Lage ist Matsch, wenn er ankommt. Eine Verschwendung, so was.«

Aus der linken Innentasche seines zerknitterten, braunen Leinenjacketts wühlt Marbeuf eine Packung Gitanes ohne Filter heraus. Florence sieht für einen Moment seine Waffe, eine 38er Manurhin Spezial.

Sie selbst hat ihre Dienstwaffe, eine Heckler & Koch P7 9 Millimeter Parabellum, in ihrer Reisetasche.

Marbeuf zündet sich eine Zigarette an. Er bläst den Rauch nach vorn, Alain Roche direkt in den Nacken. Florence kurbelt das Fenster weiter herunter.

Kommissar Marbeuf ist klein, untersetzt, mit Bauchansatz, dunklem Teint, schwarzen Haaren und einer Moustache. Er ist unhöflich und abweisend zu Florence vom ersten Augenblick an, als er ihr auf dem Bahnsteig gegenüberstand. Der Schock, daß eine Frau bei den Ermittlungen dieses Falles kooperieren soll, muß ihm in die Knochen gefahren sein.

Entspannt lehnt Florence sich zurück und ignoriert die dichten Qualmwolken, die sich im Wagen Platz schaffen. Sie beschließt, sich auf das Wesentliche zu konzentrieren.

»Wurde das Projektil gefunden?«

»Es muß im Schädel steckengeblieben sein. Es gibt keinen Geschoßausgang. Warten wir die Autopsie ab.« Marbeuf streicht mit der Kuppe des rechten Zeigefingers über seine Moustache. »Ich hab so meine Vermutung. Nach dem Einschußloch zu urteilen, war es kein großes Kaliber. Es könnte eine 22er Long Rifle gewesen sein.«

Florence nickt. »Und damit haben wir eine ganze Liste von Waffen, die in Frage kämen.«

»22er Long Rifle ist in Frankreich teilweise frei verkäuflich. Und zwar als Karabiner und Pistole, die *einen einzigen* Schuß abgeben. Wenn ich mit dem Kaliber richtig liege, kann der Täter die Waffe ganz legal im Geschäft gekauft haben. Für diesen Gilbert Cosme wäre das also kein Problem gewesen.«

Florence schüttelt den Kopf. »Bei ihm paßt alles so gut zusammen, viel zu gut. Da bin ich immer skeptisch. Was ist mit dem Feuerzeug?«

»Wir hoffen, daß wir Fingerabdrücke feststellen können, und dann wird man sie mit denen von Gilbert Cosme vergleichen. Angeblich gehört ihm das Feuerzeug nicht.«

»Die Initialen J. B.«, wirft Florence ein, »weisen natürlich auch nicht auf ihn hin.«

»Er kann es geschenkt bekommen oder gestohlen haben.«

»Oder das Feuerzeug lag schon vor dem Mord auf dem Weg, weil es jemand verloren hat. Jemand, der nichts mit der Tat zu tun hat.«

Marbeuf dreht sich jetzt zu Florence und sieht sie zum ersten Mal direkt an. Seine Augen sind dunkelbraun, fast schwarz, und sein Blick ist feindselig. Er holt tief Luft.

»Um eines klarzustellen, denn ich bin jemand, der seine Meinung immer offen ausspricht: Von Frauen bei der Kripo halte ich nichts, schon gar nicht in Führungspositionen. Genausowenig wie von Frauen beim Militär. Jetzt werden sogar weibliche Kadetten als Offiziersanwärter der französischen Marine zugelassen. So was finde ich einen Skandal.«

Er macht eine Pause und wartet offensichtlich darauf, daß Florence etwas sagt, sich verteidigt oder ein Plädoyer für die Frauen hält. Doch sie tut ihm den Gefallen nicht.

»Wie das bei Ihnen in Deutschland ist, kann ich nicht beurteilen«, fährt Marbeuf fort. »Aber wir sind hier in Frankreich. Und die Ermittlungen in diesem Mordfall leite *ich*.«

Wieder macht er eine Pause. Florence sieht ihn an und wartet gespannt, was jetzt wohl kommt.

»Ich bin keineswegs verpflichtet, Sie über irgendwas zu informieren. Unsere sogenannte Zusammenarbeit ist eine Art Modellversuch. Eine Idee meines Chefs. In Frankreich wollen alle Départementchefs der Polizei früher oder später mal Präfekt oder Innenminister werden. Daß Sie hier sind, hat weder eine juristische noch eine staatspolitische Grundlage. Es ist die Laune eines Mannes, der Karriere machen will, weiter nichts.«

Mit einer heftigen Geste wirft Marbeuf seinen Zigarettenstummel aus dem Fenster.

»Sind Sie fertig?« fragt Florence, und ihre Stimme klingt betont ruhig, obwohl sie innerlich kocht. Aber sie wird sich beherrschen, denn Marbeuf wartet sicher nur darauf, daß sie sich eine Blöße gibt. In fünfzehn Jahren Berufsleben hat Florence alle Spielarten von verdecktem und offenem Sexismus kennengelernt und dabei festgestellt, daß die scheinbar toleranten Softies am schlimmsten sind. Marbeuf fällt wenigstens gleich mit der Tür ins Haus. Das erleichtert die Sache in gewisser Weise, weil sie auf seine direkte Provokation ebenso direkt reagieren kann.

»Ich will Ihnen folgendes dazu sagen: Ihre Ansichten über Frauen in sogenannten Männerberufen interessieren mich nicht. Ich kenne die Argumentation zur Genüge, und sie langweilt mich einfach. Außerdem arbeite ich gern mit Leuten, die sachlich sind, professionell, ohne Vorurteile und überflüssige Emotionen.«

Marbeuf dreht sich zu Florence und sieht sie wütend an. »Wollen Sie damit etwa sagen ...«

Florence unterbricht ihn: »Allerdings, Commissaire. Sie lassen sich von Vorurteilen und Emotionen leiten. Hier geht es um einen Mordfall und um seine sachliche Aufklärung. Was ich dazu beitragen kann, werde ich tun. Unsere Zusammenarbeit ist auf höherer Ebene entschieden worden. Sie ist ein dienstlicher Befehl. Wenn es nach mir ginge, wäre ich jetzt in Australien, auf Urlaub. Also: Wir sollten die Dinge nicht unnötig komplizieren.«

»Ich kompliziere gar nichts. Eine Frau ist ermordet worden. Ihre Identität steht fest. Zufällig ist sie Deutsche. Sie lebte unter dubiosen Umständen in einer Art Kommune mit anderen Frauen. Allerdings in schicken und privilegierten Verhältnissen.

Eine der Frauen dieser Kommune heißt Cathérine Volet. Sie ist eine Schlagersängerin, die jeder in Frankreich kennt. Und was die Sache noch erschwert: Cathérine Volet ist die Nichte des Präsidenten der Republik.«

Er macht eine Pause und läßt seine Worte nachwirken. Dann fügt er hinzu: »Mehr brauche ich ja wohl nicht zu sagen. Der Präfekt hat mich gestern deswegen persönlich angerufen. Also nicht ich kompliziere die Dinge, sondern der Fall an sich ist kompliziert. Delikat sozusagen.«

»Und was hat das alles mit meiner Person zu tun?«

»Männer können solche Fälle besser anpacken. Sie haben mehr Fingerspitzengefühl und sind objektiver.«

»So wie Sie, was?« Florence lacht laut auf.

Marbeuf antwortet nicht. Wieder streicht er mit der Fingerkuppe über seine Moustache.

»Ist Cathérine Volet denn tatverdächtig?«

Marbeuf zuckt mit den Schultern. »Im Prinzip ja.«

»Raucht sie?«

Marbeuf überlegt kurz.

»Ich glaube, ja.« Er lächelt verächtlich. »So schlau, sie nach dem Feuerzeug zu fragen, war ich bereits. Für die Mordnacht hat sie kein Alibi. Sie sei früh zu Bett gegangen, sagt sie. Und diese andere Frau, die da noch wohnt, Lucienne Simon, die war angeblich im Kino. Was Cathérine Volet angeht: Die Ermordete war ihre ...« Marbeuf zögert, bevor er widerwillig weiterredet: »Wie soll ich sagen, Geliebte oder so. Sie wissen, was ich meine. In Blans ist das ein offenes Geheimnis. Das war das erste, was die Leute mir erzählten.«

Marbeuf holt die zweite Zigarette aus der Packung und zündet sie an. Er dreht sich zu Florence und bläst ihr den Rauch direkt ins Gesicht.

»Die Presse stürzt sich natürlich auf so was. Aber der Chefredakteur vom *Midi libre* ist ein Freund von mir. Er hält noch ein paar Tage still. Wir stechen da in ein Wespennest, verstehen Sie?«

Florence versteht nur allzugut. Die Nichte des französischen Staatspräsidenten ist nicht nur eine millionenschwere populäre

Schlagersängerin, sondern offenbar dazu noch lesbisch, und jetzt ist ihre Geliebte ermordet worden.

»Wenn jemand Beziehungen bis in die höchsten Kreise der Regierung hat«, sagt Florence lächelnd und sieht Marbeuf direkt ins Gesicht, »da kann man sich leicht den Hals brechen. Das denken Sie doch, oder?«

»Ich denke gar nichts«, antwortet Marbeuf. »Ich werde die Ermittlungen objektiv führen, ohne Ansehen der Person.«

»Davon bin ich überzeugt«, sagt Florence und sieht aus dem Fenster.

Es entsteht ein Schweigen. Durch die heruntergekurbelten Scheiben weht ein Luftzug herein und zieht den Qualm von Marbeufs Gitanes nach draußen. Immer noch fährt Alain Roche dicht hinter dem Tomatenlaster und wartet auf eine Gelegenheit, ihn zu überholen.

Florence schließt einen Moment lang die Augen und zieht eine kurze Bilanz aus den wenigen Informationen, die sie Marbeuf in dieser ersten halben Stunde seit ihrer Ankunft entlocken konnte:

Das Resultat der Autopsie liegt erst am späten Abend vor. Vermutliche Todesursache: Tod durch direkten Kopfschuß aus unmittelbarer Nähe. Unklar: sexueller Mißbrauch oder nicht. Tatzeit: zwischen dreiundzwanzig Uhr dreißig und zwölf Uhr am nächsten Mittag. Bisher hauptverdächtig: ein gewisser Gilbert Cosme, der Monika Terboven zuletzt sah, als er ihr durch sein Teleskop die Sterne gezeigt hat. Kein Alibi. Ebenfalls verdächtig: Cathérine Volet aus der Familie des Präsidenten. Dann: eine gewisse Lucienne, die auch Mitglied dieser »Kommune« ist, wie sich Marbeuf ausdrückt. Welches Verhältnis hatte sie zu der Toten? (Mögliche) Indizien am Tatort: ein silbernes Feuerzeug mit den Initialen J. B. Sicher ein Name. J. kann alles mögliche heißen: Jean, Jerôme, Jaques oder Janine, Jeanne, Julie, Juliette ... Gefunden wurde die Leiche von der Tochter der örtlichen Caféhausbesitzerin.

Es wird also darum gehen, die letzten Stunden der Toten zu rekonstruieren. Abgesehen von ihrem Vorleben, das ja bis nach Berlin führt. Nicht zu vergessen das schwere Unwetter, das am Morgen nach der Mordnacht niederging. Es wird die Ermittlungen erschweren. Der Regen hat mit Sicherheit alle Spuren verwischt. Aber vielleicht … Das Wort »Glück« mag Florence in diesem Zusammenhang nicht zulassen. Glück hat allenfalls der Mörder. Zumindest kann er auf einen meteorologisch bedingten Vorteil bauen.

»Na endlich«, sagt Marbeuf, als Alain Roche das Gaspedal durchdrückt und den Tomatenlaster überholt. »Noch fünf Minuten, dann sind wir da. Ich habe Ihnen übrigens in Nîmes ein Hotelzimmer reservieren lassen. Wie lange wollen Sie eigentlich bleiben?«

»So lange, bis der Fall gelöst ist.«

Marbeuf verzieht sein Gesicht und atmet hörbar.

»Ihre Dienststelle in Berlin muß ja ziemlich gut betucht sein. Hoffentlich sind die Spesen nicht zum Fenster rausgeschmissen.«

»Ist das Ihr Problem? Ich glaube nicht. Außerdem trägt *Ihre* Dienststelle ja die Hälfte der Kosten.«

»Was?« Marbeuf schnaubt voller Empörung. »Und unseren Mitarbeitern werden die neuen Schreibmaschinen gestrichen, weil gespart werden muß.«

Florence kennt solche Argumente. Allerdings werden Beamte wie Marbeuf nie begreifen, daß das eine mit dem anderen nichts zu tun hat. Sie wechselt das Thema.

»Gäbe es eigentlich auch eine Möglichkeit, in Blans zu wohnen? Ein kleines Hotel?«

»Nicht, daß ich wüßte.« Marbeufs Stimme klingt eisig.

»Na, mal sehen. Es könnte von Nutzen sein, wenn einer von uns ständig vor Ort ist.«

Marbeuf antwortet nicht.

Wie wenig er sich verstellen kann, denkt Florence. Aber er *muß* mit ihr auskommen. Wenn sie sich nicht provozieren läßt, bleibt ihm gar nichts anderes übrig. Seine einzige Chance ist seine chauvinistische Salamitaktik. Und die wird Florence ihm gründlich vermasseln. Außerdem kann sie niemand daran hindern, auf eigene Faust zu recherchieren, falls er Informationen abblockt.

Florence blickt aus dem offenen Fenster. Die Landschaft mit ihren Weinfeldern, den Olivenhainen und dem sanften Auf und Ab der Hügel ist ihr vertraut. Es ist die Landschaft ihrer Kindheit. Damals war Zeit noch eine unendliche Größe, und als Kind mißt man sie nicht. Die Spanne von einem Weihnachtsfest zum nächsten schien endlos lang zu sein. Es gab noch klare Winter mit Kälte und Schnee in den Bergen. Im Sommer schloß man mittags die Fensterläden und zog sich bis in die frühen Abendstunden ins kühle Haus zurück. Und die Gerüche der aromatischen Kräuter und Blumen im Garten …

»Bevor ich's vergesse«, Marbeufs Stimme holt Florence aus ihren Erinnerungen zurück. »In den nächsten Tagen will mein Chef, Monsieur Desgranges, mit Ihnen essen gehen. Ich bin leider verhindert.«

»Schade«, sagt Florence etwas ironisch.

»Nur, damit Sie Bescheid wissen.«

Und damit ich die richtige Kleidung dabei habe, meint er sicherlich. Ihr ist nicht entgangen, daß Marbeuf einen schnellen Blick auf ihre ausgewaschene Jeans geworfen hat.

»Danke für die Information.«

»Keine Ursache. Ich mag offizielle Essen und so was nicht. Zeitverschwendung.«

Wie so vieles, denkt Florence. Auch was Marbeuf mit ihr versucht, ist Zeitverschwendung.

Florence wechselt das Thema.

»Stimmt es, Commissaire, ich habe gehört, Sie sind passionierter Jäger?«

Marbeuf sieht sie mißtrauisch an.

»Woher wissen Sie das?«

»Ach, man hat so seine Informationen.«

»Sagen Sie jetzt bloß nicht, daß *Sie* auch jagen! Das würde mir den Rest geben!«

»Nein, nein.« Florence muß lachen. »Aber mein Großvater hat ein berühmtes Buch über die Jagd geschrieben. Genauer gesagt: die Treibjagd auf Wildschweine.«

»Aha.« Marbeuf weiß nicht, wie er darauf reagieren soll.

»Ja. Yvon Chastanier. Sagt Ihnen der Name nichts?«

»Doch«, gibt Marbeuf widerstrebend zu.

»Eben. Die Bibel für jeden Jäger, stimmt's? Na ja, das war der Vater meiner Mutter.«

Als Marbeuf Florence jetzt ansieht, hat sein Gesicht sekundenlang einen ziemlich dümmlichen Ausdruck. Aber das ist wohl bei jedem Menschen so, dem der Mund offenstehen bleibt.

...

Die letzte Straße des Dorfes endet in einer Sackgasse. Dahinter beginnt ein Schotterweg, der an einem verwilderten Obstgarten vorbei in den Wald führt und in einen Sand- und Geröllweg übergeht. Hier beginnen die kommunalen Wälder.

Alain Roche parkt den Wagen neben einem klapprigen R 4 der Gendarmerie.

Florence nimmt ihre Umhängetasche, steigt aus und reckt sich erst einmal gründlich. Ihre kurzärmelige Bluse klebt ihr am Rükken. Seit dem frühen Morgen hat sie nur gesessen, im Flugzeug, in der Bahn, im Auto. Sie fühlt sich etwas gerädert. Der Fußweg zum Tatort wird ihr guttun. Aus ihrer Tasche holt sie eine Bürste und geht mit kräftigen Strichen durch ihre braunen, halblangen Naturlocken.

Spätnachmittag. Immer noch ist es heiß, und Marbeuf wischt sich mit einem karierten Taschentuch über die Stirn. Er zieht seine Hose zurecht, schlägt mit der flachen Hand aufs Jackett, als wolle er die Falten wegscheuchen.

»Ihr Wagen stand hier.« Marbeuf zeigt mit der Hand in die Richtung, wo der Wagen der Gendarmerie steht. »Ein gelber Clio.«

Etwa dreihundert Meter vom Parkplatz entfernt haben es sich zwei uniformierte Gendarmen gemütlich gemacht. Sie sitzen im Schatten dreier Maulbeerbäume und strecken die Beine aus. Der jüngere von ihnen, langaufgeschossen und semmelblond, ißt ein überdimensionales Baguette-Sandwich mit gekochtem Schinken, der üppig an der Seite überhängt. Der andere, etwa so alt wie

Marbeuf, schreckt gerade aus seinem Nickerchen hoch. Als die beiden sich jetzt rasch erheben wollen, winkt Marbeuf ab.

»Bleibt sitzen. Bloß keine Förmlichkeiten!«

»Guten Appetit«, sagt Florence und überspielt damit, daß Marbeuf sie offenbar nicht vorstellen will.

»Danke.« Der junge Gendarm kaut hastig zu Ende, packt sein Sandwich in ein Stück Alufolie und legt es neben sich auf die Erde.

»Keine besonderen Vorkommnisse, Commissaire«, sagt der ältere Gendarm und unterdrückt ein Gähnen.

»Denkt ihr etwa, daß der Mörder am hellichten Tag zurückkommt und euch direkt in die Arme läuft? So was gibt es nur im Kino.«

Marbeuf lacht. Florence stellt fest, daß es das erste Mal ist. Er zeigt eine Reihe blendend weißer Zähne. Erstaunlich bei jemandem, der filterlose Zigaretten raucht. Ob die Zähne echt sind?

Marbeuf geht auf eine Stelle im Unterholz zu. Sie ist markiert.

»Hier lag sie.«

»Kann ich noch mal die Fotos sehen?« fragt Florence.

Marbeuf zögert und runzelt unwillig die Stirn, bevor er den braunen Umschlag aus seiner Jackentasche holt.

Florence blättert die Aufnahmen durch, dreht sich in die Blickachse, aus der die Bilder aufgenommen wurden. Sie vergleicht die Fotos mit der Umgebung. Die Zweige im Unterholz haben sich inzwischen ein wenig aufgerichtet, sind aber immer noch deutlich plattgedrückt. Die Erde ringsum ist an manchen Stellen schon relativ trocken, wenn auch die Spuren des Unwetters noch gut zu sehen sind: kleine und große Rinnsale in der Längs- und Querrichtung des Weges, Erhöhungen, die aussehen wie winzige Sandbänke. Ansammlungen von Blättern, die fächerartig ineinander verkeilt sind. Abgerissene Zweige überall, teilweise mit getrocknetem Schlamm und kleinen Steinen verklebt.

Florence sucht mit ihren Augen den Weg ab, der steil nach oben führt. Auf der Seite, wo die Leiche lag, führt eine regelmäßige Schneise plattgedrückter Zweige von oben bis nach unten.

Marbeuf beobachtet Florence und grinst ironisch.

»Ja, ja, so schlau sind wir auch. Die Wassermassen haben wahrscheinlich den Körper heruntergespült, bis er an dieser Stelle hängenblieb, und zwar an der Pinie.«

Florence nickt. »Das würde auch die Kratzer und Hämatome an Armen, Füßen und im Gesicht erklären. Durch Äste, Steine und so weiter.«

»Ich gehe davon aus«, sagt Marbeuf und wischt sich erneut über die Stirn, »daß der Fundort nicht identisch ist mit dem Tatort. Sie wurde eindeutig *vor* dem Gewitter ermordet. So wie sie hier gelegen hat, kann man niemanden hindrapieren.«

»Da gebe ich Ihnen recht.«

Florence steckt die Fotos zurück in den Umschlag und reicht ihn Marbeuf, der ihn an Alain Roche weitergibt.

»Und da oben ist dann die sogenannte Sternwarte?« Florence zeigt mit dem Finger den Abhang hoch.

»Nach etwa sechs- bis siebenhundert Metern. Auf halbem Weg lag das Feuerzeug.«

Florence merkt ein Kribbeln an ihrem rechten Bein. Sie bückt sich, zieht die Jeans ein wenig hoch und sieht, daß zwei Ameisen in Richtung ihres Schienbeines laufen. Kein Wunder, denn Florence steht mitten auf einer Ameisenstraße, die den Weg überquert. Rotschwarze Waldameisen, die irgendwo im dichten Unterholz ihren Bau haben. Sie schlägt sie mit der Hand weg und beginnt, den Abhang hochzusteigen. Als sie sich kurz umdreht, um zu sehen, ob Marbeuf ihr folgt, zieht dieser sich gerade sein Jackett aus.

»Hier, halt mal«, sagt er zu seinem Assistenten und wirft ihm die Jacke zu.

»Ich weiß nicht, was Sie sich davon erhoffen. Wir haben alles abgesucht. Außer dem Feuerzeug gab es nichts.«

Marbeuf folgt Florence den Abhang hoch.

Sie antwortet nicht, sondern konzentriert sich auf die Umgebung.

Überall diese plattgedrückten Zweige. Wenn der Körper von den Wassermassen heruntergespült wurde, muß er wie auf einer Rutschbahn bergab gesaust sein. Schlamm und Geröll wurden nachgespült und haben den Körper bedeckt, als er schon neben der Pinie lag.

Marbeuf ist wenige Schritte hinter ihr und keucht.

»Verflucht, zum dritten Mal seit gestern gehe ich diesen Weg, mir reicht es!«

Florence dreht sich um, lächelt ihn an.

»Mehr Sport treiben, Commissaire, dazu ist es nie zu spät.«

Marbeuf antwortet nicht. Sein Kopf ist rot angelaufen.

Zu hoher Blutdruck, denkt Florence, zu viele Zigaretten. Übergewicht. Und wahrscheinlich ißt er zuviel Fleisch.

Oben angekommen, sieht Florence, daß der Weg ganz eben wird und schnurgerade tiefer in den Wald führt. Sie geht jetzt langsamer, bleibt hin und wieder stehen, biegt einige Zweige auseinander und wirft einen Blick ins dichte Unterholz.

Marbeuf ist schon vorgegangen. Als er die Lichtung erreicht, ruft er ihr zu: »Hier ist es.«

Die Lichtung ist kleiner, als Florence gedacht hat. Nach Osten hin steht eine winzige Hütte.

Florence sieht, daß an der Tür ein Polizeisiegel klebt.

»Da drin bewahrt Gilbert Cosme sein Teleskop auf«, sagt Marbeuf. »Wir haben Fingerabdrücke genommen. Aber da er zugegeben hat, daß er das Opfer in der fraglichen Nacht durch sein Fernrohr gucken ließ, werden wir in der Beziehung keine Überraschung erleben.«

»Wo stand das Teleskop denn in der Nacht?«

»Da, in der Mitte der Lichtung. Wo die Steinmarkierung ist.«

Von der Mitte der Lichtung aus sieht Florence das gerade Stück des Weges, der nach Blans führt und den sie eben gekommen sind. Sie kann sogar ziemlich weit sehen, drei- bis vierhundert Meter.

»Wollen Sie meine Theorie hören?« Marbeuf gesellt sich zu ihr und steckt herausfordernd die Hände in die Hosentaschen. Auf seiner Stirn stehen Schweißperlen. »In der Mordnacht kam das Opfer hierher. Gilbert Cosme läßt Monika Terboven durch sein Teleskop sehen. Warum wohl? Weil sie eine attraktive Frau ist, er interessiert sich für sie. Als er versucht, sich ihr zu nähern, weist sie ihn ab, weil sie ja andersrum ist. Sie verläßt die Lichtung. Er, in seiner Ehre gekränkt, folgt ihr und knallt sie ab.«

»Wo?«

»Irgendwo auf der Lichtung, kurz vor dem Abhang.«

»Was macht er mit der Leiche?«

»Vielleicht läßt er sie auf dem Weg liegen, vielleicht schleift er sie ins Unterholz. Wahrscheinlich ersteres, sonst wäre sie nicht runtergespült worden. Dann geht er nach Hause. Der Regen am nächsten Morgen spült die Leiche vom Waldweg weg und schwemmt sie den Abhang runter. Alle Spuren sind verwischt.«

Florence sieht ihn ungläubig an.

»Wollen Sie mich auf den Arm nehmen? Wenn *er* sie umgebracht hätte, hätte er sie ganz sicher woanders hingeschafft, statt sie in der Nähe seiner Hütte auf dem Weg liegenzulassen.«

»Wenn jemand aus dem Affekt heraus tötet«, sagt Marbeuf arrogant, »bedenkt er meistens die Konsequenzen nicht. Er handelt spontan und konfus und macht Fehler. Wenn das nicht der Fall wäre, hätte die Polizei kaum jemals eine Chance.«

»Ein Schuß aus dem Hinterhalt ist kein Affekt, sondern eine gezielt geplante Tat.«

»Meinetwegen. Ich kann es zwar nicht beweisen, aber es spricht einiges dafür.«

»Was denn, an Fakten meine ich? Bisher spekulieren Sie nur.«

Florence sieht Marbeuf kampfeslustig an. Entweder hält er sie für blöd, oder er will sie bewußt provozieren.

Marbeuf grinst ironisch. »Glauben Sie etwa, er hat sie hier mitten in der Nacht eingeladen, nur um ihr die Sterne zu zeigen? So naiv können Sie doch nicht sein.«

»Nehmen wir mal an, Ihre Theorie stimmt«, entgegnet Florence. »Was wäre demnach passiert? Er nähert sich ihr in eindeutiger Weise. Wie reagiert sie? Sie sagen, sie läßt ihn abblitzen. Was macht er? Läßt er nicht locker, oder nimmt er sich vor, sich zu rächen? Egal, sie jedenfalls wird versuchen, die Lichtung so schnell wie möglich zu verlassen. Vor allem – und das ist das Entscheidende – wird sie Angst haben. Sie wird nicht seelenruhig weggehen, sondern damit rechnen, daß er sie verfolgt. Das alles paßt jedoch weder mit der Tatsache zusammen, daß sie aus nächster Nähe erschossen wurde, noch mit ihrem friedlichen Gesichtsausdruck. So sieht niemand aus, der sich verfolgt glaubte.« Florence macht eine kurze Pause und fährt dann entschieden fort. »Nein, alles deutet vielmehr darauf hin, daß der Mörder ihr auflauerte und sie völlig überraschte. Möglicherweise hat er sie hier mit Gilbert Cosme beobachtet und dann einen günstigen Augenblick abgepaßt, als sie den Weg in Richtung Blans ging.« Florence denkt einen Augenblick nach und räumt dann ein: »Dieser Gilbert hätte allerdings den Schuß hören müssen.«

»Eben«, sagt Marbeuf. »Es sei denn, wenn Ihre Theorie vom großen Unbekannten stimmt, der Mörder hätte einen Schalldämpfer benutzt. So was würde zu einem Profikiller passen, aber die besitzen Waffen mit anderen Kalibern. Außerdem«, Marbeuf zeigt mit der ausgestreckten Hand auf den Weg, »kann man von hier aus ziemlich weit sehen. Er hätte irgendwas bemerken müssen. Hat er aber nicht, behauptet er.«

Florence holt ihren Kalender aus der Umhängetasche. Sie blättert das Datum der Mordnacht auf.

»Der 4. Juli war Neumond. Die Nacht war also relativ dunkel. Schon möglich, daß er nichts gesehen hat, weder vorher noch auf dem Nachhauseweg. Vorausgesetzt, daß sich alles so abgespielt hat, wie er sagt.«

»Eben.«

»Gibt es noch einen anderen Weg von hier aus nach Blans?«

»Ja, aber der ist erheblich länger. Er führt in die andere Richtung bis runter auf die Départementstraße, und die geht nach Blans.«

»Interessant. Man kann also auch auf einem zweiten Weg zu dieser Lichtung gelangen. Ohne durchs Dorf zu müssen.«

»Richtig.«

»Ist dieser andere Weg befahrbar?«

»Ja. Folge ich weiterhin ihrer Theorie vom großen Unbekannten, hätte der Mörder theoretisch gesehen auch den Weg von der Straße her nehmen können. Vorausgesetzt, er hat gewußt, daß sich das Opfer in jener Nacht mit Gilbert Cosme hier oben treffen wollte. Und vorausgesetzt, er kennt das Gelände hier sehr gut. Er kann die beiden also hier oben auf der Lichtung beobachtet haben. Als das Opfer die Lichtung verläßt, schlägt er einen Bogen durchs Gebüsch, geht ihr leise hinterher und erschießt sie. So kann es gewesen sein. Aber das glaube ich nicht.«

»Und wieso nicht?«

Marbeuf macht eine Pause, sieht Florence grinsend an und zieht genüßlich seine Trumpfkarte aus der Tasche.

»Weil dieser Gilbert Cosme vorbestraft ist. Ein Jahr auf Bewährung. Und raten Sie mal, weswegen? Exhibitionismus und sexuelle Belästigung. Vor zwei Jahren hat er in einem Park in Arles eine junge Frau angesprochen und ihr eindeutige Angebote gemacht. Als sie in keiner Weise darauf einging, sondern den Park verlassen wollte, griff er ihr an die Brust und hielt ihren Arm fest. Als sie sich losriß, öffnete er seinen Hosenstall. In aller Öffentlichkeit. Zehn Leute haben das gesehen, von der Großmutter bis zum Kleinkind.«

Florence ist sekundenlang unfähig zu reagieren. Sie spürt, wie ihr die Wut ins Gesicht steigt. Nur mit Mühe beherrscht sie sich.

»Warum sagen Sie mir das erst jetzt?«

»Tja. Ihr in Deutschland habt zwar euer BKA mit all seinen supertollen technischen Einrichtungen. Und wahrscheinlich besitzt jedes Provinz-Kommissariat ein eigenes Labor mit allen Schikanen – aber ich habe hier Heimvorteil. Und man hat so seine Informationen, stimmt's?«

Verdammter Idiot! denkt Florence.

Marbeuf kostet seinen Sieg genüßlich aus.

»So, und deshalb werden wir vorrangig die Spur Gilbert Cosme weiterverfolgen. Heute abend nehme ich ihn in die Mangel. Es ist mir ein Vergnügen, wenn Sie dabei sind.«

Er dreht sich um und geht den Weg in Richtung Blans zurück. Es bleibt Florence nichts anderes übrig, als ihm zu folgen.

Sie hat verstanden. Marbeuf geht es darum, sie gezielt reinzulegen. Er will die Konfrontation um jeden Preis. Sie muß zugeben, daß sie ihn unterschätzt hat.

Eines ist sicher: Seine Theorie kann nicht stimmen. Entweder kannte Monika Terboven den Mörder und vertraute ihm. Und welche Frau würde schon einem Mann trauen, der sie mitten in der Nacht auf einem einsamen Waldweg belästigt, wie Marbeuf behauptet? Oder sie wurde von ihrem Mörder vollkommen überrascht.

6

»Hm.«

Der alte Mann nimmt bedächtig die Lupe aus dem linken Auge und steckt sie in seine Hosentasche.

Gilbert beugt sich über den Ladentisch.

»Wieviel?«

Der alte Mann wiegt seinen Kopf hin und her, runzelt die Stirn und zieht die Luft durch die Nase ein.

»So was läßt sich schlecht verkaufen. Ein Liebhaberstück, sehr auffällig.«

»Wieviel?« Gilberts Stimme klingt gehetzt.

Der alte Mann kratzt sich am Kinn, das mit grauen Stoppeln bedeckt ist.

»Zweitausend.«

»Dreitausend!«

Die wäßrigen Augen des alten Mannes zeigen keine Regung.

»Zweitausend. Und dabei gehe ich weit über meine Möglichkeiten.«

»Zwei fünf.« Gilbert macht einen letzten, vergeblichen Versuch.

Ein winziges Lächeln verirrt sich auf das Gesicht des alten Mannes. Wortlos dreht er sich um und schlurft in das angrenzende Hinterzimmer.

Gilbert richtet sich auf, wischt seine schweißnassen Hände an den Seiten der Jeans ab und geht zur Eingangstür. Sie ist aus Panzerglas. Durch die Scheibe sieht er das Leben draußen auf der

Place de l'Horloge vorbeiziehen. Mütter zerren ihre Kinder hinter sich her. Zwei Hunde kopulieren neben dem Eingang der Kirche; ein Mann geht dazwischen und scheucht den Rüden mit lauten Beschimpfungen weg.

Jetzt sind die Schritte des alten Mannes wieder zu hören. Gilbert geht hastig zum Ladentisch zurück.

Mit langsamen Bewegungen blättert der alte Mann vier Fünfhundertfrancscheine hin. Sie sehen nagelneu aus.

Gilberts Lippen bewegen sich, als er leise mitzählt. Kaum liegt der letzte Schein auf dem Tisch, schiebt Gilbert sie zusammen, faltet sie einmal und verstaut sie in der Innentasche seiner Jeansweste. Grußlos verläßt er den Laden.

Der alte Mann blickt ihm nach. Gilbert steigt auf sein Moped, das an der Hausmauer gegenüber abgestellt ist. Er tritt den Starter, um den Motor anzuwerfen. Als er wenden will, steht eine alte Frau im Weg. Gilbert macht einen waghalsigen Schlenker und braust davon.

Der alte Mann betrachtet das Stück, das vor ihm auf dem mit schwarzem Samt bezogenen Ladentisch liegt.

Manche Dinge passen zusammen und manche nicht. Der junge Mann und das, was er gerade verkauft hat, passen nicht zusammen. Doch was soll er sich darüber Gedanken machen? Mit einem Schnalzen, das ein Gefühl höchster Zufriedenheit ausdrückt, nimmt der alte Mann das Stück liebevoll in seine Hand und geht damit ins Hinterzimmer.

...

»Ich wollte mich mit dir an einem neutralen Ort treffen«, sagt Lucienne leise und streicht sich eine Haarsträhne aus der Stirn. Ihr Gesicht ist voll roter, hektischer Flecken.

»Wir sollten uns zum jetzigen Zeitpunkt überhaupt nicht treffen.« Luciennes Gegenüber zündet sich eine Zigarette an und sieht sich vorsichtig nach allen Seiten um.

Lucienne trinkt einen Schluck Kaffee. Er ist zu heiß, und sie verzieht das Gesicht.

»Verstehst du denn nicht? Sie ist tot. Demnächst habe ich die Polizei am Hals. Du mußt bestätigen, daß ich vorgestern die ganze Nacht bei dir war.«

»Das kann ich nicht, und das weißt du.« Luciennes Gegenüber zieht energisch an der Zigarette.

Lucienne beugt sich ein wenig nach vorn.

»Ich hab vorgestern abend auf dich gewartet. Wieso bist du nicht gekommen?«

Ihr Gegenüber sieht sie flüchtig an und wendet dann den Blick ab.

»Ich konnte nicht. Mir ist was dazwischengekommen. Ich hab bei dir angerufen, aber da warst du schon weg. Cathérine Volet war am Apparat.«

»*Ich* jedenfalls werde den Flics erzählen, daß ich die ganze Nacht bei dir war.« Luciennes Stimme klingt jetzt aggressiv. »Mir bleibt gar nichts anderes übrig. Und wenn du es abstreitest – bitte, dann steht eben Aussage gegen Aussage.«

»Wenn du das tust, dann …« Luciennes Gegenüber drückt mit einer wütenden Bewegung die Zigarette in den Aschenbecher.

»Was dann? Geht es mir dann so wie Monika?«

»Was soll das heißen, bist du wahnsinnig!?«

Lucienne lacht laut auf. Eine alte Dame am Nebentisch dreht sich um, sieht Lucienne strafend an und rückt dann ihren Stuhl ein Stück weg.

Luciennes Gegenüber nimmt jetzt deren Hand. Die Stimme klingt weich und geradezu beschwörend.

»Du darfst mich da nicht mit hineinziehen, hörst du?! Versprichst du mir das? Bei unserer Liebe …«

Lucienne sieht ihrem Gegenüber in die Augen, die sie fordernd anschauen.

»Laß dir was einfallen. Wir sollten uns in nächster Zeit nicht treffen. Ich verlasse mich auf dich. Ich fahre ein paar Tage nach Paris. Mach's gut.«

Lucienne spürt drei schnelle Küsse auf ihren Wangen, dann legt ihr Gegenüber ein paar Francstücke auf den Tisch und verläßt mit raschen Schritten das Café.

Lucienne bleibt wie betäubt sitzen. Die Tränen der Wut und Enttäuschung sind versiegt, und ein Gefühl vollkommener Leere befällt sie. Mechanisch führt sie ihre Tasse zum Mund und trinkt sie aus.

Als sie das Café verläßt, wird sie beinahe von einem Moped erfaßt, das mit hoher Geschwindigkeit aus einer Seitengasse einbiegt. Sie kann gerade noch zur Seite springen.

...

»Bonjour, Madame Cosme«, sagt Kommissar Marbeuf und stützt sich mit der Hand im Türrahmen ab. »Ich möchte Ihren Sohn sprechen.«

Madeleine Cosmes Augen sind schmal und abweisend. Sie wandern von Marbeuf zu Florence, die hinter Marbeuf steht, und wieder zurück.

»Er ist nicht da.«

»Wo ist er denn?« fragt Florence.

»Er ist nach Nîmes gefahren.« Dabei sieht sie Marbeuf an.

»Und wann kommt er wieder?« Marbeuf verlagert sein Gewicht ungeduldig aufs andere Bein.

Gilberts Mutter zuckt die Achseln.

Aus einem hinteren Raum ist jetzt eine männliche Stimme zu hören. Sie klingt verwaschen.

»Wer is'n das?«

Madeleine Cosme reagiert nicht.

»Wir müssen ihn dringend sprechen«, sagt Florence. »Sie wissen, warum.«

»Er hat mit der Sache nichts zu tun!«

Erneut ertönt die Stimme aus dem Hintergrund.

»Mit wem quatschst du denn da?«

Die dazugehörige Gestalt betritt jetzt den Flur und bleibt zwei Meter vor der Eingangstür stehen. Unrasiert, in Unterhemd und ausgetretenen braun-beige karierten Pantoffeln.

Ohne sich nach ihrem Mann umzudrehen, sagt Madeleine Cosme:

»Halt den Rand. Es geht wieder mal um deinen sauberen Sohn.«

Ihr Mann sagt: »Aha« und grinst Marbeuf und Florence an. Dann dreht er sich um und geht schwankend dahin zurück, wo er hergekommen ist. Eine Tür fällt ins Schloß.

Marbeuf und Florence tauschen einen Blick.

»Können wir nicht kurz reinkommen?« fragt Florence.

»Warum? Kommen Sie wieder, wenn mein Sohn da ist.«

»Und wann wird das sein?«

»Keine Ahnung. Er ist ja kein Baby mehr.«

Marbeuf reißt der Geduldsfaden.

»Hören Sie, Madame Cosme, es geht um Mord. Ihr Sohn hat sich in der fraglichen Nacht mit dem Opfer getroffen und hat kein Alibi. Er kann froh sein, daß er noch auf freiem Fuß ist. Wenn er zurückkommt, soll er sich bei uns melden, und zwar umgehend. Wir sind im Café *Embuscade*, den ganzen Abend lang.«

Madeleine Cosme nickt und murmelt etwas Unverständliches. In der Annahme, daß das Gespräch ohnehin beendet ist, schließt sie die Haustür.

...

»Hier, das Zimmer meines Sohnes.«

Elise Lamarque, die Besitzerin des *Embuscade*, öffnet eine Tür am Ende des Korridors im ersten Stock.

»Es ist voll eingerichtet. Einfach, aber ausreichend. Philippe lebt jetzt in Villeneuve, er ist dort verheiratet.«

Florence betritt einen fast quadratischen Raum. Durch die Ritzen der geschlossenen Fensterläden fällt das erste Abendlicht.

Florence läßt ihre Blicke umherschweifen. Gegenüber vom Fenster ein Messingbett. Daneben ein Nachttisch mit vergilbter Marmorplatte, auf der eine Lampe aus Porzellan steht. Rechts an der Tür ein Kleiderschrank aus dunklem, schwerem Holz. Am Fenster befinden sich ein kleiner Tisch und ein Stuhl. Die Wände sind sauber verputzt und hellgrün gestrichen. Auf dem Steinfußboden liegen zwei bunte Flickenteppiche. Von der Decke baumelt eine weiße Kugelleuchte.

»Ich kann Ihnen noch einen Sessel reinstellen«, sagt Elise und sieht Florence erwartungsvoll an.

»Ich nehme das Zimmer.«

Elise lächelt.

»Das Bad ist am Ende des Ganges. Bleiben Sie, so lange Sie wollen. Über den Preis reden wir später. Wollen Sie auch die Mahlzeiten bei uns einnehmen?«

Florence zögert. Sie will sich nicht allzusehr festlegen.

»Kommt darauf an. Ich werde viel unterwegs sein.«

Von unten ist jetzt Marbeufs Stimme zu hören. Sie klingt ungehalten.

»Also, ich fahre jetzt. Morgen früh um neun. Wie verabredet.«

»Gute Nacht!« ruft Florence ihm nach, aber Marbeuf antwortet nicht mehr.

Elise Lamarque sieht Florence vielsagend an und sagt: »Ist der Kommissar immer so schlecht gelaunt?«

»Keine Ahnung. Aber er hat was gegen Frauen, die bei der Kriminalpolizei sind. Wissen Sie, was ich meine?«

Elise nickt. Und als könne sie jemand belauschen, beugt sie sich zu Florence und flüstert: »Lassen Sie sich bloß nicht unterkriegen! Das habe ich meiner Claire auch immer gesagt.«

...

»Telefon für Sie. Aus Deutschland.«

Claire legt den Hörer auf den Tresen. Florence springt von ihrem Stuhl auf und geht quer durch das Café. Es sind keine Gäste da.

»Danke. Hallo? Blaschke, na endlich! Wieso rufst Du nicht über mein Handy an? Die Reichweite, natürlich hat es die! Wie? Na ja, voller Überraschungen. Nein, nicht nur, was den Fall angeht. Ja. Dagegen bist du der reinste Feminist. Genau. Aber du weißt ja, wenn ich mir was vornehme ... Also, ich höre.«

Florence stützt sich mit dem Ellbogen auf den Tresen.

Claire leert die Aschenbecher auf den Tischen und wischt danach mit einem feuchten Lappen über die Flächen. Von draußen dringen die Geräusche der Nacht. Das Geschrei der Zikaden in den Platanen vermischt sich mit dem Flattern eines Falters, der um die Deckenbeleuchtung schwirrt.

»Seit einer Stunde versuche ich, zu dir durchzukommen.«

Blaschkes Stimme am anderen Ende der Leitung klingt, als wäre er auf einer Bohrinsel in der Nordsee. Es knackt und rauscht, und Florence hat Mühe, ihn zu verstehen. Sie klappt ihr Notizbuch auf und schreibt mit.

Blaschke berichtet ihr, daß Monika Terboven gebürtige Berlinerin ist. Der Vater besaß eine Fabrik für medizinische Apparaturen, die führend auf dem Weltmarkt war. Beide Eltern starben 1987 bei einem Flugzeugabsturz. Monika Terboven war einziges Kind und die Alleinerbin des gesamten Vermögens. Ein Jahr, nachdem sie ihr Erbe angetreten hatte, ging die Firma in Konkurs: Steuerschulden in Millionenhöhe. Monika mußte große Teile dieser Summe aus ihrem Privatvermögen begleichen, das danach praktisch auf Null geschrumpft war.

Bis 1986 wohnte sie in Berlin in der Mommsenstraße in einer Eigentumswohnung. Danach ging sie weg, behielt aber Berlin als ersten Wohnsitz und vermietete die Wohnung.

Das folgende kann Florence wegen der schlechten Verbindung nicht verstehen.

»Was sagst du?« fragt sie mit erhobener Stimme.

»Ich sagte, 1986 hat Monika Terboven geheiratet.«

»Ach ja?« sagt Florence überrascht.

»Wieso, ist das so ungewöhnlich?«

»Nein, nein«, wiegelt Florence ab. »Weiter.«

»Der Mann hieß Karlheinz Wiesner.«

»Wieso hieß? Ist er tot, oder hat sie sich von ihm scheiden lassen?«

»Das muß ich erst noch rausfinden. Einen Karlheinz Wiesner gibt es in Berlin nicht. Ich brauche ein paar Tage, um weiterzukommen.«

»Gut, gibt es sonst noch was?«

»Allerdings.« Blaschke hüstelt und macht dann eine kleine

Pause, bevor er fortfährt. »Und ich hab es mir extra bis zum Schluß aufgespart. Wie soll ich sagen – die Dame scheint auf allen Hochzeiten getanzt zu haben.«

»Was meinst du damit?«

»Na ja, eine Frau hat versucht, sich ihretwegen das Leben zu nehmen. Die beiden haben zusammengelebt. In der Wohnung in der Mommsenstraße.«

»Wann war das?«

»Bis 1986.«

»Ich denke, da hatte sie gerade geheiratet? Lebte sie denn nicht mit ihrem Mann zusammen?«

»Anscheinend nicht.«

»Woher weißt du das mit der Frau?«

»Eine Nachbarin in der Mommsenstraße wohnt schon seit zwanzig Jahren dort. Sie hat damals alles hautnah mitgekriegt. Die Kräche, dann eines Tages die Feuerwehr und den Notarztwagen.«

»Hat die Frau überlebt?«

»Ja. Die Nachbarin sagte mir, einige Wochen später sei sie mit ein paar anderen Frauen gekommen, um ihre Sachen zu holen. Und etwa fünf Monate danach zog Monika Terboven aus Berlin weg.«

»Hast du den Namen der Frau?«

»Ja. Rita Siegmann.«

Florence glaubte ihren Ohren nicht zu trauen.

Rita Siegmann? Ihre alte Studienfreundin Rita? Oder sollte jemand zufällig den gleichen Namen haben? Ausgeschlossen!

»He – bist du noch dran?« ertönt es am anderen Ende der Leitung.

»Ja, ja …« Florence faßt sich schnell und fährt dann fort: »Kompliment, Blaschke. Das ist toll. In so kurzer Zeit.«

»Danke. Tut mir richtig gut, daß du das sagst.«

»O. K. Versuch den Ehemann ausfindig zu machen.«

»Was ist mit der Freundin?«

Florence räuspert sich und sagt schnell: »Nein. Darum kümmere ich mich selbst.«

»Wie willst du das denn machen von da unten aus?«

»Kann sein, daß ich sie kenne«, sagt Florence betont beiläufig. »Ich erkläre dir das später. Kümmere du dich um den Ehemann.«

»Wie du willst.«

Florence hat jetzt nur einen Wunsch, das Gespräch möglichst schnell zu beenden.

»Also, mach's gut. Ruf mich an, sobald du was Neues weißt. Am besten frühmorgens, wenn ich noch nicht unterwegs bin.«

Florence legt auf und versucht, Ordnung in ihre Gedanken zu bringen. Eine Frau ist ermordet worden, eine lesbische Frau, die eine höchst dramatische Beziehung mit Rita hatte ... Zwischen 1985 und 1987 lebte Florence nicht in Berlin, sondern in Hamburg. In dieser Zeit hatte sie Rita aus den Augen verloren. Im nachhinein wird ihr jetzt klar, warum sie weder von Ritas Beziehung zu Monika noch von ihrem Selbstmordversuch den leisesten Schimmer hatte.

Florence dreht sich zu Claire um, die hinter dem Tresen steht und Gläser putzt. Claires Augen sind verheult. Sicher der Schock, weil sie die Leiche fand und die Tote gekannt hat.

»Ich muß noch zwei Gespräche führen«, sagt Florence. »Ich gehe nach oben.«

Claire nickt und stellt die fertigen Gläser in die Vitrine.

In ihrem Zimmer nimmt Florence das Handy und sucht in ihrem Notizbuch die Nummer von Marbeuf. Nach drei Klingelzeichen meldet er sich. Florence entschuldigt sich für den späten Anruf und fragt ihn nach dem Resultat der Autopsie.

»Der Tod trat zwischen dreiundzwanzig Uhr und drei Uhr früh ein.« Marbeufs Stimme klingt lustlos und kühl. »Keinesfalls vorher. Die Kugel durchschlug das Jochbein und blieb dort stekken.«

»Welches Kaliber?«

»22 Long Rifle, wie ich schon vermutet habe.«

»Wurde sie vergewaltigt?«

»Ein Geschlechtsverkehr vor dem Tod kann wahrscheinlich ausgeschlossen werden. Kein Nachweis von Spermien. Aber heutzutage sind die Vergewaltiger clever genug, einen Gummi zu benutzen, damit man ihnen nichts nachweisen kann. Auch keine äußeren Anzeichen von Gewalt.«

Florence räuspert sich und fragt: »Hautreste, Faserspuren, irgendwas unter ihren Fingernägeln, an der Kleidung?«

»Im Labor sagen sie nein. Beziehungsweise nicht nachweisbar, nur Schlammpartikel. Von dem Unwetter.«

Florence nickt. So was Ähnliches hat sie erwartet.

»Und ihr Wagen?«

»Spuren ihrer eigenen Kleidung, Haare und so weiter. Nichts, was uns weiterbringt. Hat Gilbert Cosme sich inzwischen gemeldet?«

»Bis jetzt noch nicht. Wenn sie nicht vergewaltigt wurde, fehlt doch diesem Gilbert das Motiv, wenn ich Ihrer Theorie folge.«

Am anderen Ende der Leitung ist ein Moment Stille. Dann sagt Marbeuf barsch: »Also, wir sehen uns dann morgen früh.«

»Ja. Danke, Commissaire. Gute Nacht.«

Florence beendet das Gespräch und wählt Ritas Nummer in Berlin. Nachdem es zehnmal geklingelt hat, will Florence schon aufgeben. Doch dann meldet sich Rita doch noch.

»Ja?« sagt eine verschlafene Stimme.

»Ich bin's. Entschuldige. Hab ich dich aus dem Bett geholt?«

»So ungefähr. Ich hatte einen anstrengenden Tag heute. Und das zu Semesterende. Die Studenten haben gestreikt und das Institut besetzt. Und du, wie läuft es bei dir da unten im Süden?«

Florence geht nicht auf Ritas leichten Ton ein, sondern fragt ohne Umschweife: »Warum hast du mir nicht gesagt, daß du mit Monika Terboven eine Beziehung hattest und 1986 einen Suizidversuch unternommen hast?«

Am anderen Ende der Leitung ist Totenstille. Nach einer Weile sagt Rita mit leiser Stimme: »Weil ich mit diesem Teil meines Lebens abgeschlossen habe.«

»Aber du weißt doch, daß es um Mord geht! Also, wieso hast du mir deine Verbindung zu ihr verschwiegen?«

»Ich habe mir vorgenommen, niemals über diese Sache zu reden.«

»Eine Frau ist ermordet worden, ich nenne dir ihren Namen, und du tust so, als würdest du sie nur ganz flüchtig kennen. Aber in Wirklichkeit hast du versucht, dir ihretwegen das Leben zu nehmen. Kannst du mir mal ...«

Rita unterbricht sie: »Durch Monika Terboven war ich in der schlimmsten Krise meines Lebens. Ich habe sie überwunden, Gott sei Dank. Und zwar schon lange.«

»Hast du eigentlich gewußt, daß Monika Terboven verheiratet war?«

Wieder bleibt es still. Nach einer Weile sagt Rita: »Nein. Und es interessiert mich eigentlich auch nicht.«

»Warum um Gottes willen wolltest du dich umbringen?«

»Weil ich damals in einer Situation war, aus der ich keinen Ausweg wußte.«

»Hat sie dich mißhandelt?«

»Nein, das nicht. Aber seelische Grausamkeit, die ist viel schlimmer.«

»Was meinst du mit seelischer Grausamkeit?«

»Ach, komm, lassen wir das. Das ist Vergangenheit. Im übrigen – Monikas Tod läßt mich kalt, wenn du es wissen willst.«

Florence wechselt den Hörer in die andere Hand und sagt mit gedämpfter Stimme: »Blaschke rief mich eben an und hat mir das alles erzählt. Kannst du dir vorstellen, wie ich mich fühle, wenn ich den Mord an einer Frau aufklären soll, die einmal deine Geliebte war?«

»Dann gib den Fall doch ab!«

Florence geht nicht darauf ein. Ihre Stimme klingt förmlich, als sie jetzt sagt: »Rita, tut mir leid, aber ich muß dich das fragen: Wo warst du vorgestern nacht?!«

Ein lautes Lachen dringt durch die Leitung.

»Sag mal, spinnst du? Meinst du etwa, *ich* hätte sie umgebracht?!«

»Ich meine gar nichts. Ich habe dir eine sachliche Frage gestellt, bitte beantworte sie.«

»Ich denke gar nicht daran! Deine Frage ist so absurd, daß ich erstaunt bin, daß du überhaupt wagst, sie zu stellen.«

Am anderen Ende der Leitung ist ein Klicken zu hören. Rita hat den Hörer aufgelegt.

…

Florence beugt sich über einen doppelten Whisky auf Eis, den Claire ihr eingeschenkt hat. Sie versucht Klarheit in ihren Kopf zu bekommen. Schon die ganze Zeit hat sie ein ständig wiederkehrendes Bild vor ihrem inneren Auge: Ihre Studienfreundin Rita, die Rechtsprofessorin, der Schwarm ihrer Studenten, auf der Intensivstation eines Berliner Krankenhauses. Ein Ärzteteam bemüht sich, sie ins Leben zurückzuholen … Wie hat sie es gemacht? Pulsadern, Schlaftabletten?

Nein, die Pulsadern hat sie sich bestimmt nicht aufgeschnitten. Dann wären Florence sicher irgendwann die Narben an Ritas Handgelenken aufgefallen. Doch das ist jetzt unwichtig. Komisch, daß sie ihr nie etwas gesagt hat …

Unmöglich, daß Rita Monika Terboven umgebracht hat. Wo läge das Motiv, nach so vielen Jahren?

In Florences Kopf jagen sich die Gedanken und Gefühle. Da wird sie nun mit einem Mordfall in Nîmes betraut, und das Opfer ist Ritas ehemalige Geliebte, um derentwillen sie sich das Leben nehmen wollte. Was mußte in dieser Beziehung vorgefallen sein, daß es so weit kommen konnte? Florence hätte nie geglaubt, daß Rita eine potentielle Selbstmordkandidatin sein könnte. Wie groß muß ihre Verzweiflung gewesen sein, daß sie einen solchen Entschluß hat fassen können? Und was mußte Monika Terboven für ein Mensch gewesen sein, um dessentwillen sich ein anderer Mensch umbringen wollte? War sie kalt und berechnend, konnte hier vielleicht der Schlüssel zu ihrem gewaltsamen Tod liegen? Und wie war ihr Verhältnis zu Cathérine Volet, der bekannten Schlagersängerin?

Claire sitzt Florence gegenüber an einem der Tische im Café und trinkt eine Cola. Sie ist ernst, und immer noch sind ihre Augen vom Weinen gerötet.

Gerade schlägt die Kirchturmuhr elfmal.

»Sie müssen doch völlig fertig sein«, sagt Claire.

»Wieso, sehe ich so aus?« Florence schreckt aus ihren Gedanken hoch.

»Nein, nein, aber wenn Sie seit heute früh sechs Uhr unterwegs sind ...«

Florence trinkt einen kräftigen Schluck aus ihrem Glas und schiebt die Gedanken an Rita und die Tote beiseite.

»Also«, sagt sie und rückt sich auf dem unbequemen Stuhl zurecht. Sie sieht Claire direkt in die Augen. Sie sind blaugrau und haben weite schwarze Pupillen. »Wollen Sie schlafen gehen, oder haben Sie Lust, noch ein bißchen mit mir zu plaudern?«

»Ich bin nicht müde«, sagt Claire. Sie sieht Florence unsicher an und fragt: »Ich will ja nicht neugierig sein. Aber wieso haben Sie einen französischen Namen und sprechen so gut französisch?«

»Tja«, sagt Florence und nimmt ihr Glas in beide Hände. »Vor über dreihundert Jahren mußte die Familie meines Vaters die Gegend um Anduze verlassen.«

»Hugenotten?« fragt Claire.

»Genau. Und meine Mutter ist Französin, katholisch, aus Avignon. Auf diese Weise haben wir uns sozusagen wieder mit Frankreich versöhnt. Ich wuchs zweisprachig auf.«

Claire lächelt flüchtig. »Aha, na ja, dann ...«

Florence kommt auf das Thema zu sprechen, um das es hier geht: den Mordfall.

»Ich kann mir denken, wie schrecklich das gestern für Sie war, als Sie die Leiche fanden. Sie sagten, daß sie Monika Terboven kannten.«

Sofort füllen sich Claires Augen wieder mit Tränen. Leise sagt sie: »Eigentlich nur vom Sehen, sonst nicht. Ich meine, ich weiß, wer sie war.«

»Wer war sie denn?«

Claire wischt sich mit dem Handrücken die Tränen ab und überlegt einen Moment.

»Sie war ... sie kam aus Deutschland und lebte auf Les Oliviers.«

»Seit wann?«

»Seit sechs, sieben Jahren vielleicht. Genau weiß ich es nicht.«

»Wissen Sie, was sie beruflich machte?«

»Nichts, glaube ich.«

»Aha. Was hatten Sie für einen Eindruck von ihr?«

»Na ja«, Claire zögert. »Ich fand sie sehr nett und ...« Sie fängt an zu schluchzen.

Florence legt beruhigend ihre Hand auf Claires Arm. »Ist schon gut, Claire.«

Claire schnieft noch ein paarmal, dann fängt sie sich wieder und fährt fort: »Ich fand, daß sie gut aussah. Sehr gut sogar.«

Claire wirft diesen Satz hastig hin.

Florence sieht sie ganz erstaunt an und muß unwillkürlich lächeln.

»Abgesehen von ihrem guten Aussehen, ist Ihnen sonst noch was an ihr aufgefallen? Verkehrte sie mit irgendwelchen Leuten hier im Dorf? Mit Gilbert Cosme zum Beispiel?«

»Gilbert kannte sie über Tommy.«

»Wer ist Tommy?«

»Der Töpfer. Die Poterie ist auf der anderen Seite des Platzes.«

Florence erinnert sich.

»Stimmt, ich habe das Schild draußen gesehen. War sie mit ihm befreundet?«

»Ich glaube, schon. Sie hat ihm immer Gemüse von Les Oliviers gebracht. Er ist Vegetarier.«

»Aha. Kennen Sie auch Cathérine Volet?«

»Kennen ist vielleicht zuviel gesagt. Sie kommt manchmal ins Dorf. Und einmal im Jahr, nach der Olivenernte, gibt sie auf Les Oliviers ein großes Fest. Das ganze Dorf ist eingeladen. Natürlich habe ich als Jugendliche für sie geschwärmt und mir ein Autogramm von ihr geholt.« Claire lächelt verlegen. »Damals hat man so was gesammelt. Von Jonny Halliday und Claude François hatte ich auch Autogramme.«

»Wie lange lebt Cathérine Volet schon auf Les Oliviers?«

Claire denkt einen Moment lang nach.

»Bestimmt schon seit zehn Jahren.«

»Kennt sie den Töpfer?«

»Ja. Ich glaube, der war früher mal Musiker in ihrer Band.«

»Tatsächlich? Und wann kam er nach Blans?«

»Das weiß ich nicht. Aber das ist schon einige Jahre her.«

Vom Musiker in der Band Cathérine Volets zum Töpfer in einem Ort namens Blans. Eine seltsame Karriere.

»Was denkt man hier im Dorf über Cathérine Volet?«

Claire sieht Florence mit großen Augen an.

»Das hat mich der Kommissar gestern auch gefragt.«

»Und, was haben Sie geantwortet?«

Claire zögert einen Moment, reibt die Fingerkuppen ihrer Hände aneinander und sieht Florence dann geradewegs in die Augen.

»Die Leute wissen, daß sie nicht so ist wie die anderen. Sie lebt mit Frauen. Aber das geht niemanden etwas an, finde ich.«

»Da gebe ich Ihnen recht. Außer in dem Fall, wo eine ihrer Freundinnen ermordet wurde.«

Florence leert ihr Glas mit einem Zug und lehnt sich im Stuhl zurück.

»Woher weiß man hier im Dorf eigentlich, daß sie mit Frauen lebt?«

Claire zuckt mit den Schultern.

»Keine Ahnung. Das hat sich wahrscheinlich rumgesprochen.«

»So was spricht sich doch normalerweise nicht rum, wenn nicht irgend jemand tratscht. Hat sie Leute aus dem Dorf bei sich beschäftigt?«

»Ja, klar. Zwei Gärtner, eine Haushälterin, eine Putzfrau. Dann sind da noch die Pächter der Olivenhaine.«

»Sie wissen ja ziemlich gut Bescheid.«

Claire sieht sie erstaunt an.

»Cathérine Volet ist der größte Grundbesitzer hier in der Gegend. Sie gibt den Leuten Arbeit, und man weiß, wer aus unserem Dorf bei ihr beschäftigt ist.«

Es ist einen Moment still, und Florence dreht ihr leeres Glas zwischen den Fingern.

»Wollen Sie noch einen?« fragt Claire.

»Nein, danke. Das war mehr als genug. Ich gehe jetzt schlafen.« Sie erhebt sich und spürt, wie ihr die Beine fast wegsacken.

»Ach, übrigens«, sagt sie, ohne Claire anzusehen, »diesen Gilbert Cosme, wie gut kennen Sie den?«

Als ob sie Zeit gewinnen will, steht Claire langsam auf, räumt die Gläser ab und bringt sie zum Tresen. Erst dann sagt sie: »Na ja. Wir waren in derselben Klasse. Aber er ist früher abgegangen, vor dem Abitur.«

»Was macht er beruflich?«

»Er hat Automechaniker gelernt. Doch im Moment ist er arbeitslos. Ich glaube nicht, daß er es war.«

»Woher wissen Sie denn, daß er verdächtigt wird?«

»Der Kommissar hat ihn gestern nachmittag gleich als erstes verhört. Gilbert war es nicht.«

»Wieso nicht? Möglich wäre es. Monika Terboven war in der fraglichen Nacht bei ihm auf der Lichtung.«

»Ich kenne ihn. Er könnte keiner Fliege was zuleide tun.«

»Wirklich? Wissen Sie, daß er vorbestraft ist?«

»Nein. Weswegen denn?«

»Sexuelle Belästigung einer Frau.«

Claire sieht Florence entsetzt an.

»Das glaube ich nicht!«

»Doch. Er bekam ein Jahr auf Bewährung.«

»Wann soll denn das gewesen sein?«

»Vor zwei Jahren.«

»Trotzdem«, sagt Claire entschieden, »umbringen könnte er niemanden.«

Florence reckt sich jetzt und unterdrückt mit Mühe ein Gähnen.

»Ich sage Ihnen mal was: In meinem Beruf lernt man, daß jeder Mensch eine Maske trägt. Bei den einen ist sie durchsichtig, und die darunterliegenden Charakterzüge sind leicht zu erkennen. Bei den anderen blickt man erst in die Abgründe, wenn es zu spät ist. Gute Nacht.«

Florence geht durch das Café nach hinten zur Treppe, die zu ihrem Zimmer führt. Sie dreht sich noch einmal um. Claire, die zierliche junge Frau mit den kastanienbraunen halblangen Haaren und ihrem vom Weinen geröteten Gesicht steht bewegungslos am Tresen und starrt ihr nach.

Unter Mühen steigt Florence die Treppe in den ersten Stock hinauf. Wann hat sie sich das letzte Mal so zerschlagen und fertig gefühlt? Nicht nur körperlich, nein, es ist ein seelischer Schmerz, der im Lauf des Abends immer stärker geworden ist. Ein Mord ist geschehen, und zwar in einem Milieu, das Florence von Jugend an vertraut ist. Eine lesbische Frau ist brutal erschossen worden, und Florence spürt eine stärkere Betroffenheit als bei anderen Mordfällen. Die Tatsache, daß Rita mit dem Mordopfer bekannt war, erhöht ihr Engagement noch. Sie muß und sie wird den Täter finden.

Nie im Leben hätte sie gedacht, daß sie Rita einmal brauchen würde, um Licht in das Dunkel eines Mordfalls zu bringen. Doch jetzt ist ihr klar: Sie muß Rita morgen früh anrufen und sie bitten, so schnell es geht, nach Nîmes zu kommen. Sie muß wissen, wer Monika Terboven war, und Rita ist jemand, der ihr da weiterhelfen kann.

Indem Florence sich entschließt, Rita um Hilfe zu bitten, entschließt sie sich gleichzeitig, sie endgültig aus dem Kreis der Verdächtigen zu streichen. Erleichtert atmet sie auf.

Im Zimmer angekommen, schafft Florence es gerade noch, sich auszuziehen. Ihre Sachen läßt sie achtlos auf den Boden gleiten.

Sie schläft sofort ein.

Im Traum drängen sich Bilder wie aus dichtem Nebel in ihre Wahrnehmung. Sie ist mit Marbeuf in der Nähe der Lichtung. Doch die sieht ganz anders aus. Sie sieht aus wie das Stück Brachland am Ufer der Rhône, wo sie als Kind immer spielte, wenn sie in den Ferien bei ihren Großeltern war. Sie hat sich mit Marbeuf hinter einem Gebüsch versteckt. Marbeuf hält seinen Revolver in der Hand und lädt ihn unentwegt durch. Florence bittet ihn, damit aufzuhören, da das Geräusch sie verraten könnte.

»Er kommt doch erst nachts«, sagt Marbeuf. »Wir haben noch jede Menge Zeit.«

Während er fortfährt, seinen Revolver durchzuladen, sieht Florence drei Gestalten über die Lichtung kommen: Monika Terboven, Rita und Claire. Monika und Claire gehen Arm in Arm und albern herum. Rita hat kurze rote Haare, einen regelrechten Meckikopf, und trägt einen offenen Regenschirm in der Hand. Sie geht einige Schritte vor den anderen und beachtet sie überhaupt nicht.

Marbeuf – neben ihr im Versteck – scheint die drei Frauen nicht zu sehen und hantiert weiter an seiner Waffe herum. Florence will den Frauen etwas zurufen, doch ihre Stimme versagt, sosehr sie auch den Mund öffnet und sich anstrengt. Und während sie träumt, weiß sie bereits, daß das ganze Geschehen nur ein Traum ist.

Als Florence aufwacht und einen Blick auf ihre Armbanduhr wirft, ist es zwanzig nach drei. Im Zimmer steht die Luft, und Florence hat Durst. Doch ehe sie überlegen kann, woher sie jetzt ein Glas Wasser bekommen könnte, ist sie schon wieder eingeschlafen.

7

Früher als gewohnt macht Cathérine ihre Stute Mira zum Ausritt fertig. Dann schwingt sie sich in den Sattel und läßt das Pferd über den Hof zur Pinienallee traben. Nach kurzer Zeit fällt Mira in verhaltenen Galopp.

Um diese Jahreszeit kann man nur am frühen Morgen ausreiten. Die Luft ist dann noch herrlich frisch, und der Horizont zeigt sich als dunstige Linie, da wo sich Himmel und Erde berühren. Das bedeutet gutes Wetter für die nächsten Tage.

Locker und ruhig sitzt Cathérine im Sattel. Es ist ein schwarzer, kunstvoll gearbeiteter Cowboysattel aus New Mexico. Cathérine reitet im Western-Stil. Sie hat die Beine lang gestreckt. Die Zügel hält sie in einer Hand hoch über dem Hals des Pferdes. Die andere Hand ruht lässig auf ihrem Oberschenkel oder liegt auf dem Lassoknauf.

Mira, mit ihrem rötlichbraunen Fell und falbenfarbener Mähne, ist ein echtes Quarterhorse. Vor acht Jahren kaufte Cathérine das Tier auf einer Ranch in Wilcox/Arizona. Den Transport nach Europa eingeschlossen, hat Mira ein Vermögen gekostet.

Wenn sie Mira reitet, hat Cathérine das Gefühl absoluter Freiheit. Den Rhythmus der Stute aufnehmen, den eigenen Körper darin wiegen wie in Trance. Die Stärke der Pferdes spüren und seine Schnelligkeit. Die Haare im Wind und den Blick über die Weite von Les Oliviers ... Cathérine empfindet in solchen Momenten so etwas wie Glück, ein seltenes Gefühl in den letzten Jahren. Doch sie hat sich einen Wahlspruch von George Sand zu eigen gemacht: Glück heißt, das Leben so zu nehmen, wie es ist.

Mira bedeutet unverfälschtes Glück, auf das man bauen kann. Anders als die Menschen. Cathérine ist mehr und mehr davon überzeugt, daß es im Grunde besser wäre, ganz auf die Menschen zu verzichten.

An einem der großen Olivenhaine zügelt sie das Pferd, und Mira fällt in Schritt. Der Hain ist sauber gepflügt, und die Bäume stehen wie auf einem Acker. Die braunrote, lehmige Erde bleibt in Klumpen an Miras Hufen kleben.

Prüfend sucht Cathérine mit ihrem Blick die Bäume ab. Zu ihrer Erleichterung stellt sie fest, daß das Unwetter weniger Schaden angerichtet hat, als sie dachte. Sicher, weil nur Regen fiel in jener Nacht und kein Hagel. Sonst wäre es eine Katastrophe. Hin und wieder sind ein paar Äste abgerissen, doch die Ernte wird normal werden, wenn nichts mehr dazwischenkommt. Aber bis Oktober ist es noch lange hin.

Cathérine schnalzt mit der Zunge, und Mira trabt wieder an. Cathérine verläßt ihre Ländereien und reitet nach Westen.

...

Florence streckt ihren nackten Körper und fühlt sich beinahe frisch und ausgeschlafen. Wenn nur dieses Ziehen in der linken Schläfe nicht wäre. Der Whisky. Sie verträgt ihn einfach nicht.

Sie öffnet die Fensterläden. Im Dorf ist noch alles still, und in den Gassen tastet sich das Morgenlicht hinter den Häuserecken hervor.

Auf ihrem Handy wählt Florence Ritas Nummer in Berlin. Als Rita sich nach drei Klingelzeichen meldet, entschuldigt sich Florence für ihre Worte letzte Nacht.

»Ich möchte dich um einen Gefallen bitten«, sagt sie. »Nimm das nächste Flugzeug und komm hierher. Ich muß mit dir über Monika reden!«

Ritas Stimme ist reserviert. »Wie stellst du dir das vor?«

»Ich bitte dich wirklich, Rita. Hergott noch mal, kannst du das nicht möglich machen? Du hast doch ab heute Semesterferien.«

Am anderen Ende ist es einen Moment lang still. Dann sagt Rita: »Na schön, ich sehe ein, daß es wichtig für die Aufklärung deines Falles ist. Ich rufe nachher mein Reisebüro an.«

Florence fällt ein Stein vom Herzen.

»Danke!«

»Ich tue es wirklich für dich, denn für mich ist Monika Terboven abgehakt.«

»Ganz toll von dir, Rita, ich danke dir. Ruf mich an, wann du kommst und wo du landest.«

Florence stellt das Handy ab.

Im Haus ist kein Laut zu hören. Sie kramt aus ihrer Reisetasche einen seidenen Morgenmantel und zieht ihn über. Sie macht die Zimmertür auf und wirft einen Blick über den Flur. Dann geht sie ins Badezimmer.

Nach einer kalten Dusche und einem ordentlichen Schluck Wasser gegen den Brand in ihrer Kehle zieht Florence sich frische Sachen an. Eine schwarze Jeans und ein weißes T-Shirt. Sie stopft das Shirt in die Hose und schnallt einen geflochtenen Gürtel um, ebenfalls schwarz. Die Füße steckt sie barfuß in weiße Turnschuhe.

Sie begibt sich nach unten. Der Hintereingang des Cafés ist von innen verriegelt. Florence öffnet die Tür und geht entschlossen und voller Tatendrang hinaus in den Morgen.

Der Weg und die Böschung, wo Monika Terboven gefunden wurde, liegen noch im Schatten. Es ist kühl, Florence hätte sich einen Pullover mitnehmen sollen.

Langsam steigt sie die Böschung hinauf. Zum wiederholten Mal sieht sie sich den Boden an, die plattgedrückten Zweige und das Unterholz. Irgend etwas muß es doch geben, das sie weiterbringt.

Jetzt kommt sie oben an und blickt zurück, den Abhang hinunter.

Nichts.

Wenn Gilbert Cosme Monika nicht umgebracht hat, muß sie überhaupt nicht in der Nähe der Lichtung ermordet worden sein. Der Mörder kann sie nach der Tat hierhertransportiert haben. Entweder zu Fuß oder mit dem Wagen, wie auch immer, alle Spuren sind verwischt. Er könnte von dem Treffen mit Gilbert gewußt und später die Leiche in die Nähe der Lichtung geschafft haben, um Gilbert Cosme den Mord in die Schuhe zu schieben.

Andererseits konnte der Täter nicht ahnen, daß es regnen würde, und hat sicher von vornherein vermieden, auffällige Spuren zu hinterlassen. Autoreifen wären allzu verräterisch.

Florence wird plötzlich aus ihren Überlegungen aufgeschreckt. Ein Reiter kommt den Weg entlang. Beim Näherkommen sieht sie, daß es eine Frau ist. Großgewachsen, schlank, in ausgewaschenen Jeans, einer gestreiften Hemdbluse, deren Ärmel hochgekrempelt sind, und staubigen schwarzen Cowboystiefeln. Das kurze blonde Haar ist zerzaust. Das Gesicht ist länglich geschnitten, mit einer schmalen, leicht gebogenen Nase. Am auffälligsten sind die Augen. Sie sind ganz hell, blau oder grün, das kann Florence nicht erkennen, da gerade das Morgenlicht hineinfällt.

Die Reiterin bringt ihr Pferd zum Halten und klopft ihm den Hals. Ihr voller Mund, der Mund einer reifen Frau, lächelt Florence an.

»Guten Morgen!«

Ohne daß Florence es begründen kann, weiß sie, daß die Reiterin Cathérine Volet sein muß. Sie erwidert den Gruß. Cathérine Volet zeigt mit der Hand nach vorn.

»Dort kommt man nach Blans, hab ich recht?«

»Ja. Aber mit dem Pferd wird das schwierig. Da hinten ist ein steiler Abhang. Kennen Sie die Gegend hier nicht?«

»Nicht besonders gut.«

Florence nähert sich dem Pferd und streichelt vorsichtig seinen Hals.

»Sie sind sicher Cathérine Volet. Hat man Ihnen denn nicht gesagt, daß die Leiche Ihrer Freundin hier gefunden wurde?«

Cathérine ist nur knapp einen Meter von ihr entfernt und sieht sie von der Höhe ihres Pferdes herab an.

Blaue *und* grüne Augen, entscheidet Florence.

»Doch«, antwortet Cathérine. Ihre Stimme ist ruhig und ziemlich dunkel. »Deswegen wollte ich mir die Stelle ja auch mal ansehen.«

»Obwohl Sie die Gegend nicht kennen, finden Sie automatisch den richtigen Weg.«

Cathérine sieht Florence spöttisch an.

»Ich glaube an die Intuition. Sie nicht?«

Florence schüttelt den Kopf.

»Nicht immer.«

Cathérine lacht, und an der linken Seite ihrer Wange erscheint ein Grübchen.

»Da Sie wissen, wer ich bin, dürfte ich jetzt erfahren, wer Sie sind?«

»Commissaire Labelle von der Berliner Kriminalpolizei.«

Cathérine runzelt die Stirn und stößt einen anerkennenden Pfiff aus.

»Aus Berlin. Mit französischem Namen. Labelle. Nomen est omen ... Und Sie sprechen so gut unsere Sprache.«

Florence hat keine Lust, ins Detail zu gehen.

»Ja«, sagt sie kurz angebunden, »das hat familiäre Gründe.«

»Aha«, meint Cathérine Volet und beugt sich über den Hals des Pferdes nach vorn. Die Blicke der beiden Frauen treffen sich erneut.

»Suchen Sie eigentlich etwas Bestimmtes hier?« Florence versucht, ihrer Stimme einen beiläufigen Klang zu geben.

»Allerdings.« Cathérine Volets Antwort kommt etwas zu schnell.

»Monika trug eine Halskette, als sie in der Nacht Les Oliviers verließ. Gestern im Leichenschauhaus habe ich sie nicht an ihr entdeckt. Der Arzt sagte, sie habe keine Kette getragen, als man sie fand.«

»Was ist das für eine Kette?«

»Aus Platin mit einem dreieckigen Smaragd. Ebenfalls in Platin gefaßt.«

»Warum interessieren Sie sich dafür, wo die Kette abgeblieben ist?«

»Sie war ein Geschenk von mir. Darum.«

»Und wie kommen Sie darauf, daß Ihre Freundin die Kette verloren hat?«

Cathérine lächelt nachsichtig.

»Sie halten mich doch hoffentlich nicht für naiv. Sie hat die Kette entweder verloren, oder der Mörder hat sie ihr abgenommen.«

Oder die Geschichte mit der Kette ist erfunden, denkt Florence.

»Danke für den Hinweis«, sagt sie. »Wir kümmern uns darum.« Sie sieht Cathérine scharf an, aber diese läßt sich nicht verunsichern.

»Also dann, Commissaire. Da ich sicher noch das Vergnügen mit Ihnen haben werde, setze ich jetzt erst einmal meinen Ritt fort. Steile Abhänge sind übrigens Miras Spezialität. Und von Blans aus kenne ich dann den Weg.«

Sie macht eine kurze Bewegung mit dem Zügel. Florence spürt den Schweißgeruch des Pferdes, als Cathérine ganz dicht an ihr vorbeireitet. Und den Duft eines frischen, herben Parfüms.

Florence sieht ihnen nach. Die Stute ist in leichten Galopp gefallen, und Reiterin und Pferd bewegen sich in perfekter Harmonie. Ein schönes, fast unwirkliches Bild wie aus einer anderen Zeit.

Als spüre Cathérine Volet ihre Blicke im Rücken, dreht sie sich einmal kurz um. Im nächsten Augenblick hat der Abhang Reiterin und Pferd verschluckt.

Florence atmet tief durch und setzt sich an den Wegrand.

Sie versucht, den Eindruck abzuschütteln, den Cathérine Volet soeben auf sie gemacht hat, und sich die reinen Fakten ins Gedächnis zu rufen.

Betroffen oder berührt vom Tod Monika Terbovens scheint sie ja nicht zu sein. Da reitet sie am frühen Morgen zum Tatort beziehungsweise zum Fundort der Leiche und behauptet, den Weg nicht zu kennen und ihrer Intuition zu folgen. Andererseits sucht sie gezielt nach einem Schmuckstück, das die Tote angeblich getragen hat, als sie Les Oliviers verließ ...

Eine aparte und interessante Frau. Mit einer Ausstrahlung, die sie gekonnt und ganz gezielt einsetzt. Eine Frau, die ihrer Freundin ein Luxusleben auf einem Anwesen wie Les Oliviers bieten konnte. Hat Cathérine Volet die verarmte Erbin Monika Terboven jahrelang ausgehalten? Wenn sie die Tat begangen hat, was wäre ihr Motiv? Eifersucht? Ja, das wäre ein Motiv.

Hat Monika Terboven sie betrogen, und wenn, mit wem? Cathérine Volet ist eine der Verdächtigen, daran gibt es keinen Zweifel. Die Sache mit der Kette kann ein Ablenkungsmanöver sein. Außerdem läßt ihr cooles Verhalten den Schluß zu, daß irgend etwas an der Beziehung zu Monika Terboven nicht gestimmt hat. Keine Trauer, keine Verzweiflung. Das läßt manches vermuten.

Eine Kette mit einem Smaragd. Die klassischen Mordmotive neben Eifersucht sind Rache, Vertuschung einer Straftat, *Habgier.* Falls Monika die Kette tatsächlich getragen hat, könnte jemand sie umgebracht haben, um in deren Besitz zu gelangen? Ein simpler Raubmord? Florence sträubt sich gegen diesen Gedanken.

Sie wird Marbeuf davon berichten. Doch sie sieht bereits sein feixendes Gesicht, wenn sein Hauptverdächtiger Gilbert Cosme, der ganz offensichtlich in ärmlichsten Verhältnissen lebt, durch die Behauptung, daß Monikas Kette weg sei, zusätzlich belastet wird.

Florences Blick fällt auf den Weg, auf dem Cathérine Volets Pferd gut sichtbare Hufspuren hinterlassen hat.

Natürlich!

Wie elektrisiert springt Florence auf.

Die Spuren von Pferdehufen wären in jener Nacht ebenso vom Regen verwischt worden.

Und ist ein Pferd nicht eine ideale Transportmöglichkeit für eine Leiche? Ideal vielleicht nicht gerade, aber ein Transportmittel, auf das niemand so leicht kommt.

…

»Tja, Commissaire. Eine schöne Bescherung. Ausgerechnet jetzt!«

Pierre Desgranges, Chef der Départementpolizei, sitzt an dem kleinen Tisch im Hinterzimmer des Cafés *Embuscade*. Mit einer Handbewegung fordert er Florence auf, ebenfalls Platz zu nehmen.

Marbeufs Assistent Alain Roche steht in Türnähe und hat so etwas wie Haltung angenommen.

»Wie ist es passiert?« fragt Florence und setzt sich Desgranges gegenüber.

»Er kam aus seiner Wohnung und überquerte die Straße. Alain hat gegenüber im Auto auf ihn gewartet. Er ist direkt in den Lieferwagen gelaufen.«

»Das tut mir leid«, sagt Florence, und ihre Anteilnahme ist echt.

»Ich wollte es Ihnen selbst mitteilen und Sie bei dieser Gelegenheit auch gleich kennenlernen.« Pierre Desgranges sieht Florence prüfend an. Anscheinend besteht sie diese Prüfung, denn er lächelt.

»Na ja, Marbeuf wird es überleben. Ein paar Knochenbrüche und eine Leberruptur, so was ist schmerzhaft. Und für die nächsten Wochen …«

Pierre Desgranges läßt den Satz offen und sieht Florence vielsagend an.

Er hat große dunkelbraune Augen, glattes schwarzes und sehr kurz geschnittenes Haar. Sein Lächeln, das ihn jünger erscheinen läßt, ist unbekümmert und charmant.

Er ist nicht groß, eher zierlich. Sein maßgeschneiderter hellgrauer Anzug, die Krawatte, bedruckt mit roten und blauen Dinosauriern, weisen ihn als eleganten und auch trendbewußten Mann aus. Seine Umgangsformen sind locker und angenehm. Kurz: Er ist das krasse Gegenteil von Marbeuf.

»Ich werde ihn in den nächsten Tagen mal besuchen«, sagt Florence. »Wo liegt er?«

»Im Centre Hospitalier Doumergue.«

Desgranges rückt mit der linken Hand, die keinen Ehering trägt, an seiner Krawatte, als wolle er gezielt auf sie aufmerksam machen. »Wissen Sie, für mich bedeutet sein Ausfall zwar ein ziemliches Problem, aber ich bin gewohnt, Probleme schnell zu lösen.«

Selbstgefällig sieht er Florence an, und sein Gesichtsausdruck verspricht eine Lösung. Aber welche?

»Jetzt ist Urlaubszeit, wie Sie wissen. Commissaire Burgio, der für diesen Fall in Frage käme, ist irgendwo im Busch. Auf Guadeloupe. Es wird einige Tage dauern, bis er zurück ist. Und bis dahin ...« Desgranges lehnt sich zurück. »Bis dahin übernehmen Sie den Fall allein, Commissaire.«

Florence sieht ihn verblüfft an. Mit allem hätte sie gerechnet, nur damit nicht.

»Doch, doch«, fährt Desgranges fort. »Sie haben ausgezeichnete Referenzen. Ich denke dabei nur an den Fall Rasnow. Damals machte ich gerade einen Besuch beim BKA in Karlsruhe, und da waren Sie und diese Sache Tagesgespräch. Wirklich hervorragende Arbeit.«

»Danke, Monsieur.« Florence stellt ärgerlich fest, daß sie rot wird. Ja, der Fall Rasnow. Waffenschieber und Top-Mafioso aus Moskau. Drei Morde in vier Tagen und Protektion bis in die höchsten Kreise der Roten Armee.

Pierre Desgranges lächelt wieder. »Ich habe das Gefühl, daß die Ermittlungen bei Ihnen in den richtigen Händen liegen. Zumal Sie quasi Französin sind. Außerdem haben Frauen oft das bessere Einfühlungsvermögen. Vor allem wenn es um einen so delikaten Fall geht. Sie wissen, was ich meine.«

Das weiß Florence genau. Alles, was mit diesem Mord zu tun hat, führt automatisch auch zu Cathérine Volet, der Nichte des Staatspräsidenten.

»Kollege Marbeuf hat mich in die Details eingeweiht«, antwortet Florence, und Desgranges nickt.

»Gut. Gefragt ist Fingerspitzengefühl. Der Oberstaatsanwalt weiß Bescheid, und ich habe ein Fax an Ihre Dienststelle in Berlin geschickt. Der Präfekt ist ebenfalls informiert, daß Sie die Sache vorerst allein übernehmen, und wir haben seine Rückendeckung. Sie bekommen auch, so schnell es geht, einen eigenen Dienstwagen sowie einen Ausweis, damit sie legitimiert sind. Er gilt in Verbindung mit Ihrem deutschen Dienstausweis.«

Desgranges steht auf.

»Dieser Gilbert Cosme, das sieht doch ganz erfolgversprechend aus. Meint Marbeuf jedenfalls.«

»Es gibt mehrere Spuren. Nichts Konkretes bis jetzt.«

Desgranges ignoriert den vorsichtig formulierten Einwand.

»Bleiben Sie an ihm dran. Ich erwarte jeden Tag einen kurzen mündlichen Bericht. Und – Sie gehen doch in den nächsten Tagen mal mit mir essen?«

Ohne die Antwort abzuwarten, reicht er Florence die Hand. Sie ist warm, und sein Händedruck ist fest.

»Auf Wiedersehen, Monsieur«, sagt Florence. »Und danke!«

»Wofür? Wenn Sie irgend etwas brauchen oder auf dem Herzen haben, rufen Sie mich ruhig an.«

Die Tür fällt ins Schloß.

Florence ist einen Moment lang wie betäubt. Sie muß die plötzlich völlig neuen Umstände erst einmal verdauen.

Marbeuf wurde wie durch ein Wunder aus dem Verkehr gezogen. Sie müßte lügen, wenn sie so tun wollte, als spüre sie nicht eine gewisse Erleichterung. Auch wenn er ihr persönlich leid tut. Mindestens drei Wochen Krankenhaus, und das mitten im Sommer.

Die Ermittlungen liegen also erst einmal alleinverantwortlich in ihrer Hand. Wenn sie sich den Fall umgekehrt vorstellt: Ein Kommissar aus Nîmes käme zur Amtshilfe nach Berlin, und Müller-Ehrlich würde ihm einen delikaten Mordfall anvertrauen, weil einer seiner Kommissare ausfällt … Undenkbar. Eher würde Müller-Ehrlich selbst wieder die Knochenarbeit an der Basis verrichten.

Vor Desgranges wird sie dennoch auf der Hut sein müssen. Seine Lockerheit und das Wohlwollen ihr gegenüber täuschen sie nicht darüber hinweg, daß er ein ganz bestimmtes Ziel im Auge hat. Und das heißt Gilbert Cosme. Sicher, er wäre der ideale Täter. Daß Desgranges kein Interesse daran hat, Cathérine Volet in den Kreis der Verdächtigen mit einzubeziehen, liegt auf der Hand.

Andererseits scheint Desgranges ein paar Eigenschaften zu besitzen, die Florence im Beruf sehr schätzt und die sie sich zunutze machen will: Flexibilität und Entscheidungsfreude.

Sie atmet tief durch und wirft einen Blick auf ihre Uhr. Kurz nach neun. Florence steht auf und öffnet die Tür des Hinterzimmers.

»Madame Lamarque – können Sie uns zwei Kaffee bringen?«

»Sofort, Commissaire.«

Sie schließt die Tür, setzt sich wieder hin und bedeutet Alain Roche, auf dem Stuhl Platz zu nehmen, wo eben noch Desgranges saß.

»Also, Alain. Ich darf Sie doch Alain nennen?«

Alain Roche ist ein hochaufgeschossener Typ mit fettigen dunkelblonden Haaren, die zu lang sind und über den Kragen seines dunkelgrünen Seidenblousons fallen. Alles, was er tut, sieht verlangsamt aus, wie in Zeitlupe. Überhaupt könnte er einem Gangsterfilm mit Lino Ventura oder Jean Gabin in der Hauptrolle entsprungen sein. Alain hätte darin den Part des kleinen Autoknakkers, Dealers oder korrupten Flics.

Alain reagiert nicht, sieht Florence mit seinen großen, hervorquellenden Augen an und setzt sich zögernd hin. Dann fällt ihm ein, daß er vielleicht mitschreiben muß. Er holt sein Notizbuch und einen Kuli aus der Gesäßtasche seiner hellen Gabardinehose.

»Als erstes rufen Sie Kommissar Marbeuf an und ...« Florence unterbricht sich. »Nein, das mache ich am besten selbst. Aber besorgen Sie mir umgehend den schriftlichen Bericht der Autopsie und sämtliche Laborberichte.«

Alain macht sich Notizen.

»Gibt es von den bisherigen Vernehmungen Protokolle?« fährt Florence fort.

»Nur von der Vernehmung Gilbert Cosmes. Falls es schon getippt ist.« Alain runzelt zweifelnd die Stirn.

»Und von Cathérine Volet und der Frau, die ebenfalls auf Les Oliviers wohnt, dieser Lucienne Simon?«

Alain schüttelt den Kopf.

»Nein. Beide wurden ja noch nicht in dem Sinne vernommen. Commissaire Marbeuf hat vorerst nur wissen wollen, wer mit dem Opfer den letzten Abend verbracht hat, und da fielen diese beiden Namen.«

So was Ähnliches hat sich Florence schon gedacht. Cathérine Volet und ihr Umfeld werden mit Samthandschuhen angefaßt, und zwar von Anfang an.

»Angeblich ist Cathérine Volet an dem Abend früh zu Bett gegangen, und angeblich war diese Lucienne Simon im Kino.« Florence sieht Alain fragend an. »Aber was war am nächsten Morgen? Hat niemand Monika Terboven vermißt? Die Leiche wurde doch erst mittags gefunden.«

Alain zuckt mit den Schultern.

Florence hakt nach.

»Hat Commissaire Marbeuf die beiden Damen nicht gefragt, ob sie sich am nächsten Tag nicht gewundert haben, daß Monika Terboven nicht im Haus war?«

»Keine Ahnung, ich glaube nicht.« Alain sieht sie ausdruckslos an.

So blöd kann man doch nicht sein, denkt Florence. So was lernt man doch auch in Frankreich im ersten Jahr auf der Polizeischule.

Elise Lamarque betritt den Raum und bringt den Kaffee.

Sie sieht erst Florence an, dann Alain.

»Essen Sie heute mittag hier? Es gibt gefüllte Dorade.«

»Klingt gut«, sagt Florence. »Sie können mit mir rechnen.« Sie wirft einen fragenden Blick zu Alain. Der schüttelt den Kopf.

»Ich stehe nicht auf Fisch«, sagt er.

»Da kann man nichts machen.« Elise zwinkert Florence zu und verläßt das Hinterzimmer.

Florence trinkt ihren Kaffee mit einem Zug aus und steht auf.

»Gehen Sie mit den Gendarmen nochmals den Fundort der

Leiche ab und den Weg zur Lichtung. Gesucht wird eine Halskette. Platin mit einem Smaragd.«

»Soll sie so was getragen haben?« fragt Alain.

»Ja. Cathérine Volet behauptet das.«

»Aha, interessant. Haben Sie denn schon …«

»Mit Cathérine Volet gesprochen? Ja. Falls Sie die Kette dort nicht finden, versuchen Sie herauszufinden, ob sie in Nîmes einem Hehler oder Ankäufer angeboten wurde. Rufen Sie Cathérine Volet an, und lassen Sie sich eine genaue Beschreibung der Kette und ihres ungefähren Wertes geben.«

»In Ordnung.«

»Fahren Sie los, Alain, und sehen Sie zu, daß Sie spätestens mittags wieder hier sind. Und bringen Sie sich auf meine Kosten ein anständiges Sandwich mit, wenn Sie schon keinen Fisch mögen«, fügt sie locker hinzu.

Über Alains Gesicht, das bisher stets ohne nennenswerte Regung geblieben ist, huscht eine kurze Bewegung. Mit viel Phantasie kann Florence sie als ein erstes Lächeln deuten.

»Und richten Sie den Raum hier ein bißchen für unsere Zwecke ein. Eine Schreibmaschine, Büromaterial und so weiter. Lassen Sie auch ein Telefon installieren, mein Handy ist auf Dauer zu teuer.«

»Mach ich.«

Als Alain das Hinterzimmer verlassen hat, stützt Florence ihr Gesicht in beide Hände und starrt vor sich hin.

Wie immer in solchen Momenten läßt sie vor ihrem geistigen Auge ein erstes Organisationsschema ablaufen, nach dem sie vorgehen wird. Ihr Gehirn sortiert die wichtigen und die unwichtigen Informationen und stellt eine Prioritätenliste auf.

8

Lucienne steht bewegungslos im Türrahmen.

»Ich habe dir schon gestern gesagt, du sollst deine Sachen packen und verschwinden.« Cathérines Stimme klingt ganz ruhig. »Ich weiß gar nicht, worauf du noch wartest.«

Sie sitzt am Küchentisch und frühstückt. Aus einer großen Kanne schenkt sie sich Tee ein. Sie trinkt ihn mit viel Milch und ohne Zucker.

»Ich denke gar nicht daran!«

Herausfordernd wirft Lucienne den Kopf in den Nacken. Mit ihren schwarzen Haaren, die in krassem Kontrast zu ihren blauen Augen stehen, und dem vollen, sinnlichen Mund ist Lucienne eine attraktive Frau, das muß Cathérine zugeben. Als sie vor einigen Monaten auf Les Oliviers auftauchte, um für die Zeitschrift *Marie Claire* ein Interview mit ihr zu machen, konnte Cathérine nicht ahnen, daß Monika mit dieser Frau ein Verhältnis anfangen würde. Niemals hätte sie zulassen dürfen, daß Lucienne sich auf Les Oliviers einquartierte. Aber hat sie Monika jemals etwas abschlagen können?

Im Flur vor der Küche sind Schritte zu hören. Eine Frau steckt den Kopf durch die Tür. »Also, Madame, ich fahre jetzt los.«

Emmanuelle ist eine stämmige Frau Mitte Vierzig. Ihre Familie kommt aus Spanien, aber seit dreißig Jahren lebt Emmanuelle in Blans, und seit acht Jahren arbeitet sie auf Les Oliviers. Eine Perle, sagt Cathérine immer. Sie macht die Einkäufe, kümmert sich um alle Belange des Hauses und weist die Putzfrau an. Außerdem ist sie eine vorzügliche Köchin, was sie unter Beweis stellen kann, wenn Cathérine gerade mal keine Lust zum Kochen hat. Emmanuelle ist patent und zuverlässig.

»Ja, ist gut«, sagt Cathérine zerstreut. »Aber vergessen Sie nicht, bei der Schneiderin vorbeizufahren.«

»Keine Bange, Madame, das steht ganz oben auf meiner Liste.« Ihre Schritte entfernen sich mit einem Klacken, und kurz darauf fällt draußen eine Tür ins Schloß.

Lucienne hat sich nicht gerührt. Sie taxiert Cathérine abschätzig mit ihren Blicken. Das könnte ihr so passen, sie einfach rauszuschmeißen.

»Wenn Monika noch leben würde, könntest du das nicht mit mir machen.«

Cathérine trinkt einen Schluck aus ihrer Teetasse.

»Sie lebt aber nicht mehr«, stellt sie sachlich fest.

Lucienne lacht hysterisch auf. »Eben. Frag dich mal, warum. Wo warst du denn vorgestern nacht?«

Cathérine ignoriert diese Bemerkung. Lucienne wäre die letzte, von der sie sich provozieren ließe.

»Bis morgen bist du weg. Sonst greife ich zu anderen Mitteln.«

»Zu welchen denn?«

Cathérine sieht sie kalt an.

»Such dir doch im Dorf ein Quartier, wenn du die Gegend hier so schön findest. Oder zieh gleich nach Nîmes. An den Quai de la Fontaine zum Beispiel oder in die Rue Poise.«

Lucienne wird kreidebleich.

»Ich weiß nicht, was du damit meinst«, sagt sie hastig, und ihre Hand krampft sich am Türpfosten fest. Cathérine, der diese Geste nicht entgeht, verzieht ironisch das Gesicht.

»O doch, das weißt du genau. Quai de la Fontaine Nummer 14. Rue Poise Nummer 3.«

In Luciennes Augen flackert es. Ihre Stimme ist fast tonlos.

»Keine Ahnung, wovon du redest.«

»Nein? Dann denk mal darüber nach.«

Lucienne versucht die Flucht nach vorn.

»Im Gegensatz zu dir habe ich für die Mordnacht ein Alibi.«

»Ja«, sagt Cathérine und lacht. »Den Film mit Juliette Binoche, der schon seit einer Woche nicht mehr läuft.«

Mit einem einzigen Satz ist Lucienne am Tisch. Sie greift den erstbesten Gegenstand und schleudert ihn nach Cathérine. Es ist die Butterdose aus weißem Porzellan. Cathérine duckt sich, und das Geschoß verfehlt sie knapp. Die Butterdose zerschellt hinter ihr an der Wand. Ein Teil der Butter, vermischt mit Glassplittern, bleibt an der Wand kleben, der Rest rutscht nach unten.

»Raus!« Cathérine wird selten laut, aber jetzt schreit sie.
Doch Lucienne ist bereits hinausgerannt.

Cathérine ruft hinter ihr her: »Dein Rendezvous gestern abend wurde nämlich kurzfristig abgesagt. Als der Anruf kam, warst du schon weg. Dein Pech!«

Kurz darauf hört Cathérine das Knallen einer Autotür und das hektische Quietschen von Reifen.

...

Als Florence das Café *Embuscade* verläßt, ist es kurz vor zehn. Sie geht über den Platz zur Poterie.

Das Telefonat mit Marbeuf eben war unerfreulich und hat deshalb nicht lange gedauert. Marbeuf machte sich auf seine übliche Art Luft und ließ keine Zweifel daran, daß Desgranges' Entscheidung, Florence vorerst allein mit dem Fall zu betrauen, ein großer Fehler sei.

Das alles paßt ins Bild, das sie von Marbeuf hat. Sie ist froh, daß sie ihn los ist. Und bis der Kollege aus Guadeloupe zurückkommt ... es kann alles nur besser werden.

Die Sonne steht schon steil am Himmel. Langsam scheint das Dorf zum Leben zu erwachen. Aus der Bäckerei gegenüber dem Café dringt der Geruch von frischem Brot, und aus dem Spalt eines geöffneten Fensters ertönt der Refrain eines Liedes von Patricia Kaas. »*Regarde les riches ...*«

Florence ist vor der Poterie angekommen. Ein schönes Haus, großzügig und im alten Stil restauriert. Die Sandsteine der Fassade wurden kürzlich frisch verfugt, der Innenhof offenbar neu gepflastert.

Es sieht alles sehr gepflegt aus. Licht und Farben wechseln einander ab. Überall stehen Blumentöpfe mit Lavendel, Geranien und aromatischen Kräutern. Es duftet nach allen Gerüchen der Provence. Eine purpur und azurblau blühende Kletterwicke bedeckt die Hauswand, hinter der offenbar das Töpferatelier liegt.

Florence klopft an die geschlossene Glastür. Als niemand antwortet, drückt sie die Klinke herunter. Die Tür ist nicht abgeschlossen.

»Hallo?!« sagt Florence laut und tritt ein. Sie sieht sich um.

Der Raum ist groß und weiß getüncht. Auf einzelnen Tischen und an den Wänden sind Keramiken ausgestellt, daneben klebt jeweils ein kleines Preisschild. Da sind gelbe, grüne und rote Paprika, Auberginen, Zucchini, Tomaten, ein Blumenkohl und Artischocken. Alles naturgetreu nachgebildet, und vor allem stimmen die Farben.

Am auffälligsten sind die Masken, die an einer der Wände hängen, in schwarzen und grauen Farbtönen gehalten. Schreckverzerrte Gesichter, die Münder zum Schrei geöffnet. Florence sieht ausgestochene Augen, verstümmelte Lippen und Nasen. Grimassen der Qual, Momentaufnahmen des Terrors.

Folteropfer, ja, so sehen sie aus. Ein merkwürdiger Gedanke durchzuckt Florence: Sie sehen aus, als hätte der Künstler sie aus der Perspektive des Täters gestaltet. Mit einer minuziösen Lust am Detail.

»Das sind die Totenmasken der Lebenden.« Eine leise, sanfte Stimme ertönt hinten im Atelier, und Florence dreht sich um. »Ich habe den Zyklus so genannt in Gedenken an das Leid der Menschen in Ruanda.«

Aus einer angrenzenden Tür betritt ein großer, schlanker Mann den Raum. Schwer zu sagen, wie alt er ist. Sicher jünger, als er aussieht. Er trägt aus der Mode gekommene braune Cordhosen mit Schlag, ein farbbespritztes, helles T-Shirt und ein buntes Stirnband um seine langen dunkelblonden und mit grauen Strähnen durchsetzten Haare. Der rötliche Vollbart ist ausgedünnt und hat ebenfalls schon graue Stellen. Er müßte dringend geschnitten werden.

»Entschuldigen Sie, daß ich hier so einfach reinkomme.« Florence wirft erneut einen Blick auf die Masken. »Sehr beeindruckend. Verkauft sich so was?«

»Durchaus. Es waren insgesamt zwölf. Vier sind schon weg.«

Florence fragt sich, wer sich diese Masken wohl ins Zimmer hängt.

»Sie sind Tommy, nicht wahr? Tut mir leid, daß ich Ihren Familiennamen nicht weiß.«

»Tommy Ducroix. Und Sie sind von der Polizei.«

»Ja. Hat Claire Ihnen das erzählt?«

Tommy nickt.

»Genau. Sie sagte, daß Sie drüben im *Embuscade* wohnen.«

Interessant, denkt Florence. So schnell machen die Informationen hier die Runde. Es ist zehn Uhr morgens, sie hat Claire heute noch nicht zu Gesicht bekommen, aber dieser Tommy ist bereits über sie im Bilde.

»Ich würde Ihnen gern ein paar Fragen stellen.«

»Bitte. Wenn es Ihnen nichts ausmacht, gehen wir in die Küche. Ich muß nämlich meine Marmelade überwachen.« Tommy lächelt. »Aprikosenmarmelade. Das ist jetzt die Zeit.«

Auf dem Weg zur Küche kann Florence es bereits riechen. Wenn ihre Großmutter in Avignon früher Marmelade kochte, duftete es genauso.

»Das mit Monika hat mich unheimlich getroffen.« Tommys Stimme ist brüchig, aber dennoch klingt das, was er sagt, unecht. Bevor Florence den Ausdruck seiner Augen erhaschen kann, dreht er ihr den Rücken zu. Mit der Hand deutet er auf einen Stuhl.

»Nehmen Sie doch Platz. So ein gewaltsamer Tod muß entsetzlich sein. Jeden Tag steht ja so was in der Zeitung. Aber man denkt nie, daß es einen Menschen treffen könnte, den man kennt.«

Er geht zum Herd, wo der Topf mit Marmelade vor sich hin köchelt, und bleibt dort stehen. Florence setzt sich an den Tisch, so daß sie Tommy im Blick hat.

»Wie gut kannten Sie denn Monika Terboven?«

»In gewisser Weise waren wir befreundet.« Tommy hebt den Topfdeckel, nimmt einen Holzlöffel von einem neben dem Herd stehenden Teller und rührt die Marmelade um. »Ich kannte sie, seit sie nach Les Oliviers kam.«

»Wann war das?«

»Vor sechs oder sieben Jahren.«

»Mochten Sie sie?«

Tommy scheint erstaunt über diese Frage.

»Natürlich! Wir hatten zwar nicht viel miteinander zu tun, aber sie kam manchmal hierher.«

»Wann haben Sie Monika Terboven das letzte Mal gesehen?«

Tommy schließt den Deckel des Topfes wieder.

»An dem Abend, bevor sie ermordet wurde.«

»Um wieviel Uhr war das?«

»Punkt acht. Sie kam vorbei und brachte mir einen Korb Gemüse von Les Oliviers. Sie blieb vielleicht zehn Minuten.«

»Und woher wissen Sie, daß es acht Uhr war?«

Ohne zu zögern, antwortet Tommy: »Die Kirchturmuhr schlug gerade. Unmöglich, sie irgendwo in diesem Dorf zu überhören.«

»Fiel Ihnen irgend etwas an Monika auf? War sie anders als sonst?«

»Nein. Nicht daß ich wüßte.«

»Worüber sprachen Sie?«

»Ich zeigte ihr ein paar neue Keramiken. Dann fragte ich sie, ob sie nicht Lust hätte, mit mir nachts zu Gilbert Cosme auf die Sternwarte zu gehen.«

Florence läßt sich ihre Überraschung nicht anmerken.

»Mit Ihnen? Waren Sie denn auch auf der Lichtung?«

»Nein. Ich bin dann doch nicht gegangen, weil ich zu müde war.«

Er wußte also, daß Monika nachts auf die Lichtung wollte. Er hätte ihr folgen und ihr auf dem Rückweg auflauern können ...

Sie mustert Tommy, der erneut in der Marmelade rührt. Mit seiner schlechten Körperhaltung und den Hängeschultern wirkt er irgendwie kraftlos und auf unangenehme Weise altbacken. Seine nackten Füße mit zu langen, schmutzigen Fußnägeln stekken in Jesuslatschen.

Ein sogenannter Softie, denkt Florence. Einer der scheinbar keiner Fliege ein Haar krümmen kann, der Marmelade kocht und im Winter sicher Socken strickt.

Florence stellt die nächste Frage.

»Haben Sie Monika Terboven noch einmal gesehen, nachdem sie von hier wegging?«

»Nein.«

Florence lehnt sich zurück und verschränkt die Arme.

»Was haben Sie in der Mordnacht gemacht?«

Tommy schließt den Deckel des Topfes und lächelt.

»Ist das die berühmte Frage nach dem Alibi?«

»Wenn Sie so wollen.«

»Was ich gemacht habe? Das Normalste von der Welt. Ich habe in meinem Bett gelegen und geschlafen.«

»Gibt es dafür Zeugen?«

»Tut mir leid, ich lebe allein.«

Florence steht auf und sieht sich in der Küche um. Neben dem Küchenschrank hängt ein Tageskalender mit dem Reklameaufdruck eines Bioladens in Nîmes. Das Kalenderblatt zeigt immer noch den 4. Juli.

Tommy beobachtet sie und sagt beiläufig: »Ich reiße ihn nicht regelmäßig ab. Ich bin nämlich niemand, der nach Datum oder Uhrzeit lebt.«

Florence dreht sich abrupt zu ihm um.

»Ich nehme an, Sie wissen, daß Monika Terboven und Cathérine Volet eine Beziehung hatten. Das scheint ja hier allgemein bekannt zu sein.«

»Ja, einige Leute wissen das. Aber ich rede nicht darüber. Fragen Sie Cathérine Volet.«

Florence nickt.

»Aber über sich selbst können Sie doch reden, oder? Sie waren mal Musiker in der Band von Cathérine Volet. Ist das richtig?«

Wenn Tommy von dieser Frage überrascht ist, so zeigt er es nicht.

»Ja, aber das ist lange her. Seit ungefähr sechs Jahren habe ich dieses Töpferatelier.«

»Seit Monika Terboven auf Les Oliviers lebte?«

»Das hat sich rein zufällig so ergeben. Was soll diese Frage?«

»Es hat mich nur interessiert, weiter nichts. Ach, noch eines – welches Instrument haben Sie früher gespielt?«

»Saxophon. Manchmal auch Klarinette.«

»Spielen Sie heute auch noch?«

»Um Gottes willen! Ich habe die Musik an den Nagel gehängt.«

»Und warum?«

»Da diese Frage sicher nichts mit dem Mord an Monika Terboven zu tun hat, erlaube ich mir, sie nicht zu beantworten.« Seine Stimme klingt ruhig und entschlossen, und Florence insistiert nicht.

Tommy geht zum Küchenschrank und holt aus der Schublade einen kleinen Löffel. Er lächelt. »Wollen Sie mal probieren?« fragt er und hebt den Topfdeckel.

Florence steht auf und stellt sich direkt hinter ihn. Sie nimmt seinen Geruch nach Schweiß und ungewaschenen Kleidern wahr.

Jetzt dreht er sich zu ihr um. Zum ersten Mal sieht sie seine Augenfarbe. Kalte, hellbraune, vollkommen ausdruckslose Augen. Sie stehen in hartem Kontrast zu Tommy Ducroix' softiehaftem Auftreten und seiner weichen Stimme.

»Nein, danke«, sagt Florence. »Sieht aber gut aus.«

In diesem Moment hört man aus dem Atelier eine aufgeregte weibliche Stimme.

»Tommy! Wo bist du!? Ich bin fix und fertig! Stell dir vor, Cathérine weiß, daß ich ...«

Als Lucienne aufgelöst und außer Atem in die Küche stürzt, bricht sie mitten im Satz ab. Mit weitaufgerissenen Augen starrt sie Florence an. Dann hetzt ihr Blick zu Tommy, der langsam den Topfdeckel sinken läßt, und wieder zurück zu Florence. Lucienne holt tief Luft, sagt aber nichts.

Florence unterbricht die Stille.

»Ich nehme an, Sie sind Lucienne Simon. Das trifft sich gut. Ich bin Commissaire Labelle. Ich würde Ihnen gern ein paar Fragen stellen.«

»Jetzt gleich?!« Luciennes Blick geht hilfesuchend zu Tommy, der jedoch keine Miene verzieht. Florence antwortet nicht sofort. Sie sieht, daß auf Luciennes Stirn große Schweißperlen stehen. Diese Frau ist in höchster Erregung, kein Zweifel. Sie wohnt auf Les Oliviers, kannte das Opfer und hat soeben auf grandiose Art und Weise ihr Alibi zertrümmert. Florence beschließt, Lucienne noch eine Weile schmoren zu lassen. Das erhöht Luciennes Adrenalinspiegel und die Chance, daß sie sich in Widersprüche verwickelt.

»Um zwölf heute mittag.« Florence geht zur Tür. »Kommen Sie bitte in mein Büro. Im Hinterzimmer vom Café *Embuscade*.«

9

Die Tür ist nur einen Spaltbreit geöffnet.

Madeleine Cosme hat ihr fettiges graues Haar straff nach hinten zu einem Knoten gesteckt. Sie trägt dieselbe Kittelschürze wie am Vortag, beige mit kleinen roten und blauen Karos. Die Schürze sieht aus, als würde sie bereits in der dritten Generation getragen.

Dasselbe mürrische Gesicht wie gestern. Die mißtrauischen Augen.

Noch ehe Florence den Mund öffnen kann, kommt Madeleine Cosme ihr zuvor.

»Ich habe ihm gesagt, daß Sie ihn sprechen wollen. Aber ich glaube, er hat sich wieder hingelegt. Er kam gestern abend spät nach Hause.«

Madeleine Cosme wirft einen Blick über Florences Schulter in Richtung Straße.

»Ist der Kommissar nicht da? Kommt er noch, oder wollen Sie meinen Sohn gleich mitnehmen?« Der letzte Teil des Satzes klingt aggressiv.

Florence erzählt kurz von Marbeufs Unfall und daß sie jetzt die Ermittlungen allein leite. Madeleine Cosme schnappt fassungslos nach Luft, doch sie sagt nichts.

»Wecken Sie Ihren Sohn bitte, falls er schläft.«

Florence schiebt sich an Madeleine Cosme vorbei in den Hausflur. Es riecht nach Eintopf, frischer Wäsche und Eau de Javel.

Madeleine Cosme wirft die Haustür zu.

»Gilbert«, ruft sie über den Flur. »Gilbert, steh auf, die Polizei ist da.«

Am Ende des Flurs wird eine Tür geöffnet. Gilbert Cosme ist zwar vollkommen angezogen, doch seine Haare stehen ungekämmt ab. Sein Gesicht wirkt verschlafen und ungewaschen.

»Ja?«

»Die Dame hier leitet jetzt die Ermittlungen in dem Mordfall«, sagt seine Mutter spitz und zieht ihre Mundwinkel nach unten. »Mal was ganz Neues sozusagen.«

»Monsieur Cosme, wo können wir uns ungestört unterhalten?«

»Ich habe schon alles gesagt, was ich weiß.« Gilbert mustert Florence ohne großes Interesse und gähnt.

Er muß sich ganz sicher fühlen, denkt Florence. Erstaunlich, wenn man bei einem Mordfall der letzte zu sein scheint, der das Opfer gesehen hat, und über kein Alibi verfügt.

»Ja, ich weiß«, sagt Florence. »Aber ein paar Dinge möchte ich noch mal aus erster Hand erfahren.«

Madeleine Cosme schiebt ihren Sohn beiseite und geht zur Tür. »Wir gehen in dein Zimmer, Gilbert.«

»Einen Augenblick, Madame Cosme. Ich möchte Ihren Sohn allein sprechen. Wenn ich Fragen an Sie habe, lasse ich Sie das wissen.«

Florence folgt Gilbert in sein Zimmer. Sie schließt die Tür in der Gewißheit, daß Madame Cosme dahinter Posten beziehen wird.

Florence sieht sich im Zimmer um. Es ist nichts weiter als ein erbärmliches Loch. Die braungelbe Tulpentapete kommt an einigen Stellen schon herunter. Die Zimmerdecke ist voller Wasserflekken. Bett, Tisch, ein Stuhl und ein Nachtschränkchen – alles sieht aus, als stamme es vom Sperrmüll. Bücher oder einen sonstigen Hinweis auf irgendeine geistige Tätigkeit gibt es nicht. Doch: Auf dem ungemachten Bett liegt ein zerlesenes Heft *Sky and Telescope.*

Gilbert setzt sich aufs Bett und verfolgt Florences Blicke. Er sagt nichts.

Florence zieht sich den Stuhl heran und setzt sich Gilbert Cosme gegenüber. Nur ein knapper Meter trennt sie von ihm.

Sein schmales Gesicht mit dem fliehenden Kinn und den spärlichen Bartstoppeln ist ausdruckslos.

»Also, Monsieur Cosme, wir fangen ganz von vorn an. Was machen Sie beruflich?«

Gilbert vermeidet den Blickkontakt mit Florence und kaut am Nagel seines linken Mittelfingers.

»Im Moment bin ich arbeitslos.«

»Beziehen Sie Arbeitslosengeld?«

»Nein, das ist ja die Sauerei. Nur Sozialhilfe.«

»Wann gingen Sie am Abend des 4. Juli auf die Lichtung?«

»Kurz nach halb zehn. Früher hat es keinen Zweck, weil es um diese Jahreszeit lange hell ist.«

Florence nickt zustimmend.

»Wo waren Sie vorher? Hier zu Hause?«

»Ja.«

»Gingen Sie allein zur Sternwarte?«

»Ja.«

»Haben Sie unterwegs jemanden gesehen? Ich meine, nicht hier im Dorf, sondern oben im Wald?«

»Nein.«

»Auch Tommy Ducroix nicht?«

»Nein. Dabei hatte er versprochen, ebenfalls zu kommen.«

»Sie sagten bei Ihrer ersten Vernehmung, Monika Terboven sei gegen dreiundzwanzig Uhr gekommen. Woher wissen Sie das so genau?«

»Ich habe ständig auf die Uhrzeit geachtet, weil ich den Anfang der Saturnopposition nicht verpassen wollte.«

»Monika kam also gegen dreiundzwanzig Uhr. Wußte Sie, warum Tommy Ducroix nicht gekommen war?«

»Nein, sie war selbst darüber überrascht.«

»Wie lange blieb sie?«

»Höchstens eine halbe Stunde, schätze ich.«

»So kurz? Dafür hat sie den ganzen Weg aus Blans zu Fuß zurückgelegt?«

»Die meisten Menschen, die zum ersten Mal durch ein Teleskop sehen, machen sich vorher falsche Vorstellungen.«

»War es denn das erste Mal für Monika?«

»Nein. Sie war schon mal mit Tommy da. Letzten Sommer. Das wollte ich auch damit nicht sagen. Ich meine, daß der Laie erwartet, den Planeten oder Stern riesig vergrößert zu sehen.«

»Und das ist nicht der Fall.«

»In meinem Teleskop jedenfalls nicht. Leider. Mit Glück kann man das Wesentliche eines Objektes erkennen. Zum Beispiel bei Saturn die Ringe oder bei Jupiter den roten Fleck.«

»Schön. Demnach ging sie also gegen dreiundzwanzig Uhr dreißig weg. Wohin?«

»Wie meinen Sie das? Nach Blans, nehme ich an.«

»Welchen Weg hat sie genommen?«

»Den, den sie gekommen ist. An den drei Schwestern vorbei.«

Florence runzelt die Stirn.

»Den drei Schwestern?«

»So nennen wir im Dorf die drei Maulbeerbäume am Fuße des Abhangs.«

Florence stellt ihre nächste Frage und sieht Gilbert dabei scharf an.

»Trug Monika Terboven Schmuck? Zum Beispiel eine Halskette?«

Gilbert schaut sie aus starren Augen an.

»Keine Ahnung. Ich habe nicht darauf geachtet.«

»Als Monika durchs Teleskop sah, wo standen Sie da? Hinter ihr? Neben ihr? Haben sie ihr die Schärfe eingestellt?«

»Nein, sie wußte, wo der Schärfenregler war.«

»Also, wo standen sie?«

»Ich erinnere mich nicht mehr so genau.«

Florence sieht, wie Gilberts Hände sich fester auf das Bettzeug drücken.

»Wenn Sie dicht neben ihr gestanden haben, hätten sie doch sicher sehen können, ob sie eine Kette trug. Eine sehr auffällige Kette mit einem großen grünen Stein. Einem Smaragd.«

Gilbert zuckt hektisch mit den Schultern.

»Schon möglich. Aber ich stand nicht dicht neben ihr.«

»Sondern wo, hinter ihr?«

»Das weiß ich nicht mehr. Ich erinnere mich nicht!«

»Haben Sie die Kette gesehen, ja oder nein?«

»Nein!!!« Gilberts Stimme überschlägt sich fast, und Florence kann sich ein Gefühl der Genugtuung nicht verkneifen.

Er lügt, soviel steht fest, denkt sie und wechselt das Thema.

»Was machten Sie, nachdem Monika gegangen war?«

»Ich habe mir den Andromedanebel eingestellt und meinen Walkman aufgesetzt.«

Florence ist wie elektrisiert.

»Sie haben sich Ihren Walkman aufgesetzt?«

»Ja, ist das etwa verboten?«

»Was haben Sie gehört?«

»Die neue Dire Straits.«

Florence kennt die Scheibe.

»Welches Stück?«

»Den Anfang.«

»Hatten Sie voll aufgedreht?«

»Klar. Das mach ich immer. Das ist doch das Tolle am Walkman.«

Florence lehnt sich auf ihrem Stuhl zurück.

»Warum haben Sie das nicht vorgestern dem Kommissar gesagt?«

»Das habe ich!« beteuert Gilbert. »Aber er hat überhaupt nicht zugehört. Er hat immer nur auf dem einen Punkt rumgehackt.«

»Auf welchem Punkt?«

Gilbert senkt den Kopf und antwortet erst nach einer Weile.

»Na ja, die Sache damals in Arles. Das hat er Ihnen sicher erzählt.«

»Die Sache in Arles, wie Sie das nennen, haben Sie so was schon öfter gemacht?«

»Wie meinen Sie das?« sagt Gilbert und wird rot.

»Ich meine, ob Sie sich öfter vor fremden Frauen entblößen.«

Gilbert lächelt und wirft Florence einen schnellen Blick zu.

»Damals hatte ich zuviel getrunken. Aber seit der Zeit trinke ich nicht mehr.«

»Als Sie in der Nacht nach Hause gingen, ist Ihnen da irgend etwas aufgefallen?«

Gilbert hat den Kopf gesenkt und vermeidet es, Florence anzusehen.

»Nein.«

»Wann gingen Sie denn nach Hause?«

»Um eins«, sagt Gilbert schnell. »Das sagte ich auch schon dem Kommissar.«

»Woher wissen Sie das so genau?«

»Die Kirchturmuhr hat geschlagen, als ich an den drei Schwestern vorbeikam.«

Ja, die Kirchturmuhr, denkt Florence, wenn die nicht wäre …

Ein Uhr. Da war Monika Terboven möglicherweise schon tot. Oder sie lebte noch und hatte sich in der Zwischenzeit mit dem Mörder getroffen. Oder Gilbert lügt, und er ist der Mörder.

»Gut, ich danke Ihnen.« Florence steht auf. Der Rücken tut ihr weh von dem unbequemen Stuhl. »Noch eine letzte Frage: Haben Sie eine Waffe?«

Gilbert antwortet, ohne zu zögern: »Nein.«

Florence geht zur Tür.

»Bleiben Sie in den nächsten Tagen verfügbar, falls ich noch Fragen habe.«

Gilbert rutscht langsam von seinem Bett. Er sieht erleichtert aus.

Im Flur trifft Florence wie erwartet auf Madeleine Cosme, die vor Gilberts Zimmertür gelauscht hat.

»Haben Sie zufällig auf die Uhr gesehen, als Ihr Sohn in der Mordnacht von der Lichtung zurückkam?« fragt Florence.

Madeleine Cosme ist ein einziger Eisblock.

»Ja, es war ein Uhr, die Kirchturmuhr schlug gerade.«

Mit der Überzeugung, daß Gilbert Cosme ihr eine seltsame Mischung aus Lüge und Wahrheit aufgetischt hat und seine Mutter ihm volle Rückendeckung gibt, betritt Florence die Straße.

10

Es ist halb zwölf, als sie in ihr provisorisches Büro zurückkehrt, wo Alain Roche bereits auf sie wartet.

»Was, schon zurück?«

Alain verzieht keine Miene.

»Tja, Patron«, sagt er bedächtig. Florence muß schmunzeln, als er sie so nennt. Wie rasch sich doch der Mensch an neue Umstände gewöhnt. Bei Alain Roche hat es nur wenige Stunden gedauert.

»Hier ist der Autopsiebericht und der vorläufige Laborbericht. Der Schuß ist aus etwa vier bis fünf Metern Entfernung abgegeben worden. Sie muß auf der Stelle tot gewesen sein.«

Florence sieht Alain überrascht an.

»Tatsächlich? Das ändert natürlich einiges. Setzen Sie sich, Alain«, sagt Florence und zeigt mit der Hand auf einen der Stühle. Sie selbst bleibt stehen.

»Aus vier bis fünf Metern im Dunkeln einen gezielten tödlichen Kopfschuß abzugeben bedeutet nichts anderes, als daß der Mörder verdammt gut schießen kann und nicht irgendein ›Laie‹ ist.«

Alain nickt bedächtig, ohne eine Miene zu verziehen.

»Wir wissen ja nun das Kaliber der Waffe. Ich schätze einmal grob, daß dafür ca. zehn verschiedene Waffentypen in Frage kommen.«

Alain nickt.

»Das haut ungefähr hin.«

»Dieser Gilbert Cosme sagte mir eben, daß er seinen Walkman aufgesetzt hat, als Monika Terboven in der Nacht die Lichtung verließ.«

»Und das glauben Sie?«

»Gehen wir mal davon aus, daß es so ist. Dann hat er den Schuß nicht hören können, sofern das Opfer tatsächlich in der Nähe der Lichtung ermordet wurde.«

Florence fährt sich mit ihrer rechten Hand durchs Haar.

»Sagen Sie mal, Alain, wie kommt man in Frankreich an eine Waffe Kaliber 22 Long Rifle?«

»Legal oder illegal?«

»Legal. Wie ist die Gesetzgebung hier bei euch?« Florence setzt sich jetzt Alain gegenüber an den Tisch.

Alain wiegt seinen Kopf.

»Ziemlich strikt. Sie wurde Anfang '93 noch verschärft. Einen Waffenschein bekommen nur Polizisten und Angehörige besonders gefährdeter Berufsgruppen. Juweliere zum Beispiel. Aber die Manurhin 22er Long Rifle ist frei verkäuflich. Sie hat nur einen Schuß und muß umständlich neu geladen werden.«

»Ich glaube nicht, daß der Mörder eine solche Waffe benutzt hat.«

»Wieso nicht?«

»Weil ich annehmen muß, daß der Täter in gewisser Weise ein Profi war. Und die haben andere Möglichkeiten, an Waffen heranzukommen.«

»Da haben Sie recht, Patron.«

»Was ist mit den Sportschützen?«

»Richtig, das ist natürlich ein Weg.«

Florence steht auf.

»Tja, Alain, da gibt es jetzt Arbeit für Sie. Wir haben bisher vier Verdachtspersonen, alle ohne Alibi. Gilbert Cosme, Tommy Ducroix, Cathérine Volet und Lucienne Simon. Versuchen Sie herauszufinden, ob eine dieser Personen Mitglied in einem Sportschützenverein ist.«

»Da genügen drei Anrufe. Wir haben hier in der näheren Umgebung nur drei Vereine dieser Art.«

Florence nickt und wechselt das Thema.

»Was ist mit der Telecom?«

»Sie kommen heute nachmittag und legen eine Leitung. Außerdem sind die Gendarmen nochmals am Fundort der Leiche und ...«

Florence unterbricht ihn.

»Sie sollen aufhören, nach der Kette zu suchen.«

»Auf einmal? Warum denn?«

»Weil ich vermute, daß Gilbert Cosme die Kette hat.«

»Das wäre ja der endgültige Beweis, daß er die Frau umgebracht hat!«

Florence hebt abwehrend die Hand.

»Kann sein, kann nicht sein. Ich bin da vorsichtig, solange wir nichts Richtiges in der Hand haben. Besorgen Sie auf dem schnellsten Weg einen Durchsuchungsbefehl, und versuchen Sie parallel dazu herauszufinden, ob die Kette irgendwo aufgetaucht ist. Verkauft, verpfändet, irgendwas.«

»Wird gemacht, Patron. Also schicke ich die Gendarmen nach Hause.«

»Wir sehen uns dann spätestens heute abend«, sagt Florence.

...

Florence steht am Fenster und läßt ihre Blicke über den Platz schweifen.

Alain verläßt gerade mit schnellen Schritten das Café und geht zu Fuß Richtung Dorfende, wo der Weg zur Lichtung beginnt.

Eine Frau mit einem Einkaufskorb überquert den Platz. Ein kleiner Junge mit Badehose und nacktem Oberkörper hält ein Baguette in der Hand, von dem er gerade ein Stück abbeißt. Als ein Mähdrescher, der aussieht wie eine riesige Heuschrecke, die Hauptstraße entlangrollt, bleibt der Junge stehen und gafft. An einer Straßenecke schaufelt ein Maurer Sand in die Zementmischmaschine. Das monotone Geräusch des Motors wird kurz unterbrochen, als der Mähdrescher vorbeifährt und alle anderen Leute im Dorf verschluckt.

Dieser Ort unterscheidet sich in nichts von tausend anderen französischen Dörfern. Die Jahreszeiten bestimmen das Leben der Menschen, auch wenn viele nicht mehr in der Landwirtschaft arbeiten, sondern im Dienstleistungsgewerbe. Im Frühjahr die Aussaat, im Sommer die Getreide- und Melonenernte, im September die Weinlese und zwei Monate später die Olivenernte. Der Wetterbericht ist das Hauptthema, über das stundenlang diskutiert wird. Sonntags werden die Verwandten zum Mittagessen eingeladen, und von September bis Mitte Januar verbringen die Männer ihre Wochenenden bei der Jagd.

Das idyllische Leben auf dem Land, so scheint es. Einfache, nette Menschen, mit sich und der Welt zufrieden, mit der Natur im Einklang. Daß dieser Schein trügt, weiß Florence und nicht erst, seit sie in Blans ist. Im Mikrokosmos der dörflichen Gemeinschaft tritt alles greller zutage. Im Positiven wie im Negativen. Die Menschen kennen einander besser, als es manchmal gut ist. Ihre persönlichen Katastrophen und Schicksalsschläge spielen sich vor den Augen der Nachbarn ab. Es gibt keinen Schutz vor den Verletzungen der Seele, wenn die anderen einen von Kindesbeinen an kennen. Das führt oftmals dazu, daß die Menschen gefühllos werden und sich verhärten, sich innerlich abschotten.

Vor zwei Tagen wurde eine Frau ermordet. Nur wenige hundert Meter vom Dorf entfernt fand man ihre Leiche. Doch hier geht alles seinen gewohnten Gang. In der Bäckerei werden gerade die Jalousien heruntergelassen. Ein Motorrad braust die Hauptstraße entlang. Als der Fahrer abbiegt, legt er sich waghalsig in die Kurve. Zwei alte Frauen begrüßen sich mitten auf dem Platz und nehmen sich die Zeit für einen Schwatz, lachen und gestikulieren.

Der Tod hat etwas Banales. Die Todesangt des Individuums ist die Angst vor dieser Banalität. In Windeseile vergessen zu werden, alle Plackerei und Mühe des Lebens umsonst. Wer trauert schon um einen Menschen? Und wer erinnert sich nach einem Jahr noch an ihn?

Um Monika Terboven trauert niemand. Nicht einmal diejenigen, die mit ihr befreundet waren oder die sie geliebt haben.

Nur Claire hat geweint. Sie war die einzige. Die Tatsache, daß jemand, den sie kannte, plötzlich nicht mehr da ist, hat sie im Innersten berührt.

Florence wüßte gern, ob Lucienne tatsächlich um zwölf kommen wird. War es ein Fehler, ihr einen Aufschub zu gewähren und sie nicht gleich zu vernehmen?

Sie verläßt ihren Beobachtungsposten am Fenster und geht nach vorn ins Café. Dort stößt sie beinahe mit Claire zusammen, die mit einem leeren Tablett von draußen hereinkommt.

Sie lächelt Florence an.
»Hallo. Wollen Sie was trinken?«
Florence schüttelt den Kopf.
»Nein. Aber Sie könnten mir vielleicht einen Gefallen tun.«
Claire stellt das Tablett ab.
»Gern. Und welchen?«
»Sie sagten, Sie seien ein Fan von Cathérine Volet gewesen. Dann haben Sie doch sicher einige Platten von ihr.«
Claire ist überrascht.
»Ja, klar. Warum?«
»Könnte ich sie mal sehen, oder haben Sie die in Ihrer Wohnung in Aix?«
»Nein, die müßten hier sein. Aber spielen kann ich sie nicht. Wir haben keinen Plattenspieler, sondern nur ein Radio mit Kassettenrekorder fürs Café.«
»Darum geht es mir auch nicht. Ich will sie mir nur mal ansehen.«
Claire ruft nach hinten in Richtung Küche: »Maman!«
»Ja?«
»Wo sind die Kartons mit den Büchern und Platten von früher?«
»Auf dem Speicher, glaube ich.« Elise Lamarque kommt nach vorn ins Café und wischt sich ihre nassen Hände an der Schürze ab.
»Was willst du denn mit dem Zeug?«
Claire macht eine Handbewegung. Laß das mal meine Sorge sein, will sie damit sagen. Sie wendet sich zu Florence.
»Ich suche sie Ihnen nach dem Mittagessen raus.«
»Prima, danke.«
Elise macht sich wieder auf den Weg in die Küche.
»Ab halb eins servieren wir, nur damit Sie es wissen. Fisch läßt sich nicht gut warmhalten. Man muß ihn frisch essen.«
Florence lacht und sagt zu Elise: »Ich werde mein möglichstes tun. Kann aber sein, daß Sie meine Portion doch aufwärmen müssen.«

11

»Warum haben Sie die Polizei belogen?«

Florence beugt sich nach vorn, ihre Stimme klingt schärfer als gewöhnlich.

Es ist stickig im Hinterzimmer des Cafés, und Lucienne hat mit den Schweißperlen zu kämpfen, die ihr Make-up ruinieren.

»Weil ich nicht in Verdacht geraten wollte.«

Sie sitzt Florence gegenüber. Wenn sie vor wenigen Stunden noch den Eindruck machte, als wäre sie das reinste Nervenbündel, so hat sich das schlagartig geändert. Sie scheint sich gut präpariert zu haben. Vielleicht gab Tommy ihr ein paar Ratschläge oder Cathérine Volet?

»Interessant«, sagt Florence. »Vorgestern haben Sie meinem Kollegen gesagt, Sie seien im Kino gewesen. Sie wären doch bestimmt bei dieser Aussage geblieben, wenn Sie sich nicht vorhin dummerweise verplappert hätten.« Florence lehnt sich im Stuhl zurück. »Es geht um Mord. Sie haben eine falsche Aussage gemacht, und Sie kannten Monika Terboven. Also – wo waren Sie in der Nacht vom 4. Juli?«

Lucienne holt ein Taschentuch aus ihrer Handtasche und tupft sich über Wangen und Stirn. Sie meidet den direkten Blickkontakt.

»Ich wollte wirklich ins Kino. Das ist die Wahrheit. Aber der Film, den ich sehen wollte, lief nicht mehr. Also bin ich ein bißchen durch die Straßen gebummelt und habe mir die Schaufenster angesehen.«

»Allein?«

»Ja.«

»Mitten in der Nacht sehen Sie sich in Nîmes die Auslagen an? Das soll ich Ihnen glauben?«

Lucienne zuckt die Schultern. »Dann lassen Sie es.« Sie betrachtet intensiv die Fingernägel ihrer linken Hand.

»Wann kehrten Sie denn von Ihrem Schaufensterbummel zurück?«

»Etwa gegen Mitternacht. Ich hab nicht auf die Uhr gesehen.«

»Wie standen Sie zu Monika Terboven?«

Ohne den Blick von ihren Fingernägeln zu heben, sagt Lucienne: »Wir waren eng befreundet.«

»Was meinen Sie mit eng? Hatten Sie eine Beziehung mit ihr?«

»Beziehung, Beziehung ... ich weiß nicht, was Sie darunter verstehen.«

»Haben Sie mit ihr geschlafen?«

»Muß ich das beantworten?«

»Sie müssen gar nichts. Aber dann ziehe ich meine Schlüsse daraus.«

»Ja, gut, wir haben ab und zu miteinander geschlafen.«

»Haben Sie sie geliebt?«

»Quatsch!« Lucienne schüttelt den Kopf, als sei diese Frage eine Zumutung.

»Haben Sie Monika Terboven nicht vermißt, als Sie von Ihrem Schaufensterbummel zurückkamen?«

»Die Frage verstehe ich nicht.«

»Spätestens am nächsten Morgen hätte Ihnen doch auffallen müssen, daß sie nicht da war. Daß sie in jener Nacht nicht zurückgekommen ist.«

Lucienne starrt sie an, und Florence sieht, daß es in ihrem Kopf arbeitet.

»Trafen Sie sich normalerweise morgens nicht zum Frühstück? Ist Ihnen nicht aufgefallen, daß ihr Wagen gar nicht vor dem Haus stand?«

Lucienne schüttelt langsam den Kopf. »Nein. Das ist mir nicht aufgefallen. Aber ich bin sowieso jemand, der morgens immer lange schläft. Ich stehe meist erst gegen Mittag auf.«

»Haben Sie denn oft mit Monika Terboven geschlafen? In einem Bett, meine ich.«

»In dieser Nacht jedenfalls nicht.«

»Wieso nicht?«

»Wieso nicht?« Lucienne lacht auf. »Das ist vielleicht eine Frage. Dafür gibt es keine Begründung. Das war gar nicht geplant.«

»Und sonst war es immer geplant?«

Lucienne antwortet nicht und dreht sich brüsk zum Fenster.

»Wann haben Sie vom Tod Monika Terbovens erfahren?«

»Als die Polizei kam. Das war so gegen halb zwei, glaube ich.«

»Wo waren Sie da?«

»Ich lag noch im Bett. Cathérine hat mich geweckt.«

»Wie kommt es eigentlich, daß Sie auf Les Oliviers leben? Haben Sie keinen Beruf, oder machen Sie gerade Urlaub?«

Lucienne dreht sich wieder zu Florence und sieht sie abschätzend an.

»Cathérine Volet führt ein offenes Haus. Monika durfte immer Gäste mitbringen, egal für wie lange.«

»Weiß Cathérine, daß Sie und Monika miteinander intim waren?«

»Woher soll ich das wissen?«

»Monika Terboven war doch Cathérine Volets Freundin, oder nicht?«

Lucienne verzieht ihren Mund zu einem ironischen Lächeln.

»Ja, aber das ist schon Ewigkeiten her. Sie hatten sich getrennt, und jede ging ihre eigenen Wege.«

»Weswegen haben sie sich getrennt?«

»Keine Ahnung, das war vor meiner Zeit.«

»Sie haben mir immer noch nicht gesagt, was Sie beruflich machen.«

»Ich bin Journalistin.«

»Bei einer Zeitung?«

»Nein, frei. Ich schreibe für verschiedene Modejournale. Ich interviewe Stars, Politiker, bekannte Sportler und so weiter.«

»Und dann leben Sie nicht in Paris?«

»Ich erledige vieles per Fax und Telefon.«

»Wie lange sind Sie jetzt auf Les Oliviers?«

»Seit etwa sechs Monaten.«

»Und wie lange kennen Sie Monika?« Lucienne zögert, und Florence fährt fort: »Woher kannten Sie sich?«

Lucienne dreht ostentativ den Kopf zur Seite und sieht aus dem Fenster.

»Ich machte ein Interview mit Cathérine Volet. Da sind wir uns begegnet.«

»Und da haben Sie Cathérine Volet ihre Freundin ausgespannt.«

»So würde ich das nicht nennen.«

»Wie denn?«

Lucienne antwortet nicht.

Florence betrachtet Luciennes ebenmäßiges, klassisches Profil. Sie ist ein ungewöhnlicher Typ, der auffällt und der gefallen möchte. Diese Frau kommt aus beruflichen Gründen nach Les Oliviers, fängt mit Monika eine Affäre an, die dazu führt, daß sie sich auf Les Oliviers einquartiert. Warum macht eine Frau wie Cathérine Volet so etwas mit?

Florence sieht auf die Uhr. Eine halbe Stunde sitzt sie nun schon hier. Sie hat fürchterlichen Hunger, und aus dem Café dringt die ganze Zeit der köstliche Duft von gedünstetem Fisch.

Florence atmet tief durch und konzentriert sich wieder auf das Gespräch.

»Kennen Sie Gilbert Cosme?«

»Vom Sehen, ja.«

»Waren Sie schon mal oben auf seiner Sternwarte?«

»Nein. So was interessiert mich nicht.«

»Kennen Sie den Weg, der dahin führt?«

»Nein. Ich gehe nie im Wald spazieren.«

»Hat Monika Ihnen gegenüber erwähnt, daß sie sich mit jemandem treffen wollte, ich meine, außer mit Gilbert Cosme?«

»Nein. Sie wollte sich noch mit jemandem treffen?« Lucienne sieht Florence ungläubig an.

»Das wissen wir nicht, aber es könnte doch sein.«

»Kann ich mir nicht denken. Mitten in der Nacht? Mit wem denn?«

Florence wüßte nicht nur darauf gern eine Antwort. Statt dessen stellt sie eine weitere Frage.

»Besitzen Sie ein Feuerzeug mit den Initialen J. B.?«

Lucienne sieht sie erstaunt an.

»Nein. Wieso? Ich rauche nicht.«

»Kennen Sie jemanden, der ein solches Feuerzeug besitzt oder benutzt hat?«

Lucienne schüttelt den Kopf.

»Also schön.« Florence steht auf. »Ich erwarte, daß Sie in den nächsten Tagen nicht wegfahren und ich Sie jederzeit auf Les Oliviers erreichen kann.«

Lucienne nickt vage. Sie scheint mit ihren Gedanken ganz woanders zu sein.

Florence steht jetzt vor ihr und sieht sie prüfend an.

»Haben Sie eine Waffe?«

»Um Gottes willen!« Lucienne hebt abwehrend die Hand. Eine übertriebene Geste, wie Florence findet. Dann fügt Lucienne hinzu: »Außerdem: Weswegen hätte ich sie denn erschießen sollen?«

Ja, das ist die Frage. Florence muß innerlich zugeben, daß sie vorerst mit Lucienne in einer Sackgasse gelandet ist.

...

Um vierzehn Uhr dreißig klingelt der Wecker. Florence ist sofort hellwach. Das Glas weißer Costières du Gard zum Mittagessen hat sie glatt umgehauen. Sie brachte es nicht fertig, sich Elises Argument zu verschließen, daß zur Dorade nun mal ein guter Weißwein gehört.

Als Florence hinunter ins Café geht, sitzt Claire hinter dem Tresen und liest ein Buch. Sie legt es beiseite und holt aus einem Fach neben der Espressomaschine einen Packen Schallplatten, die sie Florence über den Tresen reicht.

»Das Zeug ist schwer. Die älteste ist von 1966, die letzte von 1987, dem Jahr, als sie aufhörte.«

Florence bedankt sich und geht mit den Platten zu einem der Tische.

»Einen Kaffee?« fragt Claire.

»Ja bitte.«

Es sind etwa zehn Langspielplatten. Auf dem Cover jeweils Cathérine Volet in allen Posen und Variationen. Mal in einem goldfarbenen Glitzeranzug, die Haare lang und mit Pony. Eine andere Platte zeigt sie im schulterfreien Abendkleid. Als Florence näher hinsieht, entdeckt sie um Cathérines Hals eine Kette. Der dreieckige Stein könnte ein Smaragd sein. Florence dreht die Platten um, studiert sorgfältig die Namen der Bandmitglieder auf den Rückseiten. Der Name Tommy oder Thomas Ducroix ist nirgends dabei.

Statt dessen entdeckt sie auf einer Platte aus dem Jahr 1974 Fotos, auf denen die Bandmitglieder abgebildet sind. Unter einem steht der Name Karlheinz Wiesner. Florence betrachtet das Foto eingehend, und sie traut ihren Augen nicht: Dieser Wiesner ist niemand anderes als Tommy Ducroix.

Karlheinz Wiesner alias Tommy Ducroix – der Ehemann der ermordeten Monika Terboven.

12

Florence läßt ihre Augen vom Mittelstück zum Außenfries wandern und zurück. Treppenlabyrinthe wechseln ab mit dreidimensionalen Dreiecken, Romben und Halbkreisen, die in andersfarbige Vierecke nahtlos verfugt sind.

Florence erinnert sich: Torcello, Burano, San Marco. Die byzantinischen Kirchenfußböden des 11. Jahrhunderts. Dieser Marmorfußboden auf Les Oliviers ist zweifellos davon inspiriert. Er lenkt das Auge des Betrachters gezielt und zwingend auf sich.

Der Raum ist sparsam möbliert und weiß gestrichen. Alles ordnet sich dem Kunstwerk Fußboden unter. Der Kamin an einer der Längsseiten ist unauffällig in die Wand integriert. In einer Ecke des Raumes stehen zwei Fauteuils mit graugrünen Chintzbezügen und ein runder Glastisch. In der gegenüberliegenden Ecke ein dreieckiger Bauernschrank aus dunklem Nußbaumholz. An den Wänden hängen großformatige Radierungen und Aquarelle, passend zu den Farben des Fußbodens.

Florence bückt sich und streicht mit der flachen Hand über den Marmor. Er faßt sich an wie weiche, kühle Haut. Jetzt entdeckt sie, daß an einer Stelle im Fußboden ein pfenniggroßes Stück herausgesplittert ist.

»Gefällt er Ihnen?«

Florence hat nicht gehört, daß die Tür aufging. Cathérine Volet, in heller Leinenhose und einer taubenblauen Hemdbluse, wirkt noch größer, als Florence sie auf dem Pferderücken in Erinnerung hat.

»Er ist wunderschön. Der Künstler muß sich in Venedig haben inspirieren lassen.«

»Der Künstler ist eine Frau. *Ich* habe diesen Fußboden entworfen.«

Florence sieht sie überrascht an.

»Tatsächlich?«

»Als ich den Entwurf fertig hatte, war das größte Problem, einen Steinmetz zu finden, der sich mit dem Material auskannte. Und vor allem, den Marmor zu bekommen, in den entsprechenden Farben.« Cathérine lächelt und lenkt das Gespräch wieder in eine andere Richtung. »Monika hat übrigens gemalt, aber ohne den Anspruch, sich weiterzuentwickeln.«

»Was malte sie denn?«

»Alles mögliche. Aquarelle, Zeichnungen, auch einiges in Öl.«

»Haben Sie Bilder von ihr?«

»Ich kann Ihnen nachher ihr Zimmer zeigen. Da sind ihre Sachen.«

Cathérine bietet Florence einen der Fauteuils an und setzt sich selbst in den anderen.

»Ich lasse uns gerade Tee machen. Oder hätten Sie lieber Kaffee?«

Florence schüttelt den Kopf und wirft erneut einen Blick auf den Marmorfußboden.

An der Tür ist ein kurzes Klopfen zu hören. Cathérine ruft »Herein!«, und eine Frau betritt mit einem Tablett in der Hand den venezianischen Salon. Sie trägt ein quergestreiftes Sommerkleid, das ihr üppiges Hinterteil noch mehr zur Geltung bringt.

Die schwarzen Haare sind kurz wie bei einem Herrenhaarschnitt. Sie stellt Teetassen, Kanne, Zucker, ein Kännchen Milch und eine Schale Gebäck, das selbstgemacht aussieht, auf den runden Glastisch.

Als sie den Raum verlassen hat, fragt Florence: »Wer ist das?«

»Emmanuelle, meine Haushälterin«, sagt Cathérine und schenkt Tee ein.

Florence nimmt sich zwei Stück Zucker.

»Arbeitet sie permanent bei Ihnen oder stundenweise?«

»Sie ist fest angestellt und wohnt auch hier im Haus.«

»Ich würde nachher gern mal mit ihr sprechen.«

»Natürlich!« Wieder hat Cathérine Volet den spöttischen Ausdruck auf ihrem Gesicht, den Florence am Morgen schon bemerkt hat.

Sie sieht hinreißend aus, das muß Florence zugeben. Außerdem strahlt sie die Gelassenheit und Selbstsicherheit eines Menschen aus, der Reichtum und Luxus gewöhnt ist und ganz selbstverständlich mit beidem umgehen kann. Doch Florence nimmt sich vor, einen Blick hinter die Fassade zu werfen und Cathérine Volet keineswegs zu schonen.

»Wußten Sie, daß Monika Terboven verheiratet war?« Florence sieht Cathérine scharf an.

Diese läßt sich mit der Antwort Zeit. Sie rührt die Milch in ihren Tee, nimmt die Tasse hoch und trinkt einen ersten Schluck.

»Selbstverständlich wußte ich das.«

»Wissen Sie denn auch mit wem?«

»Ja. Mit Tommy Ducroix.« Sie sagt es so, als sei dies das Natürlichste von der Welt.

»Wie erklären Sie sich, daß Tommy Ducroix mir das nicht gesagt hat, als ich ihn nach Monika fragte?«

»Ich weiß nicht. Da müssen Sie ihn selbst fragen. Tommy ist ein sehr diskreter Mensch. Vielleicht deswegen?«

Florence lacht, setzt sich im Sessel zurück und schüttelt den Kopf.

»Diskret! So kann man das auch nennen. Ich hätte ein anderes Wort dafür.«

»Welches?«

»Lüge.«

»Übertreiben Sie da nicht ein bißchen?«

»Jedenfalls hat er nicht die Wahrheit gesagt.«

»Was ist das schon, Wahrheit!« Cathérine schüttelt den Kopf, und der spöttische Ausdruck auf ihrem Gesicht ist verschwunden.

»In einem Mordfall«, sagt Florence, »gibt es nur eine Wahrheit. Die des Tathergangs. Den will ich herausfinden, und in diesem Zusammenhang stoße ich auf lauter Merkwürdigkeiten und Ungereimtheiten. Zum Beispiel, wieso sich der Ehemann von Monika Terboven, Karlheinz Wiesner, jetzt Tommy Ducroix nennt und wie durch Zufall auch hier im Süden lebt.«

Erneut lächelt Cathérine.

»Es ist Ihre Aufgabe, das herauszufinden, oder nicht?«

»Richtig. Doch angesichts der Tatsache, daß der Ex-Ehemann der Ermordeten früher ein Mitglied Ihrer Band war und die Ermordete selbst Ihre langjährige Geliebte ...«

»Augenblick!« Cathérine unterbricht Florence vehement. »Zum Zeitpunkt des Mordes und bereits sehr lange davor war sie nicht mehr meine Geliebte, wie Sie es nennen.«

»Was dann? Ihre Ex-Geliebte?«

»Eine Freundin, weiter nichts.«

»Dieser Karlheinz Wiesner ...«

»Tommy, wir kennen ihn alle nur als Tommy. Thomas ist sein zweiter Vorname.«

»Und der Name Ducroix?«

»Keine Ahnung.«

»Warum hat er seinen Namen geändert?«

»Fragen Sie ihn selbst.«

»Das werde ich. Doch zurück zu Monika Terboven. Wenn sie ein Verhältnis mit Ihnen hatte, warum hat sie Karlheinz Wiesner geheiratet?«

»Das weiß ich nicht. Fragen Sie Tommy.«

»Wovon lebte Monika Terboven? Hatte sie Geld?«

»Sie lebte von mir.«

»Von Ihnen? Was heißt das?«

Cathérine zwingt sich zu einem Lächeln.

»Das heißt, daß ich sie ausgehalten habe. Haben Sie noch nie davon gehört? Normalerweise halten alte Männer junge Frauen aus oder ältere Frauen ihre Gigolos.«

Mit einer heftigen Bewegung dreht sie sich weg und blickt zum Fenster. Durch die geschlossenen Fensterläden fallen die Lichtmuster der Spätnachmittagssonne auf die gegenüberliegende Wand.

In die Stille, die eingetreten ist, schrillt das Klingeln von Florences Handy.

»Entschuldigen Sie bitte«, sagt sie zu Cathérine und stellt das Gerät ein.

Es ist Rita. Sie ist auf dem Flughafen Charles de Gaulle in Paris, und in einer Dreiviertelstunde geht ihre Maschine nach Montpellier.

»Miete dir einen Wagen, wenn du ankommst, ich kann dich nicht abholen. Ich hab dir ein Zimmer in Nîmes im *Hôtel du Midi* reserviert. Wir treffen uns zwischen acht und halb neun im Restaurant *Fine Bouche*. Jeder in Nîmes kann dir sagen, wo das ist. Mach's gut, ich freue mich.«

Florence steckt das Handy zurück in ihre Handtasche.

Wenig später zeigt Cathérine ihr das Zimmer der Toten. Florence blättert die Aquarelle und Zeichnungen in Monikas Arbeitsmappe durch. Landschaftsbilder in verblaßten Farben, Aktstudien, einige Porträts von Cathérine. Männerköpfe, Frauenköpfe, dann die Kohlezeichnung einer Frau, die Florence bekannt vorkommt. Keine Signatur, kein Datum. Eine Frau mit langen Haaren, einem jungen, schiefen Lächeln und einem fremden Gesichtsausdruck. Rita. Irgendwann in Berlin oder im Urlaub? Wer weiß, wo Monika sie gezeichnet hat. Jedenfalls hatte sie das Bild aufgehoben und in ihrer Mappe all die Jahre verwahrt. Ob Rita die Zeichnung kennt?

»Monika kam also 1986 nach Paris. Wie haben Sie sich kennengelernt?«

Cathérine steht im Türrahmen von Monikas Zimmer, das linke Bein lässig angewinkelt, die rechte Hand am Türrahmen.

»Auf einer Party. Bei einer alten Freundin von mir. Die war mit einem Deutschen verheiratet, und der kannte Monika irgendwie von früher. Voilà.«

Florence nickt. Ja, so einfach ist das. Man trifft sich zufällig, und der ganze Lebensweg verändert sich plötzlich. Menschen begegnen einander, weil andere sie verlassen haben und in neuen Zufallskombinationen neues Glück suchen. Monika hatte Rita verlassen und war ins Ausland gegangen. Wäre das nicht so gewesen, hätte Florence Rita vielleicht nie kennengelernt. Und Cathérine hätte nie Monika getroffen. Und es hätte nie eine Tote gegeben. Und sie, Florence, wäre jetzt nicht hier in diesem Raum, dem Zimmer der Toten, deren Lebensweg den ihren schon viele Jahre vorher unsichtbar und unwissentlich gekreuzt und beeinflußt hat ...

Florence sieht sich weiter um, während Cathérine sie gelassen beobachtet. Der Raum ist hell, groß und mit antiken Möbeln eingerichtet. Alles ist farblich aufeinander abgestimmt, ein Ensemble perfekter Harmonie.

Doch es gelingt ihr nicht, die unbekannte Tote in diesem Raum lebendig werden zu lassen. Hat sie oft an dem Empiresekretär am Fenster gesessen, auf die Olivenbäume und die Hügel gegenüber geblickt und in das dunkle Blau des Sommerhimmels?

Sechs Jahre lebte sie hier, in einem Raum, der nicht zu ihr paßte, weil er auf eindeutige und untrügliche Weise den Geschmack Cathérine Volets widerspiegelt. Doch wer war sie selbst, wie lebte sie, was empfand sie hier an der Seite einer reichen Frau, die sie aushielt? Konnte sie sich überhaupt wohl fühlen? Wenn nicht, weshalb blieb sie dann?

»Wußten Sie, daß sich eine Frau in Berlin 1986 wegen Monika das Leben nehmen wollte?«

»Nein«, sagte Cathérine. »Monika hat nie von ihrer Zeit in Berlin gesprochen. Wer war diese Frau?«

»Sie hat Monika einmal sehr geliebt«, antwortete Florence leise, und Cathérine sieht sie erstaunt an.

»So, wie Sie das sagen, könnte man meinen, *Sie* selbst seien diese Frau gewesen.« Cathérine lächelt. »Pardon, ich wollte Ihnen nicht zu nahe treten. Es klingt so engagiert, meine ich.«

Florence dreht sich rasch weg, weil sie Angst hat, rot zu werden, obwohl sie eigentlich nie rot wird. Sie geht ein paar Schritte, nimmt die Bücher, die auf dem Kaminsims stehen, und blättert sie durch. Eine deutsche Biographie von Thomas Mann, zwei französische Krimis und die Gesamtausgabe von Prousts *Auf der Suche nach der verlorenen Zeit* in Deutsch. Die Proust-Bände sind nagelneu und unberührt. Ob das alle ihre Bücher sind?

So als könne Cathérine Gedanken lesen, sagt sie: »Literatur war nicht unbedingt ihre Lieblingsbeschäftigung.«

Florence stellt die Bücher wieder zurück.

»Was war denn ihre Lieblingsbeschäftigung?«

»Ihr Talent lag mehr auf visuellem Gebiet. Fotos, Ausstellungen, Filme.«

Florence öffnet den Sekretär und klappt die Schreibplatte herunter. Sie durchsucht die Schubladen.

»Fotografierte sie auch selbst?«

»Manchmal. Ich hatte ihr mal eine Hasselblad geschenkt. Na ja …«

Cathérine läßt den Rest des Satzes im Raum stehen wie eine wehmütige Erinnerung. Florence sieht sie fragend an.

»Was war mit der Kamera?«

»Es war wie mit allem. Sie fing alles an und brachte nichts zu Ende. Das war schon immer so in ihrem Leben. Sie hatte tausend Ideen und hielt nie etwas durch. Sie besaß keinen, wie soll ich sagen, keinerlei Ehrgeiz, konnte sich nicht fordern, für nichts so richtig begeistern. Sie lebte irgendwie dahin, so lernte ich sie schon kennen.«

»Warum ging Ihre Beziehung mit Monika in die Brüche?«

Cathérine schweigt. Sie geht zum Fenster und dreht Florence den Rücken zu.

»Ja, warum? Warum gehen Beziehungen in die Brüche? Wissen Sie das nicht? Es sind immer dieselben banalen Gründe.«

Abrupt dreht sich Cathérine zu Florence.

»Weil sie mich fortwährend betrogen hat.«

»Mit Lucienne Simon?«

Sie macht eine wegwerfende Handbewegung.

»Nein, die kam erst später. Sie war weder die erste noch die einzige.«

»Lucienne Simon wohnt hier bei Ihnen ...«

»Nein«, sagt Cathérine, »sie wohnt ab heute nicht mehr hier. Ich habe sie rausgeschmissen.«

»Weswegen?«

»Das geht Sie nichts an.«

»Na schön, sie wohnte jedenfalls bis heute hier. Entschuldigen Sie, wenn ich Sie das frage – aber warum haben Sie das zugelassen? Wie haben Sie das ...«, Florence zögerte einen Moment, als suche sie das richtige Wort, »... ertragen können?«

»Ich habe Monika Terboven einmal geliebt.«

»Und ein Mensch, der liebt, läßt sich alles bieten? Bis dahin, daß er die untreue Geliebte samt ihrer neuen Flamme großzügig bei sich wohnen läßt?«

Cathérine atmet tief durch, dreht sich vom Fenster weg und setzt sich wieder in ihren Fauteuil.

»Sie wissen nicht, wie das ist, wenn man einmal im Rampenlicht gestanden hat so wie ich. Als ich Monika kennenlernte, war meine Karriere praktisch schon beendet. Monika begegnete mir, als ich beruflich und privat in einer Krise war. Sie hat es für sich ausgenutzt.«

Florence sieht sie erstaunt an.

»Sie sind eine reife, erfolgreiche Frau. Es will mir nicht in den Kopf, daß Monika Terboven, die Ihrer Schilderung nach praktisch aus dem Nichts kam, ohne Ausbildung und Perspektive, und sich Vorteile von Ihnen versprach, von Ihnen jahrelang ausgehalten wurde. Haben Sie denn ihre Absichten nicht schon sehr bald durchschaut?«

»Doch!«

»Dann waren Sie also blind vor Liebe. Oder waren Sie ihr hörig? Sexuell, meine ich.«

»Nein. Das ist schon lange vorbei, unsere Sexualität.«

»Hat sie Sie erpreßt?«
Als Cathérine schweigt, setzt Florence nach.
»Was wußte sie von Ihnen?«
Cathérine atmet tief durch und gibt sich einen Ruck.
»Sie hat am Anfang unserer Beziehung einmal Fotos von mir gemacht. Eindeutige Fotos, verstehen Sie. Erotische Fotos.«
»Tatsächlich? Dann hat sie also gedroht, diese Fotos an die Öffentlichkeit zu bringen.«
Cathérine nickt.
»Für meine Familie, insbesondere für meinen Onkel, den Präsidenten, wäre das ein Skandal gewesen. Sie machte die Fotos mit der Hasselblad, die ich ihr geschenkt hatte, und versprach, sie sofort zu vernichten. Das hat sie aber offensichtlich nicht getan. Ich wollte schon lange, daß sie Les Oliviers verläßt. Mit den Fotos hatte sie mich in der Hand.«
»Und diese Lucienne Simon? Wieso haben Sie sie bei sich aufgenommen?«
»Am Anfang war ich arglos. Lucienne wollte hier in der Gegend für eine Artikelserie recherchieren. Ich fand sie sympathisch und bot ihr an, hier zu wohnen. Aber bald ahnte ich, daß sich zwischen den beiden etwas anbahnte. Irgendwann hatte ich dann den Beweis. Monika hat jede Gelegenheit wahrgenommen, mich zu betrügen. Auch mit Männern.«
Cathérine blickt Florence geradewegs in die Augen. Nach einer Weile sagt sie: »Eine Frau, die ihre ehemalige Geliebte nicht vor die Tür setzt, sondern sie widerwillig weiterhin duldet, weil sie von ihr erpreßt wird, hat ein klassisches Mordmotiv. Das denken Sie doch, oder?«
Sie nimmt ihr silbernes Zigarettenetui aus der Hosentasche, holt eine filterlose Zigarette heraus und zündet sie sich an, ohne Florence eine anzubieten. Sie macht einen tiefen Lungenzug.
»Aber Sie irren sich, chère Commissaire, ich war es nicht. Ich habe sie zwar in den letzten Jahren gehaßt, aber ich hätte sie nicht umbringen können.«
Florence sieht sie forschend an. Einem Menschen sieht man nicht an, ob er zum Mörder werden kann oder es bereits gewor-

den ist. Aber ein Mörder verschleiert erfahrungsgemäß alles, was ihn belasten könnte. Und Cathérine Volet hat sich ihr in einer Weise offenbart und ausgeliefert, daß dies entweder für ihre Unschuld spricht oder Zeichen einer besonderen Abgebrühtheit ist.

Florence wechselt das Thema.

»Haben Sie Monika seinerzeit bestärkt, mit der Malerei weiterzumachen? Ich finde, sie war nicht unbegabt.«

»Natürlich! Mit allen möglichen Leuten habe ich sie bekannt gemacht, ihr Chancen geboten, wo ich konnte. Doch ihr fehlte eine entscheidende Eigenschaft, die jeder Künstler braucht: Besessenheit. Sie war anders als ich. Ich bin diszipliniert. Wenn ich arbeite, stehe ich früh auf. Sie ließ sich treiben, lebte in den Tag hinein.«

In den Schubladen des Sekretärs befinden sich nur wenige Dinge. Ein kleiner Skizzenblock, verschiedene Bleistifte, Radiergummis, ein Stapel unbeschriebener Kunstpostkarten. Ein Schulheft mit kariertem Papier. Florence blättert es durch, einige Zeilen liest sie genauer.

In die Fremde gehen. Das eigene Selbst in die Hand nehmen und sich wie Pollen im Wind davontragen lassen. Kein Blick zurück. Und wenn, dann die Tränen bekämpfen. Unterwegs sein. Der Bahnhof des Lebens hat einen unregelmäßigen Fahrplan. Die Züge kommen und gehen. Eines Tages sind alle Signale auf Rot gestellt.

Florence blättert weiter. Keine Namen, keine Daten. Knapp zehn Seiten sind beschrieben, mit Füllfederhalter, Kugelschreiber, eine Seite mit rotem Filzstift.

»Ist das ihre Handschrift?« fragt Florence, obwohl sie die Antwort bereits ahnt.

Cathérine nickt, geht zum Kamin und wirft die halb aufgerauchte Zigarette in die Öffnung.

»Können Sie eigentlich deutsch?« fragt Florence und sieht Cathérine an. Wieder ist nicht erkennbar, ob ihre Augen grün oder blau sind. Jedenfalls sehen sie Florence erstaunt an.

»Nein. Warum? Selbst wenn, glauben Sie, ich würde Monikas persönliche Aufzeichnungen lesen?«

Florence spürt die deutliche Anspielung.

»*Mir* bleibt leider nichts anderes übrig, als mich mit ihren persönlichen Dingen vertraut zu machen.«

»Ich weiß«, sagt Cathérine schnell.

Florence wechselt erneut das Thema.

»Tommy Ducroix alias Karlheinz Wiesner hat schon 1974 in Ihrer Band gespielt. Da muß er doch noch rasend jung gewesen sein.«

»Gerade neunzehn.«

»Und bereits fertiger Musiker?«

»Das nicht, aber irrsinnig talentiert. Er hatte das, was Monika fehlte: Besessenheit.«

»Das würde man nicht denken, wenn man ihn heute sieht, finden Sie nicht auch?«

Cathérine zuckt mit den Schultern.

»Im Leben eines Menschen kann viel passieren. Menschen verändern sich.«

»Sie kannten ihn also wesentlich länger, als Sie Monika kannten. Woher kannten Sie ihn?«

»Einer meiner Songschreiber hat ihn mir vorgestellt. Ich suchte einen Saxophonisten, und da er gut spielte, engagierte ich ihn.«

»Monika und Tommy Ducroix haben im selben Jahr geheiratet, in dem Monika nach Paris kam. Haben sich die beiden über Sie kennengelernt?«

»Ja.«

»Hatten Sie da schon ein Verhältnis mit Monika?«

Cathérine zögert kurz, ehe sie antwortet.

»Ja.«

»Ab wann?«

Cathérine streicht sich mit der Hand durchs Haar und sieht Florence provozierend an.

»Wenn Sie es genau wissen wollen: Gleich in der ersten Nacht, als wir uns kennenlernten, gingen wir miteinander ins Bett.«

»So was soll vorkommen«, sagt Florence und hofft, daß es so beiläufig klingt, wie sie es meint.

»Es war Liebe auf den ersten Blick«, fügt Cathérine hinzu. »Jedenfalls von meiner Seite aus.«

»Und von ihrer Seite?« fragt Florence. »Ich meine, hat Monika Sie geliebt?«

Cathérine lächelt.

»Monika würde diese Frage mit einem vehementen Ja beantworten.«

»Und Sie?«

»Ich nicht. Meine Vorstellung von Liebe schließt auch den Begriff der Treue mit ein.«

»Ihre Liebe zu Monika ist also erloschen, weil sie Ihnen untreu wurde?«

Cathérine steht auf und geht ans Fenster. Ohne Florence anzusehen sagt sie: »Die Liebe als Ideal gibt es nicht. Sie ist immer mit Menschen verbunden, die das eine einlösen und das andere nicht. Dann wägt man ab, ob man den Menschen so akzeptiert. Heute glaube ich, daß meine Liebe zu Monika eine Fiktion war, eine Illusion. Sie war als Vorstellung in meinem Kopf.«

Florence legt die Sachen in den Sekretär zurück. »Seltsam. Sie wohnte hier sechs Jahre, und das sind ihre ganzen Habseligkeiten, abgesehen von ihren Kleidungsstücken draußen in dem großen Schrank?«

»Ja. Als Monika seinerzeit nach Paris kam, hatte sie ihre Handtasche und eine kleine Reisetasche bei sich. Sonst nichts.«

»Ging sie denn nicht wieder nach Berlin zurück?«

»Doch, einmal, zu ihrer Hochzeit. Sie blieb eine knappe Woche.«

»Und Karlheinz Wiesner, ich meine Tommy?«

»Der auch. Wir fuhren anschließend gleich auf Tournee.«

In die Fremde gehen, hatte Monika geschrieben. *Kein Blick zurück.* Sie verschwindet aus Deutschland, nachdem eine Frau ihretwegen einen Selbstmordversuch unternommen hat, fährt praktisch ohne Gepäck nach Paris und bleibt fortan, mit einer kurzen Unterbrechung zum Zweck ihrer Hochzeit, in Frankreich. Das sieht so aus, als hätte Monika Terboven völlig überstürzt sämtliche Brücken hinter sich abgebrochen.

»Ich verstehe nur eines nicht«, sagt Florence und klappt die

Schreibplatte des Sekretärs wieder hoch. »Warum hat Tommy Ducroix sie geheiratet?«

»Das müssen Sie ihn selbst fragen«, antwortet Cathérine, dreht sich um und schlendert aus dem Zimmer.

13

Der erste Schlag trifft ihn voll ins Gesicht. Gilbert taumelt zurück, läßt sich auf einen Stuhl fallen und hält sich seine Wange, die wie Feuer brennt.

»Ich habe dich was gefragt!«

Madeleine Cosme tritt noch einen Schritt näher, und Gilbert blickt zu ihr hoch. Wie ein quadratischer Block steht sie vor ihm, in ihrer Kittelschürze, ohne Körperkonturen, eine feste Masse Fleisch mit nackten Beinen voller Krampfadern in heruntergetretenen Espadrilles, die einmal beige waren. Die Lippen zusammengepreßt, die grauen Augen starr auf ihn gerichtet. Ihre kalten Augen, vor denen es kein Entfliehen gibt. Sie beobachten ihn schon, seit er geboren wurde, dringen unerbittlich in seine Seele ein, entlarven seine Geheimnisse, die Geheimnisse eines kleinen Jungen, der lügt, weil er Schläge kriegt, und der Schläge kriegt, weil er lügt.

Gilbert sitzt auf dem Küchenstuhl und kreuzt die Arme schützend über seinem Kopf. Nur nicht hinsehen, die eigenen Augen fest schließen, um dem gnadenlosen Blick der Mutter zu entgehen.

Madeleines tiefe Stimme wird noch eine Spur lauter. Mit dem Zeigefinger tippt sie auf vier Fünfhundertfrancscheine, die auf dem Tisch liegen.

»Wo du das Geld her hast, will ich wissen!«

Er schweigt. Regungslos sitzt er da, den Oberkörper leicht vorgebeugt. Er weiß, was kommen wird. Es ist immer das gleiche Ritual. Seit Gilbert denken kann, ist es so. Und er ist unfähig, etwas dagegen zu tun.

Der zweite Schlag ist härter, mit der geballten Faust von oben auf den Kopf.

»Rede endlich!«

Gilbert stößt einen Laut aus, der tief aus der Seele kommt. Noch immer steht Madeleine vor ihm, übermächtig, unbezwingbar. Gilbert fühlt sich klein, schwach und willenlos. Er verabscheut sich.

»Was is'n nu schon wieder los?«

Gilberts Vater steht grinsend an der Küchentür. Mit einem schmuddelig weißen Taschentuch wischt er sich den Schweiß aus dem unrasierten Gesicht und dem Nacken, wo die Haare naß und fettig sind und dringend geschnitten werden müßten.

Mit wenigen Schritten ist Madeleine bei ihm.

»Ja, ja, ich geh ja schon«, nuschelt ihr Mann gerade noch, bevor Madeleine ihm die Tür vor der Nase zuschlägt.

»Also?« Madeleine wendet sich wieder an Gilbert. Dieser läßt jetzt langsam seine Arme vom Kopf gleiten und richtet sich etwas auf. Er fühlt sich wie ein Tier in der Falle.

»Ich hab's gefunden«, sagt er trotzig und weiß im selbem Moment schon, daß seine Mutter ihm ohnehin nicht glauben wird. Er versucht dennoch, ihrem Blick standzuhalten, sie dadurch zu täuschen, gibt aber nach wenigen Sekunden auf.

»So, gefunden?!« sagt Madeleine und verzieht höhnisch ihren Mund. »Und wo?«

»In einem Café in Nîmes. Ich war auf dem Klo, und da hat jemand sein Portemonnaie liegenlassen.«

Bevor er seinen Kopf erneut mit den Armen bedecken und schützen kann, spürt er vier weitere Schläge. Zwei am Ohr, die anderen am Hals und auf dem Kopf.

»Du hast es gestohlen!« Vier Faustschläge im Rhythmus der vier Worte, die Madeleine ihm ins Gesicht schreit. »Gib's endlich zu!«

»Ja, verdammt, na und?« Gilbert springt auf und weicht zurück bis zum Herd. Seine Stimme überschlägt sich hysterisch.

»Bist du nun zufrieden? Ich hab's geklaut, Scheiße, ja! Denn von euch ist ja nichts zu erwarten!«

Madeleine Cosme atmet tief durch. Sie geht um den Küchentisch herum, rückt sich einen Stuhl zurecht und nimmt schwerfällig Platz.

»Komm her«, sagt sie zu ihrem Sohn und zeigt auf den Stuhl gegenüber. »Setz dich hin.« Ihre Stimme hat deutlich an Schärfe verloren.

Gilbert geht zögernd zurück zum Tisch und setzt sich wieder. Er kratzt sich am Ohr, das von den Schlägen ebenso gerötet ist wie seine linke Wange.

»Du hast es nicht gestohlen«, sagt Madeleine, und ihre Stimme klingt, als sei Gilbert wieder der kleine, verstockte, uneinsichtige Junge, der nach dem Motto Peitsche und Zuckerbrot jetzt Verständnis von seiner Mutter braucht. »Du hast die Halskette verkauft, die diesem Flittchen gehört hat. Stimmt's?«

Gilbert antwortet nicht, und Madeleine nickt zur Bestätigung ihrer Worte mit dem Kopf.

»Also.« Sie beugt sich vor, und ihr massiger Busen drückt sich auf die Tischplatte. Wieder ruht ihr Blick auf Gilbert, aber der weiß, daß das Schlimmste jetzt vorbei ist.

Madeleine schiebt die Geldscheine zusammen, faltet sie zweimal und verstaut sie in der Tasche ihrer Kittelschürze.

»Das Geld behalte *ich*, die Bullen dürfen es nicht bei dir finden. Die kommen wieder, da kannst du Gift darauf nehmen. Und wenn sie dich in die Mangel nehmen, hältst du den Rand. Verplapper dich bloß nicht!«

»Nein, mach ich schon nicht«, murmelt Gilbert. »Die kriegen nichts aus mir raus.«

»Gut, ich verlaß mich auf dich«, sagt seine Mutter, und es klingt überzeugend. »Eines darfst du nicht vergessen: Die müssen *dir* was beweisen und nicht umgekehrt.«

Ihre rechte Hand greift jetzt über den Tisch und klopft beruhigend auf seinen Unterarm.

»Keine Angst, Gilbert, wir stehen das gemeinsam durch. Und deinen Waschlappen von Vater halten wir aus der Sache raus, verstanden? Wegen dieser Nutte wirst du nicht im Knast enden.«

Madeleine sieht ihren Sohn an, es ist ein anderer Blick, als er sonst gewohnt ist. Die Augen seiner Mutter sind wissend, als gäbe es für sie nicht den geringsten Zweifel an seiner Schuld, einer Schuld, die weit über den Diebstahl einer Halskette hinausgeht. Und sie sind verständnisvoll, ja, haben fast etwas Komplizenhaftes.

In Gilberts Kopf dreht sich plötzlich alles. Entsetzt fragt er seine Mutter: »Glaubst du etwa, daß *ich* es war?!«

Madeleine Cosme steht abrupt auf und streicht ihre Kittelschürze glatt. Statt eine Antwort zu geben, stellt sie eine Gegenfrage.

»Glaubst *du* etwa, deine Mutter läßt dich im Stich, wenn du in der Scheiße sitzt?«

Gilbert springt hoch, stößt den Stuhl nach hinten, er kippt auf den Steinfußboden. Unfähig, noch irgend etwas zu sagen, rennt er aus der Küche.

...

Lucienne wuchtet die prallgepackte Reisetasche aus dem Kofferraum ihres Wagens, knallt sie auf die Straße und schließt den Wagen ab. Aus dem Seitenfach ihrer Handtasche sucht sie einen Schlüssel, findet ihn, schultert sodann die Reisetasche mit der rechten Hand und sieht sich rasch und unauffällig um. Niemand ist zu sehen, die Gasse ist menschenleer. Nur am anderen Ende, wo der Boulevard Gambetta kreuzt, fließt träge der Nachmittagsverkehr.

Der Schulterriemen schneidet ein, und die Tasche schaukelt schwer im Rhythmus von Luciennes Schritten. Nach zehn Metern bleibt sie stehen und schwingt die Tasche auf die andere Schulter.

Das Haus Rue Poise Nummer 3 hat einen unscheinbaren dunkelgrauen Verputz, der schon fleckig ist und an manchen Stellen abbröckelt. Die Fenster der Parterrewohnung sind weit geöffnet, doch grobe Spitzengardinen, wie sie oft im Süden üblich sind, verwehren den Blick nach innen. Aus einem der Zimmer ertönt die Reporterstimme der Live-Berichterstattung von der Tour de France.

Luciennes Blick wandert nach oben. Die schmutzigbraunen Fensterläden im ersten Stock sind geschlossen. Die Farbe ist durch die Sommerhitze rissig und aufgeplatzt.

Lucienne betätigt den Türsummer, bugsiert ihre Reisetasche durch den schmalen Eingang und betritt einen verwinkelten Hausflur. Es ist dunkel und kühl. Sie nimmt die steinerne Treppe nach oben zum ersten Stock, stellt ihre Reisetasche vor der Wohnungstür ab, atmet tief durch und reibt sich die linke Schulter.

Jetzt entdeckt Lucienne, daß im Türspalt ein zusammengefalteter Zettel steckt. Hastig nimmt sie ihn und versucht ihn zu entziffern. Eine computergeschriebene Nachricht, soviel kann sie erkennen.

Sie schultert die Reisetasche und geht mit dem Zettel in der Hand, so rasch sie kann, die Treppe hinunter. Mit dem Fuß stößt sie die Tür zum Hinterhof auf und liest, was auf dem Zettel steht, der ohne Zweifel für sie bestimmt ist. Sie weiß nicht so recht, was sie davon halten soll, bleibt einen Moment unschlüssig im Hausflur stehen und wirft noch einen Blick nach oben ins Treppenhaus, als käme von dort eine Entscheidung. Dann fingert sie an ihrer Handtasche herum und läßt den Zettel darin verschwinden.

Durch die Wohnungstür der Parterrewohnung hört sie die sich überschlagende Stimme des Sportreporters, vermischt mit dem aufbrausenden Jubel einer Menschenmenge. Stimme und Jubel schwellen an, als Lucienne das Haus verläßt und an den geöffneten Fenstern vorbei zum Wagen geht. Dort angekommen, verstaut sie die Reisetasche wieder im Kofferraum, setzt sich hinter das Steuer und überlegt.

...

Das Wasser perlt von ihrem Körper ab, sammelt sich zu ihren Füßen, bevor es in den Abfluß fließt. Der kalte Strahl ist erfrischend. Bewegungslos steht Florence unter der Dusche, den Kopf leicht nach hinten gebeugt, das Gesicht dem Wasser entgegen. Die Haare sind bereits naß, und Florence streicht sie mit einigen schnellen Bewegungen glatt zurück.

Den Tag rauswaschen, denkt sie, und die Eindrücke ordnen. Informationen noch einmal auf sich einwirken lassen, Fakten miteinander verknüpfen, Spekulationen anstellen und wieder verwerfen, die Nebensächlichkeiten nicht vergessen.

Florence greift nach einer Tube Shampoo, die auf dem Duschbeckenrand steht, und beginnt, sich die Haare einzuseifen.

Vor einer Viertelstunde ist sie von Les Oliviers zurück ins Café *Embuscade* gekommen. Cathérine hatte es sich nicht nehmen lassen, sie mit ihrem Landrover zurückzufahren. Unterwegs erzählte sie amüsante Geschichten aus der Zeit, als sie noch ganz am Anfang ihrer Karriere stand. Sie hatte gelacht, Florence mehrfach von der Seite angesehen, ihr Komplimente gemacht. Ja, sie hatte regelrecht mit Florence geflirtet.

Cathérine Volet.

Einen Blick hinter ihre Fassade zu werfen, wie sie es sich vorgenommen hatte, ist Florence bisher noch nicht gelungen. Die Frage, ob sie eine Waffe besitze, hatte Cathérine mit einem klaren Ja beantwortet, sie in ihr Schlafzimmer geführt und eine Schublade geöffnet: Da lag ein Colt Python 357er Magnum, eine Profiwaffe, aber ein völlig anderes Kaliber als das der Mordwaffe. Es wäre natürlich möglich, daß sie noch eine zweite Waffe besitzt. Die Frage nach einem gültigen Waffenschein hatte sie mit einer Handbewegung abgetan.

»Schließlich muß man sich ja irgendwie schützen, wenn man so weit außerhalb und so einsam lebt wie ich.« Das war die einzige Erklärung, die sie abgab. Vielleicht dachte sie, als Nichte des Staatspräsidenten hätte sie sozusagen einen Freibrief und Gesetze und Vorschriften, die für alle anderen galten, wären für sie ohne Belang?

Florence spült ihre Haare gründlich durch und reibt dann den ganzen Körper mit Duschgel ein. Immer noch sind ihre Gedanken auf Les Oliviers.

Das Gespräch mit Emmanuelle, der Haushälterin, hat keine neuen Erkenntnisse gebracht. Emmanuelle hatte am Tag vor dem Mord ihren freien Tag. Sie hatte ihn bei ihrem Bruder und ihrer Schwägerin in Marguerittes verbracht und dort auch übernachtet.

Als Florence in der Abstellkammer neben der Küche zufällig einen Berg schmutziger Wäsche entdeckte, folgte sie einer spontanen Eingebung und fragte Emmanuelle, ob darunter auch Sachen von Monika Terboven seien.

»Warten Sie, ich sehe mal nach«, hatte Emmanuelle geantwortet und mit schnellem Griff die Wäsche durchwühlt.

»Ja, das hier.« Sie reichte Florence ein Paar Jeans.

»Die gehören ihr. Ich meine, die *gehörten* ...«

Emmanuelle beendete den Satz nicht, räusperte sich, blickte kurz zu Cathérine, die mit dem Rücken zum Küchenfenster stand, und drehte sich dann verlegen weg.

Florence fuhr mit der Hand in die Taschen der Jeans. Und in der rechten Gesäßtasche fand sie einen Zettel, auf dem eine längere Adresse stand. Es war eindeutig Monika Terbovens Handschrift.

»Quai de la Fontaine Nummer 14«, hatte Florence laut vorgelesen, die Stirn gerunzelt und Cathérine fragend angesehen. »Was ist das, eine Straße?«

Doch Cathérine reagierte überhaupt nicht. Zum erstenmal hatte Florence den Eindruck, daß sie irritiert war. Oder täuschte sie sich?

Statt dessen hatte Emmanuelle die Frage beantwortet.

»Quai de la Fontaine? Na ja, das ist doch der große Boulevard in Nîmes, zwischen Maison Carrée und Jardin de la Fontaine.«

»Aha«, hatte Florence gesagt und Cathérine aus den Augenwinkeln beobachtet. Doch die hatte sich schnell gefangen und Emmanuelle beigepflichtet.

»Richtig!« Lächelnd zündete sie sich eine neue Zigarette an.

Florence ist fertig mit Duschen. Sie stellt den Wasserhahn ab, nimmt ein kleines Handtuch und wickelt es um die Haare. Mit dem großen Badelaken frottiert sie ihren Körper trocken.

...

Ein paar Minuten später geht Florence durch den Innenhof der Poterie und klopft an die Glastür. Als hätte Tommy Ducroix direkt hinter der Tür gestanden, wird sie sofort geöffnet. Tommy trägt halblange abgeschnittene Jeans und ein schmuddeliges hellblaues Polohemd. Seine langen Haare und sein Bart sind frisch gewaschen und wirken voller als bei der ersten Begegnung.

»Treten Sie ein«, sagt er mit leiser Stimme. »Ich hab mir schon gedacht, daß Sie kommen.«

»Hat Cathérine Volet Sie angerufen?« fragt Florence und sieht Tommy scharf an. Doch dessen Gesicht ist gänzlich ausdruckslos.

»Nein, wieso?«

Florence folgt ihm in die Küche, wo er ihr einen Stuhl anbietet. Auf dem Küchentisch steht noch das Frühstücksgeschirr, das er jetzt zusammenräumt und in den Spülstein stellt.

»Tut mir leid«, sagt er, »ich weiß, ich hätte es Ihnen gestern sagen sollen.«

Er sieht Florence an, als warte er auf ihre nächste Frage, doch die kommt nicht.

»Na ja«, fährt er fort, »wir sind eine Scheinehe eingegangen. Es war wegen Monikas Eltern.«

Er stützt seine Ellbogen auf den Tisch und reibt seine beiden Handflächen aneinander.

»Wußten Monikas Eltern, daß ihre Tochter lesbisch war?« fragt Florence.

»Tja«, erwidert Tommy gedehnt, »das war ja das Problem. Sie wollten sie enterben, wenn sie keinen Ehemann präsentieren konnte.«

Florence nickt und sagt ironisch: »Und da haben Sie sich angeboten. Für wieviel?«

Er sieht sie irritiert an. Florence beugt sich vor.

»Wieviel hat Monika Terboven Ihnen gezahlt, damit Sie diese Scheinehe mit ihr eingehen?«

»Nichts.«

»Nichts? Das soll ich Ihnen glauben? Sie wußten doch, daß das illegal ist und daß Sie sich damit strafbar machten, oder?«

»Ja, sicher, aber es ging mir nicht ums Geld.«

»Worum ging es Ihnen dann?«

Er holt tief Luft, streicht sich eine Haarsträhne aus dem Gesicht und sagt: »Cathérine bat mich darum. Ich wollte ihr einen Gefallen tun. Außerdem fand ich Monika nett.«

Wie selbstlos, denkt Florence. Aber so selbstlos war es wohl nicht, denn dieser Mann hatte Cathérine einiges zu verdanken, und sie hatte bestimmt Mittel, ihn unter Druck zu setzen.

»Hat Cathérine Volet diesbezüglich Druck auf Sie ausgeübt?«

»Überhaupt nicht. Aber es war selbstverständlich, daß ich Cathérine diese Bitte nicht abschlug.«

»Weswegen wollte denn Cathérine Volet, daß Sie und Monika heirateten? Monika war doch ihre Geliebte.«

»Sie wollte Monika zu ihrer Erbschaft verhelfen, weiter nichts.«

»Das ging ja wohl gründlich daneben«, antwortete Florence.

Er nickt.

»Ja, ich weiß. Die Firma machte Konkurs, bald nachdem Monika sie nach dem Tod ihrer Eltern übernommen hatte.«

Florence wechselt das Thema.

»Weswegen haben Sie Ihren Namen geändert?«

Tommy sieht sie erstaunt an und lacht.

»Weswegen? Ich fand es besser und praktischer, einen französischen Namen anzunehmen, wenn ich in Frankreich lebe. In meinem Paß steht übrigens noch mein deutscher Name. Aber für die Leute hier bin ich Tommy Ducroix.«

Kein Anhaltspunkt. Alles klingt harmlos und normal. Nichts weist darauf hin, daß er Monika erschossen haben könnte ...

Florence steht auf. Als sie hinausgeht, sieht sie, daß auf den Etageren im Atelier neue Keramiken stehen. Es sind verschiedene Vogelarten mit buntem Gefieder und sehr kleinen Köpfen und kurzen Hälsen. Sie stellt Tommy eine letzte Frage.

»Hatten Sie eigentlich mit Monika Terboven je ein Verhältnis?«

Wieder sind Tommys Augen ausdruckslos, als er sagt: »Und wenn? Wäre das ein Grund, sie umzubringen?«

Sicher nicht, denkt Florence. Oder – wer weiß?

Als sie die Poterie verläßt, wartet Alain bereits auf sie, um sie nach Nîmes zu fahren.

…

Claire steht hinter dem Tresen im Café *Embuscade* und zapft fünf Bier. Ein Trupp Bauarbeiter sitzt draußen auf dem Bürgersteig. Die Männer lachen und unterhalten sich laut. Einer von ihnen hat eine hohe Fistelstimme, die nicht zu seinem massigen Körper paßt.

Durch die geöffnete Tür des Cafés sieht Claire, daß Gilbert mit seinem Moped über den Platz gefahren kommt. Vor dem Café bremst er scharf ab. Das Hinterrad rutscht weg, doch geschickt balanciert Gilbert die Bewegung aus und stellt den Motor ab. Er lehnt das Fahrzeug gegen die Hauswand und betritt hastig das Café. Er geht geradewegs auf Claire zu, dreht sich verstohlen um, aber bis auf die Bauarbeiter draußen ist niemand zu sehen. Gilbert beugt sich über den Tresen, packt Claire, die gerade die fertigen Biere aufs Tablett stellen will, am Arm und sagt mit unterdrückter Stimme: »Sag mal, glaubst du etwa auch, daß ich es war?«

Claire sieht Gilbert einen Moment verständnislos an, dann begreift sie.

»Ich? Nein, wieso? Wie kommst du darauf?«

Gilberts Hand, die ihren Arm umklammert hält, ist ihr lästig. Mit einem Ruck befreit sie sich. Wie gehetzt sieht sich Gilbert erneut um.

Claire stellt die Biergläser auf das Tablett. Ohne Gilbert anzusehen, fragt sie: »Und diese andere Sache da, ich meine, das mit der Verurteilung, stimmt das? Die Kommissarin hat gesagt …«

Gilbert lacht auf und unterbricht sie.

»Ach, Blödsinn!« sagt er laut. »Das ist glatter Rufmord. Du kennst mich doch, oder? Na also.«

Bevor Claire irgend etwas sagen kann, dreht sich Gilbert um und stürmt aus dem Café.

Claire sieht ihm kurz nach, wie er um die Ecke biegt und anfängt, eine belanglose Melodie zu pfeifen. Als sie das Tablett nach draußen zum Tisch der Bauarbeiter bringt, hat Gilbert sein Moped bereits wieder angeworfen und fährt davon.

Gleichzeitig überquert ein schwarzer Golf Cabrio den Platz und hält vor der Poterie. Lucienne Simon steigt aus, öffnet den Kofferraum und lädt mühsam eine Reisetasche aus, mit der sie eiligen Schrittes in der Poterie verschwindet.

...

»Tut mir leid, aber es geht nicht. Ich habe keinen Platz hier.«

»Es wäre doch nur für ein paar Wochen!«

Luciennes Stimme klingt verzweifelt. Doch Tommy schüttelt den Kopf.

»Nein, ehrlich nicht, Lucienne. Am besten fährst du nach Paris zurück.«

Er räumt die Gläser mit Aprikosenmarmelade, die er am Nachmittag aus dem großen Topf abgefüllt hat und erkalten ließ, in den Küchenschrank. Es sind neun, jedes mit einem Schraubdekkel verschlossen und säuberlich beschriftet.

»Bist du verrückt?« Luciennes Stimme ist schrill. »Wenn ich hier abhaue, gerate ich doch erst recht in Verdacht!«

Doch Tommy gibt sich ungerührt.

»Wenn du es nicht warst, hast du doch auch nichts zu befürchten.«

Lucienne starrt ihn ungläubig an.

»So ein Quatsch! Natürlich war ich es nicht. Aber ich hab kein Alibi für die Nacht, kapierst du das? Außerdem, weswegen hätte ich sie denn erschießen sollen? Wir waren doch zusammen, ich bin ihretwegen überhaupt nur hiergeblieben. Das weißt du doch.«

Tommy zuckt mit den Schultern.

»Ich weiß nur, daß sie mit dir ziemlich unglücklich war.«

»Tatsächlich?« Lucienne sieht Tommy herausfordernd an. »Hat sie dir das gesagt?« Als Tommy nicht antwortet, fährt sie fort: »Na also. Du kannst mir gegenüber ruhig mit offenen Karten spielen.«

Tommy nimmt den Teekessel vom Herd, geht zum Spülbecken und läßt Wasser in den Kessel laufen.

»Willst du eine Tasse mittrinken?«

»Danke, sehr großzügig von dir.« Lucienne schultert ihre Reisetasche. »Aber bevor ich deine Gastfreundschaft weiterhin in Anspruch nehme, werde ich mich umhören, ob jemand hier im Dorf mir ein Zimmer vermietet.«

An der Tür dreht sich Lucienne noch einmal um. »Auch wenn du es nicht glaubst – aber ich weiß, wer es war.«

»Aha. Wer denn?« fragt Tommy gleichgültig und setzt den Wasserkessel auf den Herd.

»Cathérine natürlich!« sagt Lucienne triumphierend. Sie sieht Tommy dabei scharf an und wartet auf eine Reaktion.

»Cathérine?« Tommy dreht sich zu Lucienne und lacht leise in sich hinein. »Das ist das Dümmste, was ich je gehört habe.«

»So, meinst du?« Lucienne wirft ihre Reisetasche über die andere Schulter. »Ich weiß, welchen Stein sie bei dir im Brett hat. Aber sie war es, auch wenn dir das nicht paßt. Ich kann es sogar beweisen!«

»Wie denn?«

»Sie hatte ein Motiv. Mich. Ich war das Motiv. Eifersucht, falls du weißt, was das ist.«

Mit einer langsamen Geste streicht sich Tommy eine Strähne seines langen Haars aus dem Gesicht. Er lächelt.

»Dich? Dann hätte sie doch logischerweise *dich* erschießen müssen und nicht Monika, wenn sie eifersüchtig gewesen wäre. Oder nicht?« Er nimmt den Gasanzünder und zündet die Gasflamme an. »Weißt du, Lucienne«, sagt er leise, »die einzige, die wirklich ein Motiv hat, bist du. Monika stand dir im Weg, und das wissen wir doch auch alle.«

Seine Worte treffen Lucienne wie ein Peitschenhieb. Eine ohnmächtige Wut erfaßt sie. Sie hat nur einen Wunsch, diesem Raum zu entfliehen, sich in Luft aufzulösen, irgendwas zu tun, das diese Situation hier beendet, ja, ungeschehen macht. Mit ihrer Reisetasche auf der Schulter verläßt sie die Küche und knallt die Tür hinter sich zu.

Er weiß es, er weiß es, er weiß es, hämmert es in ihrem Kopf, als sie benommen den Kofferraum öffnet und die Tasche verstaut.

Woher?

Von Cathérine natürlich.

Und woher weiß Cathérine es? Hat sie ihr nachspioniert?

Lucienne hat das Gefühl, daß sie in einen Abgrund stürzt, der so tief ist, daß kein Hilfeschrei je nach oben dringen kann. Außerdem – wer würde ihr helfen?

Ihre Gedanken überschlagen sich, und das Blut pocht ihr in den Schläfen. Sie muß sich zwingen, einen kühlen Kopf zu behalten. Nicht durchdrehen, einen klaren Entschluß fassen.

Als sie in ihren Wagen steigt, schlendern die fünf Bauarbeiter, die eben noch draußen vorm Café saßen und ihr Bier tranken, über den Platz zu ihrem Lastwagen. Sie machen anerkennende Bemerkungen und pfeifen dem offenen Wagen hinterher.

Doch Lucienne nimmt das alles nicht wahr.

Sie erinnert sich an den computergeschriebenen Zettel, den sie an der Wohnungstür in Nîmes gefunden hat. Sie wirft einen kurzen Blick auf die Uhr. Noch vier Stunden hat sie Zeit.

...

Gerade will Claire zum zweitenmal an die Tür klopfen, da hört sie im Haus schlurfende Schritte. Kurz darauf öffnet Gilberts Vater die Haustür.

»Bonjour, Monsieur Cosme.«

»Ach, du bist's, Claire. Wie geht's?« Er grinst und bittet sie mit einer Handbewegung ins Haus.

»Danke, gut. Ist Gilbert da?«

Der alte Mann zuckt mit den Schultern, schnieft und reibt sich mit dem Handrücken den Nasenflügel.

»Was weiß ich. Vielleicht ist er in seinem Zimmer.«

Als Claire neben ihm im Hausflur steht, riecht sie seine Alkoholfahne.

In dem Moment geht die Küchentür auf, und Madeleine Cosme eilt energischen Schrittes über den Flur, schiebt ihren Mann beiseite und gibt ihm mit einer knappen Bewegung ihres Kopfes zu verstehen, daß er verschwinden soll. Gilberts Vater kratzt sich am stoppeligen Kinn, murmelt »Ja, ja« und trollt sich ins Wohnzimmer.

Madeleine Cosme mustert Claire geringschätzig. »Was willst du?«

Claire begegnet der offenkundigen Feindseligkeit Madame Cosmes mit einem Lächeln und sagt schnell: »Ich wollte nur fragen, ob Gilbert da ist. Er war vorhin ganz kurz im Café, und ich wollte ...«

Madeleine unterbricht sie barsch: »Ich weiß nicht, wieso du dich auf einmal so für ihn interessierst?«

»Wieso, wie meinen Sie das?«

»Du weißt sehr gut, wie ich das meine. Schließlich hast du ihn ja fallenlassen wie eine heiße Kartoffel, nachdem du jahrelang mit ihm rumgetändelt und ihm Hoffnungen gemacht hast.«

Claire starrt Gilberts Mutter ungläubig an.

»Ich? Ich hab ihm doch keine Hoffnungen gemacht! Wir waren Schulfreunde, weiter nichts. Wenn er daraus geschlossen hat ...«

Erneut schneidet Madeleine Cosme ihr das Wort ab: »Du bist keinen Deut besser als die anderen Flittchen. Daß Gilbert das Abitur nicht geschafft hat und auf die schiefe Bahn geraten ist, hat er dir zu verdanken.«

Claire spürt jetzt ein Gefühl der Wut und Empörung in sich hochsteigen und sagt laut: »Daß er die Schule geschmissen hat, ist seine eigene Schuld. Von nichts kommt nichts.«

»Ach, was du nicht sagst!« Madeleine Cosme lacht verächtlich. »Aber Mademoiselle hat natürlich studiert und trägt jetzt die Nase entsprechend hoch! Daß ich nicht lache!« Sie packt Claire unsanft am Arm und drängt sie zur Tür. »Hättest du meinem Jungen nicht auf so schamlose Art schöne Augen gemacht und ihn dann sitzenlassen, wäre es mit ihm nie so weit gekommen!«

Ehe Claire etwas erwidern kann, findet sie sich bereits draußen auf der Straße wieder und hört das klackende Geräusch der ins Schloß fallenden Haustür.

Sie steht einen Moment lang wie betäubt vor dem Haus, dann gibt sie sich einen Ruck und geht zurück ins Café *Embuscade*. Auf dem Weg dorthin sucht sie nach einer Erklärung für Madeleine

Cosmes plötzlich so feindselige Haltung, und sie findet nur eine: Gilbert muß tief in die Mordsache Monika Terboven verwickelt sein.

...

Gilbert wacht auf, aber er kann sein linkes Auge nicht öffnen. Mit dem rechten versucht er, sich in der Dunkelheit zurechtzufinden, doch er sieht nur einen dünnen Lichtstrahl, der durch einen Türspalt fällt. Ist es das Tageslicht? Wieviel Uhr ist es?

Mühsam hebt er eine Hand und tastet über sein Gesicht. Es ist geschwollen und über dem linken Auge spürt er wieder jenen stechenden Schmerz, das letzte, an das er sich erinnern kann, bevor er das Bewußtsein verlor. Wo ist er?

Er liegt zusammengekrümmt auf der Seite und spürt die Kälte eines Steinfußbodens. Seine Knochen sind schwer wie Blei. Der schlechte Geschmack in seinem Mund muß Blut sein. Ja, richtig, seine Lippe war aufgesprungen, als der erste wuchtige Faustschlag ihn am Kinn traf.

Von draußen hört Gilbert jetzt Stimmen. Kurze, knappe Sätze, die er jedoch nicht versteht, weil der Mann arabisch spricht. Dann das schrille Lachen einer Frau. Als die Tür zu dem Verschlag geöffnet wird, nimmt Gilbert gerade noch den Duft eines aufdringlichen Parfüms wahr, bevor es wieder Nacht vor seinen Augen wird.

14

»Ich schaffe es vielleicht gerade noch, mir einen Film über Greenpeace anzusehen.« Chantal Berrières Stimme klingt müde. Sie unterdrückt ein Gähnen und schiebt ihren Teller ein Stück zurück. »Es war anstrengend heute.«

Ihr Mann, der Präfekt, legt Messer und Gabel beiseite und

trinkt den Rest aus seinem Weinglas. Er nimmt seine Zigarilloschachtel vom Tisch, sucht ein Päckchen Streichhölzer und zündet sich einen Zigarillo an. Genußvoll bläst er den Rauch in die Luft. Er sieht seine Frau an.

»Wir sollten beide möglichst bald einen Anwalt aufsuchen und die ganze Sache diskret über die Bühne bringen. An einem Skandal habe ich kein Interesse.«

»Ich weiß.« Chantal lächelt, und der Präfekt ist sich nicht sicher, ob es ein ironisches Lächeln ist. »Keine Angst, einen Skandal wird es von meiner Seite aus nicht geben.«

François Berrière nickt zufrieden.

»Um so besser. Wir sollten das auch wie vernünftige, erwachsene Menschen regeln. Also ...« Er steht auf. »Ich wünsche dir viel Spaß bei deinem Film. Ich habe noch zu arbeiten.«

Er küßt sie flüchtig auf die Stirn und geht zur Tür.

»Sophie?« ruft er in die Halle. »Sie können abräumen.«

Von der Küche her sind die eiligen Trippelschritte des Hausmädchens zu hören.

Der Präfekt setzt sich wieder an den Tisch, um in Ruhe seinen Zigarillo zu Ende zu rauchen.

Chantal Berrière verläßt den Raum, und ihr Mann verfolgt sie nachdenklich mit seinen Blicken.

Dann betritt das Hausmädchen das Eßzimmer und beginnt, den Tisch abzuräumen.

...

Mit einem Kopfsprung hechtet Cathérine ins Wasser, schwimmt ein paar Züge unter der Oberfläche. Die Silhouette ihres langen Körpers wirft einen unruhigen Schatten auf den hellgekachelten Beckengrund.

Cathérine taucht auf, prustet laut und schwimmt bis zur anderen Seite des Pools. Dort verharrt sie sekundenlang, bevor sie auf dem Rücken liegend zurück ins Wasser gleitet und mit kräftigen, nach hinten ausholenden Bewegungen beider Arme eine weitere Bahn schwimmt.

Wie immer ist das für sie einer der schönsten Momente des Tages. Schon als Kind war sie eine Wasserratte, obwohl sie als Sternbild Löwe ein Feuerzeichen ist.

Die letzten Strahlen der Sonne suchen sich einen Weg durch die Zweige der Pinien, die die Zufahrtsallee säumen, entschwinden immer mehr, und das Wasser im Pool glänzt pfirsichfarben im Licht.

Sie schwimmt ohne Badekappe, bekleidet mit einem knappen dunkelblauen Bikini. Sie krault noch zwei Bahnen, dann stemmt sie sich mit einem Schwung aus dem Wasser auf den Beckenrand, zieht beide Beine gleichzeitig nach und setzt sich mit nach hinten gestreckten Armen und angewinkelten Knien auf die Steinfliesen. Das Wasser rinnt ihr aus den Haaren übers Gesicht.

Cathérine steht auf, frottiert sich kurz ab und zieht einen Bademantel über. Langsam geht sie Richtung Herrenhaus.

Als sie von fern das Telefon läuten hört, beschleunigt sie ihre Schritte. Sie eilt durch den Dienstboteneingang in die Halle und nimmt den Hörer ab.

»Ja, hallo? Nein, Lucienne wohnt nicht mehr hier. Nein, keine Ahnung. Bitte, keine Ursache, auf Wiederhören.«

Dieselbe Stimme, denkt Cathérine, dieselbe Stimme wie an dem Abend, als Monika ermordet wurde ...

...

Der Flur, der im ersten Stock des Herrenhauses zu Cathérines Schlafzimmer führt, liegt im Halbdunkel.

Vorsichtig, mit nackten Füßen bewegt sich Lucienne Richtung Tür. Auf halbem Weg hält sie kurz inne und starrt auf den Steinfußboden. An dieser Stelle ist eine Fliese locker. Wenn man darauf tritt, gibt es ein quietschendes Geräusch.

Sie macht einen großen Schritt über die defekte Fliese hinweg und drückt kurz darauf die Türklinke.

Im Schlafzimmer sind die Fensterläden geschlossen. Durch die Ritzen dringt spärliches Licht nach innen.

Der Raum ist mit wenigen Designermöbeln geschmackvoll

möbliert wie alle Räume auf Les Oliviers. Auf den dunkelgrünen Fliesen liegt eine Kaschmir-Seidenbrücke. Über dem breiten Bett hängt eine Zeichnung von Cocteau, versehen mit einer persönlichen Widmung für Cathérine.

Lucienne verharrt einen Moment lang bewegungslos im Zimmer und lauscht. Dann nähert sich ihre Hand der Schublade des Tisches neben dem Fenster. Auf der Tischplatte steht ein Messingkrug mit einem Blumenarrangement aus weißen und dunkelroten Rosen. Ein Blumengeschäft in Nîmes hat den Auftrag, jede Woche einen solchen Strauß zu liefern.

Lucienne zieht die Schublade auf.

Da liegt er auf einem weichen Flanelltuch. Chromsilberglänzend mit schwarzem Knauf und größer als vermutet.

Ein Griff, ihre Hand packt den Revolver und steckt ihn in einen schwarzen Leinenbeutel.

Ebenso lautlos, wie sie gekommen ist, verläßt Lucienne Cathérine Volets Schlafzimmer.

...

Kurz vor neun bringt Emmanuelle Cathérine ein kaltes Abendessen in die Bibliothek: eine Gazpachosuppe, ein Stück spanische Tortilla, ein Tellerchen mit Oliven, einen Ruccolasalat aus dem eigenen Garten, ein Stück Hühnerbrust sowie eine Flasche Gigondas, Cathérines Lieblingswein.

Cathérine bedankt sich lächelnd und legt einen Stapel Rechnungen beiseite, die sie überprüft hat. Abrechnungen der Pächter, der Gärtner, diverse laufende Zahlungen.

»Ich brauche Sie dann nicht mehr, Emmanuelle.«

Emmanuelle nickt, deckt den kleinen runden Tisch in der Mitte des Raumes, schenkt ein Glas Wein ein, wünscht »Gute Nacht« und verläßt die Bibliothek.

Cathérine geht zu einem der Regale, auf dem die Stereoanlage steht. Sie nimmt eine CD und legt Mozarts Klavier- und Violinsonaten auf.

Durch die geöffneten Fenster zieht die Nacht ein und mit ihr das Zirpen der Zikaden und der gelegentliche Schrei eines Nachtvogels. Der Duft der Belles de nuit, die nur nachts ihre Blüten öffnen, vermischt sich mit dem Aroma der Rosmarinsträucher, die wie eine Hecke den Innenhof säumen.

Sie stellt die Musik laut, setzt sich an den Tisch und beginnt mit der kalten Suppe. Emmanuelles Rezept ist wirklich einmalig, angeblich von einer Großtante aus Andalusien.

Ereignisfetzen des vergangenen Tages kommen ihr in den Sinn. Sie ziehen an ihr vorbei wie ein Schleier mit verblaßten Farben. Alles ist entrückt, das unerfreuliche Zusammentreffen am Morgen mit Lucienne, die Gespräche mit der deutschen Kommissarin. Eine attraktive Frau, wie Cathérine findet. Außerdem tüchtig in ihrem Beruf.

Cathérine muß lächeln und schiebt den Gedanken an Florence beiseite wie eine unfertige Skizze. Eine Leere beginnt, sich in ihrem Kopf Platz zu schaffen. Die Fähigkeit, Gedanken weitgehend auszuschalten, wenn sie Musik hört, hat Cathérine im Lauf ihres Lebens entwickelt. Es ist wie eine Meditation. Sie befreit von den Eindrücken des Tages und hält überflüssige Emotionen in Schach. Sich auf das Wesentliche konzentrieren, jetzt, da neue Verhältnisse in ihrem Leben geschaffen sind. Nicht zurückblikken, sondern nach vorn sehen, auch wenn noch kein Ziel auszumachen ist.

Sie ist fertig mit der Suppe und schiebt den Teller zurück, lehnt sich nach hinten und schließt die Augen.

Nichts hat so unendliche Gültigkeit wie diese Musik. Violine und Klavier umschmeicheln einander, bewegen sich aufeinander zu wie zwei Liebende, erst scheu, dann immer leidenschaftlicher und ausschließlicher. Trennen sich ihre Wege für einen Moment, finden sie im nächsten Augenblick um so jubilierender wieder zusammen. Dennoch – die Liebe zwischen zwei Menschen kann niemals so sein wie diese Musik. Nicht dieser Gleichklang, dieses Miteinander, immer wieder, immer neu, ohne Disharmonien.

Cathérine seufzt und greift nach dem Teller mit der Hühnerbrust, als plötzlich ein Schuß fällt. Er kommt von draußen.

Für den Bruchteil einer Sekunde sitzt sie regungslos da, dann springt sie auf, stößt dabei mit den Knien an den Tisch, und das Weinglas stürzt um. Eine rote Lache ergießt sich über den Intarsientisch und sucht gierig einen Weg nach unten auf den mit Lehmfliesen gekachelten Boden. Noch bevor Cathérine daran denken kann, daß die Steine den Wein sofort aufsaugen und die Flecken nie mehr rausgehen werden, wird die Tür aufgerissen.

Emmanuelles Gesicht ist kreidebleich, als sie sagt: »Kommen Sie, Madame, ich glaube, das war bei den Stallungen!«

...

Als Florence das Restaurant *Fine Bouche* in Nîmes betritt, ist Rita bereits da. Sie trinkt einen Pastis und studiert die Karte.

»Danke, daß du so schnell gekommen bist.« Florence gibt Rita die Hand und setzt sich ihr gegenüber.

Nachdem sie bestellt haben, berichtet Florence kurz, wie weit sie mit ihren Ermittlungen ist.

Dann beginnt Rita zu erzählen.

Als sie Monika 1984 kennenlernte, war sie gerade Assistentin am juristischen Institut und Monika eine der Studentinnen. Rita war nur vier Jahre älter als Monika, die mit ihrem Jurastudium bereits den vierten Anlauf unternahm, eine Ausbildung zu beginnen. Alle anderen Studien hatte sie abgebrochen.

Rita verliebte sich in sie, glaubte in ihr Fähigkeiten zu entdekken, die endlich zum Tragen kommen mußten. Sie half Monika, wo sie konnte, motivierte sie, engagierte sich. Rita hatte alles, was Monika fehlte: Sie war ehrgeizig, erfolgs- und leistungsorientiert, arbeitsam und zuverlässig. Zweifellos war Monika von diesen Eigenschaften fasziniert, hatte sie gesucht und gebraucht, wollte sie sich zunutze machen. Doch was man bei anderen sucht und an sich selbst vermißt, lehnt man oft gleichzeitig ab.

Sie begann, Rita zu betrügen. Die bemerkte zunächst gar nichts. Erst als im Institut offen gemunkelt wurde, die Kollegen Anspielungen machten und sie Monika dabei ertappte, wie sie sich heftig mit einer anderen Frau küßte, fiel es ihr wie Schuppen von den Augen. Aussprachen mit Monika brachten jedoch nichts. Monika traf sich sogar mit ihren Liebhaberinnen in der gemeinsamen Wohnung, die ihr Vater ihr gekauft hatte.

Rita war eifersüchtig. Sie versuchte dagegen anzukämpfen, und sprach sich mit Freundinnen aus, die ihr rieten, sich von Monika zu trennen. Vom Verstand her wußte sie, daß Monika sie nicht liebte und daß sie sich trennen mußte. Doch ihre Gefühle ließen sie weiterhin an Monikas Liebe glauben, und sie verzieh ihr immer wieder. So geriet sie in den Strudel der Abhängigkeit.

Sooft sie den Entschluß faßte, sich zu trennen – Monika holte sie jedesmal wieder zurück. Sie war dann zärtlich zu ihr, bat sie um Verzeihung, und Rita war nur allzu schwach und willigte in jeden »Neubeginn« ein.

Eines Tages wurde Rita unfreiwillig Zeugin, wie Monika sich in Gegenwart anderer über sie lustig machte, sie regelrecht in den Dreck zog. Als sie Monika zur Rede stellte, schleuderte diese ihr ins Gesicht, sie habe sie sowieso nie geliebt. Sie beleidigte Rita, beschimpfte sie aufs übelste und setzte ihr dann einen Termin, bis wann sie aus der Wohnung auszuziehen habe.

Für Rita brach eine Welt zusammen. Es war Wochenende, und Monika war mit einer ihrer Freundinnen weggefahren. Rita saß wie betäubt in der Wohnung, vor den Trümmern ihrer desolaten Beziehung. Sie schluckte vierzig Schlaftabletten. Was danach geschah, daran erinnerte sie sich nicht mehr.

Als sie fünf Tage später aus dem Koma erwachte, sich vergegenwärtigte, daß sie überlebt hatte, geschah eine plötzliche Wandlung mit ihr. Es war wie ein heilsamer Schock. Sie war entschlossen, die Beziehung mit Monika zu beenden, ihre emotionale Freiheit wiederzuerlangen. Sie suchte Hilfe bei einer Therapeutin, und wenig später zog sie aus der Wohnung aus.

Sie hatte Monika nie wiedergesehen.

Rita hält inne in ihrer Erzählung, trinkt einen Schluck Rotwein und spielt gedankenverloren mit ihren Händen.

Außer ihnen sind kaum Gäste im Restaurant. Die Wirtin, eine resolute Endfünfzigerin mit struppigen grauen Meckihaaren und einer überdimensionalen Brille, hinter der ihr Gesicht fast verschwindet, beobachtet Rita und Florence aus den Augenwinkeln, als warte sie auf die Fortsetzung von Ritas Geschichte.

»Hat sie dich nicht im Krankenhaus besucht?«

»Das wollte ich nicht.«

»Aber sie wollte kommen?«

»Ja. Das habe ich abgeblockt. Ich wollte sie nie mehr sehen.«

»Wenn du Monika Terboven mit drei Worten charakterisieren solltest, welche würden dir da einfallen?«

Rita lehnt sich zurück. Sie überlegt nicht lange.

»Egozentrisch, eitel und kalt.«

»Weil sie dich nicht geliebt hat?«

»Nein. Niemand ist schuldig, wenn er nicht liebt. Aber es muß Klarheit darüber bestehen. Schuldig ist man erst durch die Lüge.«

»Könntest du dir vorstellen, daß jemand sie so hassen konnte, daß er – oder sie – sie umbringen würde?«

»Ja. Sie hatte etwas, das einen im Innersten verletzte und provozierte.«

Florence gibt der Wirtin ein Zeichen und bestellt zwei Kaffee und die Rechnung. Dann nimmt sie das Gespräch wieder auf.

»Kalt und egoistisch, das hat Cathérine Volet auch von ihr gesagt. Aber ist das nicht zu einfach? Jeder Mensch hat doch auch liebenswerte Eigenschaften. Weswegen hast du sie denn geliebt?«

»Sie hat eine Seite in mir angesprochen, die ich nicht kannte. Eine Art Helfersyndrom. Ich wollte ihr helfen, im Leben weiterzukommen.«

»Sonst nichts? Du hast das alles mit dir machen lassen, weil du ein *Helfersyndrom* hattest?« Sie sieht Rita ungläubig an. »War sie denn nicht zärtlich oder leidenschaftlich, warst du nicht gern mit ihr im Bett?«

Rita sieht sie schweigend an.

»Herrgott, Rita, sei doch nicht albern! Ich habe einen Mordfall aufzuklären. Ich frage dich das, um in Erfahrung zu bringen, weshalb alle Frauen von dieser Monika Terboven abhängig waren. Und die einzige Antwort, die ich finde, ist sexuelle Hörigkeit.«

Die Wirtin stellt die beiden Kaffee auf den Tisch sowie den Teller mit der Rechnung.

Rita läßt zwei Stücke Zucker in die Tasse fallen und rührt um.

»Wer kann Monika umgebracht haben?« fragt sie. Ihre Stimme klingt kühl und sachlich.

»Ich weiß es nicht. Noch nicht«, antwortet Florence. »Entweder jemand, der sie sehr gehaßt hat, oder jemand, der keinen persönlichen Bezug zu ihr hatte, so daß sie nur zufällig zum Opfer wurde. Eine dritte Möglichkeit gibt es für mich im Moment nicht.«

Florence legt ein paar Scheine auf den Teller mit der Rechnung, als ihr Handy klingelt.

»Pardon«, sagt sie zu Rita, nimmt den Apparat und drückt auf den Knopf. »Ja?«

Es ist Alain.

»Einer der Gendarmen hat eine Zeugin aufgetrieben. Er hat mal die Cafés hier in der Umgebung abgeklappert und den Wirten das Foto der Toten gezeigt, das Cathérine Volet Commissaire Marbeuf bei seinem ersten Besuch auf Les Oliviers gegeben hat. Die Besitzerin eines Cafés in Blauzac hat das Opfer erkannt. Monika Terboven war in der Mordnacht dort. Mit einer anderen Frau. Der Beschreibung nach niemand, den wir kennen.« Alain macht eine Pause, holt dann tief Luft und fährt fort: »Außerdem ist die Kette mit dem Smaragd in Nîmes aufgetaucht. Bei einem Hehler, der unseren Leuten einschlägig bekannt ist. Gilbert Cosme hat sie dort versetzt.«

»Wie schnell können Sie hier sein?« fragt sie Alain.

»In zehn Minuten.«

»Gut. Haben Sie den Durchsuchungsbefehl?«

»Ja.«

»Dann fahren wir zuerst in das Café nach Blauzac und danach nach Blans und nehmen uns Gilbert Cosme vor.« Sie stellt den Apparat ab und sagt zu Rita: »Wir bringen dich zum Hotel. Wenn ich es morgen früh schaffe, rufe ich dich noch an, bevor du zurückfliegst.«

»Hat sich was Neues ergeben?« fragt Rita interessiert.

»Ja«, sagt Florence kurz angebunden.

Wenig später sieht sie Alains Wagen vor dem Restaurant vorfahren.

Als Florence kurz nach dreiundzwanzig Uhr mit Alain Roche nach Blans fährt, ist sie zum erstenmal, seit sie in diesem Fall ermittelt, lustlos und unmotiviert. Das Gespräch mit Rita hat im Prinzip nichts ergeben, was sie nicht schon gewußt oder geahnt hat.

Der Besuch in Blauzac war ein Reinfall, da das Café geschlossen war und niemand auf ihr Klopfen reagiert. Sie muß es morgen früh wieder probieren.

Jetzt, auf dem Weg nach Blans, hat Florence das sichere Gefühl, daß die Spur Gilbert Cosme ins Leere führt und daß sie dadurch wertvolle Zeit verliert.

...

Madeleine Cosme schreckt hoch. Wieder klopft es energisch an die Haustür.

»Aufmachen, Polizei!« dröhnt eine männliche Stimme.

Mit einem Ruck schlägt Madeleine die Bettdecke zurück und setzt sich schwerfällig auf den Rand der Matratze. Sie schaltet die Nachttischlampe an. Mit den Füßen sucht sie ihre Pantoffeln, geht zum Kleiderhaken und zieht den verschlissenen Veloursmorgenrock über, der einmal bordeauxfarben war.

Ihr Mann ist wach geworden, gibt ein paar grunzende Laute von sich, öffnet kurz die Augen, doch das Licht blendet ihn. Er zieht die Decke über den Kopf und schläft gleich weiter. Erneut wird an die Haustür gepocht.

Madeleine schaltet das Licht im Flur an und öffnet die Tür, die nicht abgeschlossen ist.

»Ja?« sagt sie unfreundlich.

Florence schiebt sie beiseite und betritt den Hausflur. Alain Roche kommt nach und schließt die Tür. Florence zieht ein Stück

Papier aus ihrer Handtasche und hält es Madeleine Cosme unter die Nase.

»Wo ist Ihr Sohn? Wir haben einen Durchsuchungsbefehl.«

Madeleine mustert Florence von oben bis unten und schüttelt mißbilligend den Kopf.

»Wieso Durchsuchungsbefehl?«

»Wo er ist, hat die Kommissarin gefragt!« Alains Stimme klingt lauter als sonst.

»Na, im Bett natürlich, wo sonst? Um diese Uhrzeit, da schlafen anständige Leute doch, oder?« Sie sieht Florence vielsagend an.

Mit ein paar Schritten ist Florence an Gilberts Zimmertür. Sie öffnet sie, tastet nach einem Lichtschalter an der Wand und schaltet das Deckenlicht an. Das Bett ist unberührt und leer.

Madeleine, die ihr auf dem Fuß gefolgt ist, sagt schnell: »Tja, das verstehe ich nicht. Ich dachte, er wäre längst zurück.«

Florence glaubt ihr kein Wort und verzieht ironisch das Gesicht. Sie gibt Alain ein Zeichen.

»Los, Alain, durchsuchen Sie sein Zimmer. Ich sehe in den anderen Räumen nach.«

Madeleine Cosme stellt sich ihr in den Weg.

»Das dürfen Sie nicht!«

»Gehen Sie aus dem Weg, Madame Cosme«, sagte Florence leise. »Oder ich nehme Sie wegen Verdunkelungsgefahr und Beihilfe zum Mord fest.«

Madeleine Cosme, die ein feines Gespür für Menschen hat, die ihr überlegen sind und die besseren Trümpfe in der Hand halten, gibt widerstrebend nach und tritt einen Schritt zur Seite.

Florence geht durchs Haus und wirft einen gründlichen Blick in die wenigen Räume: die Küche; das Schlafzimmer, wo der völlig betrunkene Monsieur Cosme einen unterdrückten Fluch ausstößt und sich demonstrativ auf die andere Seite wirft; das winzige Bad; das Wohnzimmer mit einer scheußlichen Kredenz, einem Kacheltisch und drei wuchtigen Kunstledersesseln.

Nirgends eine Spur von Gilbert.

Einen Speicher oder Keller gibt es nicht. Zum Abschluß wirft

Florence noch einen Blick in die Abstellkammer, wo ein heilloses Durcheinander herrscht aus Besen, Eimern, Scheuerlappen, Einweckgläsern, Dosen mit Ameisenspray, allerlei Vorräten, Mineralwasserflaschen, Gummistiefeln, Arbeitshosen und zu Bündeln zusammengeschnürten Knoblauchknollen, die von der Decke baumeln.

Madeleine Cosme ist Florence wortlos gefolgt. Jetzt, da Florence wieder zurück zu Alain Roche geht, der mit der Durchsuchung von Gilberts Zimmer fertig ist, stemmt sie triumphierend ihre Hände in die Hüften und sagt: »Na also. Das Ganze hätten Sie sich sparen können.«

»Wo ist er hin?« Florences Stimme ist eisig.

»Ich hab Ihnen schon mal gesagt, mein Junge ist erwachsen. Ich kontrolliere nicht, wann er kommt und geht.«

Florence kennt die Sorte Mütter. Mütter von Söhnen. Aus denen ist nichts rauszuholen. Sie sind mit allen Wassern gewaschen und stellen sich selbst dann noch hinter ihre Sprößlinge, wenn diese als Serienmörder überführt sind oder Kinder mißbraucht haben.

Florence dreht sich zu Alain Roche um und macht eine Kopfbewegung in Richtung Tür.

»Kommen Sie.«

Sie verlassen das Haus der Familie Cosme und hören noch, wie Madeleine »Na endlich« murmelt, bevor sie die Haustür hinter ihnen zuknallt.

Draußen auf der Gasse ist kein Laut zu hören. Die Luft ist windstill, und die Blätter der riesigen Kastanie in dem Grundstück gegenüber, deren Zweige über eine verwitterte Mauer bis auf die Straße hängen, bewegen sich nicht. Es ist eine friedliche Stille, unwirklich beinahe, wie die Stille vor einem Sturm.

»Gehen wir jetzt auf die Lichtung, zu dieser sogenannten Sternwarte?« fragt Alain. Seine Stimme klingt lustlos. »Vielleicht ist er dort.«

»Schon möglich, aber das glaube ich nicht. Sehen Sie mal nach oben, der Himmel ist bedeckt. Als wir aus Nîmes losfuhren, sind

Wolken aufgezogen. Wenn er auf seiner Sternwarte wäre, müßte er längst zurück sein.«

»Ja, das stimmt.« Alain nickt und sieht Florence mit großen Augen an. Er gähnt.

»Was machen wir jetzt?«

Florence wirft einen Blick auf ihre Armbanduhr, es ist kurz vor zwölf.

»Gehen Sie rüber ins Café«, sagt sie, »und holen Sie uns was zu trinken. Da ist sicher noch jemand auf. Für mich bitte zwei, drei Büchsen Cola.«

Jetzt entdeckt sie einen Toreingang schräg gegenüber vom Haus der Cosmes, der zu dem Grundstück mit der Kastanie gehört. Seitlich im Torbogen sind zwei Steinpfeiler in die Erde gelassen, auf denen man bequem Platz nehmen kann.

»Wir warten hier, bis er kommt«, sagt Florence und geht in den Torbogen, von dem aus man die Gasse und das Haus der Cosmes gut im Blick hat.

»Trinken Sie einen Kaffee, damit Sie wach bleiben.«

Alain Roche scheint von dieser Idee wenig begeistert zu sein. Erneut gähnt er, diesmal ausgiebiger.

»Und wenn er nicht kommt, Patron?«

»Wenn er bis sechs Uhr nicht hier ist, geht die Fahndungsmeldung raus. Aber so lange warten wir.«

...

Cathérine sitzt bewegungslos im Stroh, den Rücken an die weißgetünchte Stallwand gelehnt, und starrt auf Miras Kopf. Der Schuß hat die ganze linke Seite bis zu den Nüstern und dem Maul zerfetzt und in eine Masse aus Blut und Knochen verwandelt. Das Blut ist bereits geronnen.

Mira liegt seitlich hingestreckt in der Box, die Hinterbeine weit auseinandergespreizt, die Vorderbeine eingeknickt, so als habe sie vor ihrem Mörder auf den Knien gelegen und um Gnade gefleht, bevor der Schuß fiel.

Florence wendet ihren Blick ab, und sie kann den Gedanken

nicht loswerden, daß die Stute auf ebenso brutale Weise liquidiert wurde wie vor ein paar Tagen Monika Terboven.

Sie beugt sich zu Cathérine und berührt mit beiden Händen sacht ihre Schultern. »Sie können nicht ewig hier sitzen bleiben, kommen Sie ins Haus!«

Cathérine reagiert nicht, und Florence zieht ihre Hände zurück. Sie überlegt, was zu tun ist. Gleich morgen früh wird sie den Tierarzt anrufen und ihn bitten, eine Autopsie vorzunehmen und nach dem Projektil zu suchen. Gleich morgen früh ... Florence schwindelt bei dem Gedanken, was am nächsten Morgen alles ansteht: die Fahndung nach Gilbert Cosme, falls er nicht doch nocht heute nacht auftaucht. Die Vernehmung der Zeugin aus Blauzac. Herausfinden, was sich hinter der Adresse auf dem Zettel verbirgt, den Monika in der Tasche ihrer schmutzigen Jeans hatte ...

Dieser Fall übersteigt allmählich ihre Arbeitskapazität. Was sie morgen früh gleich als erstes tun muß: Verstärkung aus dem Präsidium in Nîmes anfordern, um die anfallende Arbeit effektiv verteilen zu können.

Vor wenigen Minuten war Florence auf Les Oliviers angekommen. Die Ereignisse hatten sich überstürzt. Kaum war Alain ins Café *Embuscade* gegangen, um etwas zu trinken zu besorgen, kam er in Begleitung von Claire zurück. Sie war aufgeregt.

»Ich wußte nicht, wo Sie zu erreichen waren. Die Haushälterin von Les Oliviers hat angerufen, vor zwei Stunden schon. Jemand hat das Pferd von Cathérine Volet erschossen.«

Florence hatte Alain vor dem Haus der Cosmes in dem Torbogen Posten beziehen lassen und war mit seinem Wagen allein nach Les Oliviers gefahren, wo sie von einer weinenden und völlig aufgelösten Emmanuelle empfangen wurde, die das wenige, was sie wußte, stockend erzählte.

Als sie den Schuß hörte, war Emmanuelle in ihrem Zimmer und wollte gerade zu Bett gehen.

»Wann war das?«

»So gegen halb zehn vielleicht.«

»Haben Sie danach irgendwas gehört oder gesehen?« fragte Florence.

»Ja! Ich lief sofort zum Fenster und hörte, wie ein Wagen wegfuhr. Sehen konnte ich nichts, da mein Zimmer auf der anderen Seite der Allee liegt.«

»Und dann?«

»Dann lief ich zu Madame in die Bibliothek.«

»Als Sie in die Bibliothek kamen, wieviel Zeit war da seit dem Schuß vergangen?«

»Meine Güte, vielleicht ein, zwei Minuten. Ich bin doch sofort runtergerannt.«

Wieder fällt Florences Blick auf die tote Stute. Jemand wollte sich rächen, soviel steht fest. Ein gemeiner, hinterhältiger Mord an einem wehrlosen Tier. Wer ist zu so etwas fähig? Und ist der Täter identisch mit dem, der Monika Terboven auf dem Gewissen hat? Möglich, aber es kann sich auch um ein zufälliges Zusammentreffen handeln.

Möglich auch, daß die Ermordung des Pferdes nur eine Warnung war, die Cathérine galt, und daß sie ernsthaft gefährdet ist, weil sie zuviel weiß. Doch was weiß sie, was könnte sie wissen?

Noch immer kauert Cathérine Volet regungslos an der Wand. Florence kniet sich jetzt auf das weiche Stroh, direkt neben sie. Nach einem kurzen Zögern nimmt sie Cathérine in ihre Arme. Diese sperrt sich gegen die Berührung, ihre Schultern verkrampfen sich. Behutsam streicht Florence mit ihren Händen über Cathérines Rücken.

Und als ob ein zu straffes Seil sich plötzlich aus seiner Verankerung löst, gibt Cathérine nach. Sie lehnte ihren Kopf an Florences Schulter und fängt hemmungslos an zu weinen.

Florence ahnt, wie ihr zumute sein muß. Das Liebste ist ihr genommen worden, brutal und mit der bewußten Absicht, sie bis ins Mark zu treffen. Das einzige Wesen, dem sie vertrauen konnte und das sie bedingungslos liebte, das sie nie enttäuschte.

Nach einer Weile fängt sich Cathérine ein wenig, hebt den Kopf und wischt mit dem Handrücken die Tränen aus ihren Augen.

»Als ich den Schuß hörte, wollte ich meinen Revolver holen, bevor ich mit Emmanuelle zum Stall lief«, sagt sie stockend. »Doch der lag nicht mehr in der Schublade. Jemand muß im Haus gewesen sein und ihn an sich genommen haben.« Sie sieht Florence an. Ihr Blick ist hilflos, voller Angst, und alle Souveränität, alle Selbstsicherheit, die Cathérine bisher stets ausgestrahlt hat, ist verschwunden.

»Haben Sie eine Ahnung, wer das gewesen sein könnte?« fragt Florence.

Cathérine nickt langsam mit dem Kopf.

»Ich glaube, ja.«

15

Als es am nächsten Morgen an der Tür klopft und Florence wie benommen nach ihrer Uhr tastet, ist es kurz vor sieben.

»Ihr Assistent ist unten«, hört sie Elise Lamarques Stimme. »Ich soll Sie dringend wecken, hat er gesagt.«

»Ich komme!« Florence streckt sich, erhebt sich mit einem Schwung aus dem Bett, zieht ihren Bademantel an und geht über den Flur in die Dusche. Aus dem Café im Erdgeschoß hört sie Claires Lachen und mehrere Männerstimmen. Es sind die ersten Gäste, die rasch ihren Kaffee trinken, bevor sie zur Arbeit fahren.

Alain Roche wartet im Hinterzimmer des *Embuscade*. Florence schließt die Tür, und an Alains Gesichtsausdruck merkt sie, daß irgend etwas passiert sein muß.

»Was ist«, fragt Florence, »ist Gilbert Cosme endlich aufgetaucht?«

Alain räuspert sich.

»Nein, ist er nicht, aber was anderes ist aufgetaucht. Eine neue Leiche. Lucienne Simon. Erschossen. In ihrem Wagen.«

Florence starrt ihn ungläubig an.

»Wo?«

»In einer Parkbucht an der D 210 in der Nähe von La Rouvière. Die Kollegen von der Spurensicherung dürften schon auf dem Weg sein.«

Wortlos verläßt Florence das Hinterzimmer, und Alain folgt ihr. Sie gehen zu seinem Wagen. Alain schaltet Blaulicht und Martinshorn ein, und sie fahren in rasendem Tempo aus dem Ort.

Das hat gerade noch gefehlt, denkt Florence. Lucienne gehörte zum engeren Kreis der Verdächtigen und hat möglicherweise in der letzten Nacht die Stute Mira erschossen. Jetzt war Lucienne selbst zum Opfer geworden. Florence zweifelt keinen Augenblick daran, daß die Morde an den beiden Frauen zusammenhängen. Auf eine höchst demonstrative Weise scheint der Mörder mit der Polizei Katz und Maus zu spielen. Zwei Morde innerhalb von drei Tagen, in beiden Fällen dieselbe Methode – das zeugt außerdem von erheblicher Kaltblütigkeit. Der Täter muß sich sicher fühlen, geschützt, unangreifbar.

Gilbert Cosme? Er ist flüchtig und wird inzwischen per Haftbefehl gesucht. In den Mordfall Monika Terboven ist er insofern verstrickt, als er das Opfer bestohlen hat. Aber welchen Grund sollte er haben, Lucienne Simon zu töten? Ist er ein Maniak, ein Frauenhasser, einer, der lesbische Frauen umbringt?

Florence kurbelt das Wagenfenster einen Spalt herunter. Draußen fliegt die Landschaft vorbei. Alain Roche hält sich an keine Geschwindigkeitsbegrenzung, und in knapp zehn Minuten sind sie da.

Der Tatort wird von zwei Gendarmen abgesperrt, es sind dieselben Männer, die Florence in Blans am Tag ihrer Ankunft gesehen hat. Der jüngere grinst und legt grüßend den Finger an die Mütze.

Die Spezialisten der Spurensicherung haben sich bereits an die Arbeit gemacht. Florence geht zu Luciennes offenem Golf Cabrio.

Einer der Beamten kratzt gerade Proben von Erbrochenem, das am rechten Vorderreifen des Wagens zu sehen ist, in einen Plastikbeutel.

»Wer hat die Leiche entdeckt?« fragt Florence Alain.

»Ein Monteur Electricité de France. Er fuhr heute morgen um

sechs auf den Parkplatz, um mal auszutreten. Er hat sofort die Gendarmerie verständigt. Die haben seine Aussage aufgenommen. Wenn Sie mit ihm sprechen wollen – er arbeitet an der neuen Überlandleitung hinter La Rouvière.«

Florence nickt.

»Hat er irgendwas Besonderes zu Protokoll gegeben?«

»Nein. Er sagte, er sei direkt von zu Hause gekommen und habe rein zufällig hier gehalten.«

»Ich rede später mit ihm.«

Florence beugt sich in den Wagen.

Lucienne sitzt auf dem Fahrersitz, der Oberkörper ist über dem Lenkrad zusammengesunken.

Das Einschußloch in der rechten Seite des Kopfes liegt etwa drei Zentimeter über dem Ohr. Das Projektil hat einen Teil der oberen Schädeldecke zertrümmert. Ein scheußliches Bild, und Florence kämpft kurz gegen ihre Übelkeit an. Die Gehirnflüssigkeit ist teilweise ausgetreten und hat die Polster des Wagens und Luciennes Kleidung bespritzt. Außer der Schußwunde sind keine äußerlichen Verletzungen zu erkennen. Lucienne trägt zur dunkelblauen Seidenbluse einen Minirock aus Jeansstoff.

Florence wirft einen Blick ins Wageninnere. Auf dem Rücksitz liegt eine Handtasche. Sie streift ein Paar dünne Gummihandschuhe über. Dann durchsucht sie den Inhalt der Tasche.

Ein Lippenstift, Make-up-Utensilien, eine Packung Papiertaschentücher, ein dickes Schlüsselbund, ein einzelner Sicherheitsschlüssel, vermutlich zu einer Wohnungstür, ein Portemonnaie mit 348 Francs, eine kleine Brieftasche mit ihrem Personalausweis. Lucienne Simon, geboren am 15. Juli 1958. In wenigen Tagen hätte sie Geburtstag gehabt. Eine Adresse im 14. Pariser Arrondissement. Dann ihr Presseausweis, der Führerschein, die Wagenpapiere, ein paar Kreditkarten. Und ein Zettel, mit Computer geschrieben, ein professioneller, sauberer Druck:

»Neue Umstände eingetreten. Treffe Dich 22.30 Uhr, Parkplatz hinter La Rouvière, Richtung Nîmes. Tausend Küsse.«

Keine Unterschrift, kein Datum.

Florence atmet tief durch. Sie winkt Alain herbei, gibt ihm den

Zettel und sagt: »Sieht so aus, als wäre sie hier zum tödlichen Rendezvous bestellt worden. Die Kollegen vom Labor sollen als erstes herausfinden, mit welchem Computer oder Laptop das geschrieben wurde.«

Alain nickt und steckt den Zettel vorsichtig in einen Klarsichtbeutel.

Den Personalausweis wickelt Florence in ein Papiertaschentuch und steckt ihn in ihre Handtasche.

Dann geht sie nach hinten und öffnet den Kofferraum. Sie zieht den Reißverschluß der vollgepackten Reisetasche zurück und durchsucht flüchtig den Inhalt. Kleidungsstücke, Wäsche, Schuhe, eine Sonderausgabe von *Marie Claire,* ein prallgefüllter Kulturbeutel.

Offenbar wollte Lucienne abreisen, nachdem Cathérine Volet sie rausgeworfen hatte. Wo wollte sie hin? Wann hat sie den Zettel erhalten und von wem? Hat sie ihren Mörder gekannt?

Florence braucht nicht erst die Autopsie abzuwarten, um ein erstes Resümee zu ziehen. Lucienne wurde mit ziemlicher Sicherheit vom Beifahrersitz aus erschossen.

Beide Morde, der an Monika und der an Lucienne, tragen ein und dieselbe Handschrift. Beide Opfer lebten auf Les Oliviers, hatten eine Beziehung miteinander, die Cathérine Volet ein Dorn im Auge sein mußte.

Cathérine Volet ... also doch?!

Es käme auf den Zeitpunkt der Ermordung an. Nach drei Uhr nachts hat Cathérine Volet kein Alibi.

Als Florence den Reißverschluß des Kulturbeutels öffnet, fällt ihr eine Waffe entgegen. Es ist ein Colt Python, die Waffe, die Cathérine Volet aus ihrer Schublade gestohlen wurde. Florence läßt die Trommel rausschnappen und sieht, daß eine Patrone fehlt. Bestätigt sich Cathérine Volets Vermutung, daß Lucienne die Waffe genommen hatte, um die Stute Mira zu erschießen und sich so an ihr zu rächen?

Dann hätte Cathérine Volet ein plausibles Motiv für den Mord an Lucienne Simon. Rache für Miras Tod.

Das Geräusch bremsender Reifen auf dem sandigen Weg, der

in die Parkbucht führt, unterbricht Florences Überlegungen. Zwei Wagen sind angekommen. Kurz darauf fährt noch ein dritter vor, den ein uniformierter Beamter steuert. Es ist Florences neuer Dienstwagen, ein Citroën Xantia.

Alain macht Florence mit Dr. Brochet bekannt, dem Gerichtsmediziner, einem fülligen Mann Mitte Dreißig. Sie geht mit ihm zu Luciennes Wagen. Brochet beäugt die Leiche von allen Seiten, hebt den nach vorn gebeugten Oberkörper vom Lenkrad, betrachtet den Einschuß und nickt.

»Ich bin zwar vorsichtig mit Prognosen, aber das sieht auf den ersten Blick so aus, als habe der Mörder neben ihr gesessen.«

»Wann kann ich Ihren Bericht haben, Doktor?«

»Tja, warten Sie mal ...« Brochet streicht mit der Hand über seinen sorgfältig gestutzten Vollbart. »Morgen früh, und das ist schon schneller, als ich eigentlich arbeiten kann.«

»Heute abend, Doktor«, sagt Florence entschieden und lächelte Brochet an. »Denn je eher ich das Kaliber der Waffe kenne, desto besser.«

»Wenn die Kugel noch drinsteckt!« gibt Brochet zu bedenken und seufzt. »Also gut, ich tue mein Bestes.«

Florence bedankt sich und geht zu Alain, der den Beamten von der Spurensicherung ein paar Anweisungen gibt.

»Hier sind wir im Moment überflüssig«, sagt sie. »Ich fahre jetzt in das Café nach Blauzac und hoffe, daß ich endlich mit dieser Juliette Didier reden kann, die Monika Terboven in der Mordnacht noch gesehen hat.«

Plötzlich fällt ihr etwas ein. Aus ihrer Handtasche sucht sie den Zettel heraus, den sie in Monika Terbovens Jeans gefunden hat.

»Sagen Sie, kennen Sie diese Adresse?«

Alain nimmt den Zettel, überfliegt ihn und sieht Florence mit seinen fischigen Augen ausdruckslos an. Er sagt nichts. Erneut wirft er einen Blick auf den Zettel, hält ihn dicht vor seine Augen, als könne er das, was darauf steht, schwer entziffern.

»Quai de la Fontaine 14?« sagt er überrascht und schüttelt heftig den Kopf. »Nein, sagt mir gar nichts.«

Florence hat das untrügliche Gefühl, daß er lügt. Sie hakt nach.

»Wirklich nicht? Was ist das für eine Gegend?«

Alain zuckt mit den Schultern und vermeidet jetzt den Blickkontakt mit Florence.

»Keine Ahnung. In Nîmes kenne ich mich nicht gut aus.« Er tritt unruhig von einem Bein auf das andere. Ohne Florence anzusehen, fragt er: »Dieser Zettel, ich meine, steht der in irgendeinem Zusammenhang mit ...«

Florence unterbricht ihn und sagt schnell: »Das weiß ich noch nicht. Vielleicht.« Sie steckt den Zettel wieder ein.

»Na, dann warten wir es ab«, sagt Alain und wechselt eilig das Thema. »Was soll ich jetzt machen, Patron?«

»Fahren Sie los, und fragen Sie im nächsten Ort, ob irgend jemand was gesehen hat. Und interviewen Sie sämtliche Leute in Blans, die bisher in irgendeiner Weise mit dem ersten Opfer zu tun hatten. Es geht um die Alibis für letzte Nacht«, sagt Florence. »Tommy Ducroix, Claire vom Café, Madame Cosme. Fragen Sie auch, ob jemand das Opfer gestern abend oder heute nacht gesehen hat und wo.«

»Cathérine Volet auch?« fragt Alain vorsichtig. »Ich meine ...«

»Natürlich! Auch wenn ich heute nacht zwischen eins und drei bei ihr war und sie vorher Les Oliviers nicht verlassen hat, wie uns die Haushälterin sagte – theoretisch gesehen kann sie danach losgefahren sein und das Opfer getroffen haben, oder nicht?«

Florence merkt, wie ihre Stimme lauter geworden ist, aggressiver. Sie ist wütend, weil Alain sie belügt. Außerdem fühlt sie sich ohnmächtig, weil sich durch diesen zweiten Mord neue Probleme ergeben, ohne daß sie in der ersten Mordsache wirklich einen Schritt weitergekommen wäre.

»Erst wenn der Autopsiebericht vorliegt, wissen wir, in welchem Zeitraum Lucienne Simon umgebracht wurde. Bis dahin ist jeder verdächtig.«

»Ja sicher, da haben Sie recht«, murmelt Alain unsicher. »Und dieser Gilbert Cosme, ich meine, wenn wir den hätten ...«

»Aber wir haben ihn noch nicht. Machen Sie Dampf, irgendwo muß er ja auftauchen.«

»Die Kollegen in den drei Nachbardépartements sind auch verständigt. Bahnhöfe, Flughäfen, wir haben alles im Griff. Weit kann er nicht kommen.«

»Das hoffe ich.«

»Ist das alles, Patron?«

»Na, ich denke, bis Mittag sind Sie erst mal ausgelastet«, sagt Florence und geht zu ihrem neuen Dienstwagen. Der Polizeibeamte, der sich lässig neben den Wagen gestellt hat und sich mit der Hand an der Fahrertür abstützt, übergibt ihr Schlüssel und Papiere.

»Wir treffen uns gegen eins im *Embuscade*«, ruft Florence Alain noch zu, bevor sie den Wagen startet und den Tatort verläßt.

Von unterwegs ruft sie Rita im Hotel an. Die hat sich kurzfristig entschlossen, ein paar Tage dranzuhängen und gegen Mittag nach Toulouse zu fahren, wo eine ehemalige Schulfreundin von ihr am Goethe-Institut arbeitet.

Als sie ihren Wagen in Blauzac parkt, klingelt ihr Handy. Es ist Desgranges.

»Ich hab's gerade von Alain erfahren«, sagt er. »Verdammt dumme Geschichte. Aber ziemlich eindeutig, oder? Dieser Gilbert Cosme ist doch seit heute nacht flüchtig.«

Florence erzählt ihm in wenigen Worten, was sich letzte Nacht auf Les Oliviers ereignet hat.

»Na, dann schließt sich doch der Kreis. Diese Lucienne Simon hat sich für ihren Rausschmiß gerächt, indem sie das Pferd erschoß. Sie selbst ist das zweite Opfer von diesem Cosme.«

Florence erwidert nichts. Eigenartig, daß Desgranges es so eilig hat, Gilbert Cosme auch den zweiten Mord anzuhängen, obwohl ihm noch nicht einmal der Mord an Monika Terboven nachgewiesen werden kann.

»Sind Sie noch dran, Commissaire?« hört sie Desgranges' Stimme.

»Ja, natürlich«, sagt Florence schnell. »Es gibt da nur so viele ungeklärte Punkte. Zum Beispiel, daß Monika Terboven offenbar mit einer unbekannten Frau in einem Café in Blauzac verabredet war. Eine Zeugin hat sie gesehen.«

Pierre Desgranges wird ungeduldig.

»Ja, und? Haben Sie schon mit der Zeugin gesprochen?«

»Ich bin gerade auf dem Weg dorthin.«

»Ich brauche Resultate, Commissaire Labelle, und zwar möglichst schnell!«

»Und ich könnte einen zusätzlichen Inspektor gebrauchen.«

Durchs Telefon hört sie, wie Desgranges tief durchatmet.

»Sie wissen doch, es ist Urlaubszeit. Ich kann mir niemanden aus den Rippen schneiden. Aber ich will sehen, was ich machen kann. Halten Sie mich auf dem laufenden. Wiederhören.«

16

»Ich hab Ihrem Chef doch schon alles erzählt, was ich weiß!«

Juliette Didier sieht Florence ungeduldig und vorwurfsvoll an, so als hätte sie in ihrem *Café du Centre* in Blauzac alle Hände voll zu tun. Doch das Café ist leer.

Juliette Didier ist eine dralle Mittvierzigerin mit einem Gesicht voller Sommersprossen, einem sorgfältig aufgetragenen grünen Lidschatten und einem überschminkten Mund, damit die Lippen voller wirken. Ihr enges schwarzes Satinmieder drückt die Brüste vorn zusammen und schnürt ihr ein wenig den Atem ab.

Florence lächelt.

»Monsieur Roche ist nicht mein Chef, sondern mein Assistent«, korrigiert sie.

»Oh, pardon«, sagt Juliette und scheint wenig beeindruckt. Sie geht zum Tresen und schenkt sich einen großzügigen Martini ein.

»Wollen Sie auch was trinken?« fragt sie Florence, doch die lehnt ab.

Juliette nimmt ihr Glas und setzt sich zu Florence an den kleinen Tisch neben dem Tresen. Sie trinkt einen Schluck, verzieht schmatzend die Lippen und wartet.

Florence zieht aus ihrer Handtasche den Personalausweis von Lucienne und zeigt Juliette das Foto.

»War es diese Frau, die mit der Ermordeten an jenem besagten Abend hier war?«

Juliette beugt sich vor, wirft einen Blick auf das Foto.

»Nein, auf keinen Fall. Die war es nicht.«

»Wieso sind Sie da so sicher?«

»Weil die Frau, die hier war, nicht so volle Lippen hatte.«

Florence steckt den Ausweis wieder ein.

»Wie sah sie denn aus?«

»Na ja, richtig erinnern kann ich mich nicht. Auf keinen Fall hatte sie so volle Lippen. Und sie trug eine Mütze.«

»Eine Mütze?«

»So eine Baseballmütze aus Jeansstoff, wie sie jetzt modern sind.«

»Welche Haarfarbe hatte sie?«

»Die konnte ich ja gerade deswegen nicht sehen. Die Haare waren unter der Mütze versteckt.«

»Wie groß war sie?«

»Schwer zu sagen. Aber bestimmt kleiner als Sie. Sehr schlank. Sie kam mir auch irgendwie bekannt vor.«

»Wie meinen Sie das?«

»Oder sie erinnerte mich an jemanden, der bekannt ist. Den man aus der Zeitung kennt oder aus dem Fernsehen.«

»Wie spät war es?«

»Als sie kam? Sie war schon da, als die andere auftauchte, die mit den roten Haaren. Das war so gegen zehn.«

»Und beide waren zum erstenmal hier, Sie haben sie vorher noch nie gesehen?«

»Nicht, daß ich wüßte.«

»Haben die beiden was bestellt?«

»Ja, die Rothaarige einen Kaffee und die mit der Mütze einen Tequila. Ich weiß das deshalb so genau, weil so was hier sonst nie jemand bestellt.«

»Haben sie miteinander geredet?«

»Ja, aber ganz leise. Ich konnte nichts verstehen. Außerdem

kam gerade ein Schwung junger Leute rein. Von der Fête Votive im Nachbardorf, da war es ihnen zu langweilig geworden.«

»Was machten die beiden für einen Eindruck? Schienen sie sich zu kennen?«

Juliette Didier trinkt ihren Martini aus, geht zum Tresen und schenkt sich nochmals nach.

»Ob sie sich kannten, kann ich nicht sagen. Auf jeden Fall hat die eine zeitweise geheult.«

»Welche?«

»Die Rothaarige.«

Also Monika Terboven, denkt Florence.

»Und die mit der Mütze hat sie in den Arm genommen und getröstet. Aber was da war, kann ich nicht sagen.«

»Wie lange blieben die beiden?«

»Vielleicht eine Viertelstunde, zwanzig Minuten. Ich hab ein schlechtes Zeitgefühl, das sagt mein Freund auch immer.«

»Gingen sie gemeinsam?«

»Ja.«

»Haben Sie gesehen, ob sie mit zwei Wagen da waren?«

»Ja. Auf dem Parkplatz standen ein gelber Wagen und ein BMW. An den BMW erinnere ich mich, weil mein früherer Freund mal den gleichen fuhr.«

»Waren denn die anderen Gäste zu dem Zeitpunkt noch im Lokal, die jungen Leute von der Fête Votive?«

»Die beiden waren die letzten. Die anderen waren kurz vorher gegangen.«

Florence nickt und macht sich ein paar Notizen.

»Wer stieg denn in welchen Wagen?«

»Das hab ich nicht gesehen. Das Telefon hat gerade geklingelt, und ich hab sie nicht mehr wegfahren sehen.«

»Aber Sie sahen, wie die beiden zu ihren Wagen gingen?«

»Ja, ganz eindeutig.«

»Haben Sie die Wagennummer des BMW erkennen können?«

»Tut mir leid, auf so was habe ich nicht geachtet. Aber wenn es eine ausländische Nummer gewesen wäre, wäre mir das bestimmt aufgefallen.«

Wenig später verabschiedet sich Florence. Im Hinausgehen sagt sie: »Ach, übrigens, kennen Sie Cathérine Volet?«

»Die Schlagersängerin? Persönlich nicht. Aber die soll doch hier in der Nähe wohnen.«

»Richtig. Aber ich meine, wissen Sie, wie sie aussieht?«

»Natürlich weiß ich das. Das sind schließlich die Lieder meiner Jugend! Ihr Assistent hat mich übrigens gefragt, ob die mit der Mütze vielleicht Cathérine Volet hätte sein können. Auf keinen Fall!«

Sie beugt sich vor und senkt ihre Stimme.

»Wieso, hat die was mit dem Mord zu tun?«

»Blödsinn!« sagt Florence und lacht ungezwungen.

Die unbekannte Dritte, denkt sie. Sie trifft sich mit dem Opfer in einem Café, eine Stunde, bevor Monika auf die Lichtung geht, und wenige Stunden vor ihrem Tod.

Hat sie sich auch mit Lucienne getroffen, diesmal auf einem einsamen Parkplatz?

War es Cathérine Volet?

Florence ist fast einen Kopf kleiner als Cathérine, und Juliette Didier sagte, daß die Unbekannte mit der Baseballmütze noch kleiner als sie, Florence, gewesen sei. Aber kann man der Zeugenaussage einer Caféhauspächterin glauben, die bereits kurz nach neun Uhr morgens zwei satte Martini kippt? Wenn es Cathérine Volet gewesen ist, warum traf sie sich mit Monika mitten in der Nacht in einem Café?

»Ich danke Ihnen, Madame«, sagt Florence und reicht Juliette Didier die Hand.

»Keine Ursache.« Juliettes Händedruck ist lasch. Sie geht zum Tresen und schenkt sich nochmals nach.

Als Florence den Motor startet, klingelt erneut ihr Handy. Es ist Alain. Florence hört ruhig zu, was er ihr zu sagen hat, und macht sich sofort auf den Weg.

17

»Ich hab eine Streife hingeschickt«, sagt Alain, als er nach kurzer Abwesenheit wieder ins Zimmer kommt. »Wenn sie das Mädchen und den Kerl kriegen, bringen sie sie gleich her.«

Es ist heiß in dem kleinen Raum des Präsidiums, das zu Verhörzwecken dient. In der Mitte steht ein speckiger Holztisch mit drei Stühlen. Auf der Fensterbank rattert ein Ventilator – ohne Erfolg. Der Blick aus dem Fenster fällt auf die dunkelgraue Betonwand des Quergebäudes, nicht mal ein Stück Himmel ist zu sehen.

Während Alain sich mit verschränkten Armen ans Fenster stellt, steht Florence hinter dem Stuhl, auf dem Gilbert Cosme zusammengesunken sitzt, die Arme auf den Tisch gelegt. Sein rechtes Auge ist geschwollen und blau angelaufen. Die Unterlippe wurde mit ein paar Stichen genäht, und die rote Jodtinktur gibt ihr das Aussehen einer frischen Wurst, deren Pelle rissig ist. Gilbert sieht fertig und übernächtigt aus. Sein Blick ist der eines Menschen, der Angst und ein schlechtes Gewissen hat.

Die Geschichte, die Gilbert hier eben erzählt hat, klingt ziemlich abenteuerlich. Und doch, wenn sie stimmt, hätte Gilbert für die ganze letzte Nacht ein Alibi. Vorausgesetzt, daß Lucienne Simon erst nach einundzwanzig Uhr ermordet wurde.

Er war am Abend gegen halb neun mit seinem Moped Richtung Arles gefahren, um bei einer Prostituierten auf dem Wohnwagenstrich »vorbeizuschauen«. Er kannte sie schon, da er ein paarmal bei ihr war. Jedesmal hatte sie hundert Francs genommen. Doch gestern hatte er lediglich fünfzig Francs dabei. Als sie sich weigerte, ihn für fünfzig Francs zu bedienen, sei er sauer geworden und wollte sie mit Gewalt aufs Bett ziehen. Daraufhin hätte das Mädchen geschrien, und ehe Gilbert sich versah, habe plötzlich ein Mann in der Tür des Wohnwagens gestanden und sei mit den Fäusten auf ihn losgegangen. Dann konnte er sich an nichts mehr erinnern, nur an einen nackten Steinfußboden, Dunkelheit und später an einen Feldweg, wo ein Bauer ihn gefunden hat.

»Steht der Wohnwagen allein?« hatte Florence gefragt.

»Nein, dahinter ist so 'ne kleine Hütte mit einem Schilfdach. Ich dachte immer, da wohnt sie, wenn sie nicht arbeitet.«

Alles deutete darauf hin, daß das Mädchen und der fremde Mann, zweifellos ihr Zuhälter, ihn die ganze Nacht in dieser Hütte gefangengehalten hatten, bevor sie ihn am nächsten Tag wegschafften und auf dem Feldweg abluden.

Florence setzt sich zu Gilbert Cosme an den Tisch.

»So, und jetzt erzählen Sie mir die Wahrheit. Wir wissen, daß Sie die Kette der ermordeten Monika Terboven in Nîmes versetzt haben.«

Nach einem kurzen Schweigen antwortet Gilbert leise, ohne Florence anzusehen: »Ich hab sie gefunden.«

»Wo?«

»Auf dem Weg nach Blans, als ich in der Nacht zurückging.«

»Sie lügen. In jener Nacht war Neumond, und es war so dunkel, daß Sie die Kette auf dem Weg gar nicht sehen konnten.« Florence beugt sich vor und packt Gilbert am Handgelenk. »Sie haben sie Monika Terboven abgenommen, nachdem Sie sie erschossen haben!«

»Nein!« Gilbert reißt seine Hand los. »So war es nicht!«

»Wie war es dann?«

»Sie war schon tot, als ich sie fand.« Gilbert schleudert diesen Satz in den Raum wie einen Hilfeschrei.

Florence steht auf, stellt sich erneut hinter seinen Stuhl und beugt sich dicht an sein Ohr. »Wo fanden Sie sie?«

»Sie lag mitten auf dem Weg, etwa vierhundert Meter von der Lichtung entfernt. Da, wo der Abhang beginnt. Ich bin richtig über sie gestolpert.«

Er fährt sich hastig mit der Hand übers Gesicht, als wolle er diese Erinnerung rasch wegwischen.

»Woher wissen Sie, daß sie tot war? Sie hätte ja auch verletzt sein können.«

»Sie lag auf dem Rücken. Ich hatte meine Taschenlampe dabei und hab sie angeleuchtet. Am Kopf war ein Loch und Blut. Sie gab keinen Laut von sich.«

Gilbert schweigt und kaut heftig am Daumennagel seiner linken Hand.

»Wieso haben Sie keine Hilfe geholt, als Sie sie dort liegen sahen?«

Seine Augen flattern, aber er antwortet nicht.

»Und dann?« fährt Florence fort. »Was haben Sie dann gemacht?«

»Dann sah ich die Kette.«

»Sahen Sie die Kette da zum erstenmal?«

»Ja«, erwidert er rasch.

Florence weiß, daß er lügt.

»Das glaube ich Ihnen nicht. Sie sahen die Kette schon, als Monika Terboven bei Ihnen durchs Teleskop guckte. Und weil Sie die Kette haben wollten, die ja sehr wertvoll ist, haben Sie Monika erschossen.«

»Nein, verdammt noch mal, ich war es nicht! Sie lag schon da, als ich nach Hause wollte. Das ist die Wahrheit!«

Florence gibt Alain ein Zeichen.

Alain packt Gilbert am Arm, zieht ihn vom Stuhl hoch und bringt ihn zur Tür. Vor der Tür stehen zwei uniformierte Polizisten, die Gilbert in Empfang nehmen.

»Er bleibt bis auf weiteres in Haft«, sagt Alain zu den beiden Beamten.

Gilbert versucht, sich zu wehren, aber die Polizisten haben ihn fest im Griff und führen ihn ab.

»Ich will einen Anwalt!« ruft er Florence zu, doch diese hat die Tür zum Verhörzimmer bereits wieder geschlossen und sagt zu Alain: »Schon Ergebnisse von der Spurensicherung?«

»Ja. Der fragliche Zettel wurde auf einem Apple-Computer oder auf einem Apple Powerbook geschrieben und auf einem Apple-Laserdrucker ausgedruckt. Das Erbrochene neben dem rechten Vorderreifen des schwarzen Golf stammt eindeutig nicht von dem Opfer. Das Resultat der Autopsie liegt zwar noch nicht vor, aber Dr. Brochet hat vorab schon mal einen Speichelabstrich gemacht. Negativ.«

»Haben Sie mit Cathérine Volet gesprochen?«

»Ja, sie sagte, daß sie Valium genommen habe, als Sie Les Oliviers heute nacht verließen, und daß sie erst kurz nach acht am Morgen aufgewacht sei.«

»Wie hat sie reagiert, als sie hörte, daß Lucienne Simon tot ist?«

»Tja, wie soll ich sagen, irgendwie gar nicht. Sie hat immer wieder von ihrem Pferd geredet. Ach ja, und dann hat sie noch gesagt, daß es für alles im Leben eine gerechte Strafe gibt.«

»Und die anderen unten im Dorf?«

»Die beiden Frauen aus dem Café haben angeblich geschlafen. Madame Cosme auch.«

Florence schüttelt den Kopf.

»Es sollte mich auch wundern, wenn eine der Frauen aus dem Dorf etwas mit dem Mord zu tun hätte. Und Tommy Ducroix?«

»Den habe ich nicht in seiner Poterie angetroffen. Keine Ahnung, wo er ist. Diese Claire hat mir übrigens gesagt, sie habe das Opfer gestern am Spätnachmittag in die Poterie reingehen sehen.«

Florence ist wie elektrisiert. »Interessant. Und heute ist er nicht zu Hause. Wann war das gestern?«

»So gegen sechs.«

»Hat sie sie auch wieder rausgehen sehen?«

»Ja, keine zehn Minuten später.«

»Allein?«

»Ja.«

»O.K., Alain, bleiben Sie Ducroix auf den Fersen. Sobald er auftaucht, möchte ich ihn sprechen.«

Ohne anzuklopfen, betritt Pierre Desgranges den Raum. Er macht einen dynamischen Eindruck und sieht aus, als käme er gerade aus dem Fitneßcenter.

»Na, wie steht's?« Er gibt Florence die Hand. »Wird er weich?«

»Mal sehen«, antwortet sie ausweichend. »Bisher ist er weit davon entfernt zu gestehen. Doch wir lassen ihn ein bißchen schmoren.«

»Die Indizien sind doch erdrückend. Ich glaube nicht, daß er lange durchhält. Schonen Sie ihn nicht!«

Desgranges sieht auf die Uhr.

»Ich muß gleich zum Präfekten. Er will Resultate sehen. Ich hoffe, Sie enttäuschen mich nicht.«

...

Florence parkt auf der gegenüberliegenden Seite des Hauses. In der Mitte des Quai de la Fontaine befindet sich eine Grünanlage, die die beiden Fahrspuren trennt.

Sie hat das Fenster heruntergekurbelt. Der Mittagsverkehr braust vorbei, eine laufende Bilderwand aus lärmenden und stinkenden Autos, Lieferwagen und Mopeds, die immer wieder die Sicht auf den Eingang der Villa versperren.

Das Haus gehört zu den schönsten in Nîmes. Eine schloßähnliche, herrschaftliche Villa, wahrscheinlich aus der Zeit des Ancien régime, spätes 17. Jahrhundert.

Die Fassade aus makellosen Quadersteinen wurde offensichtlich vor kurzem erst sandgestrahlt und restauriert. Die Simse der Fenster sind mit steinernen Halbreliefs verziert, jedes ist anders. Eine weiße Marmortreppe, durch die Jahrhunderte nur unwesentlich nachgedunkelt, führt zur Eingangstür aus hellem Holz. An der Tür ein Messingknauf und ein Türklopfer in Gestalt eines Delphins, ebenfalls aus Messing. Der parkähnliche Garten, der das Anwesen umgibt, wird zur Straße hin von einem schmiedeeisernen Zaun begrenzt, in das ein großes Tor eingelassen ist. Das Tor ist geschlossen.

Über den Bürgersteig torkelt ein Mann geradewegs auf Florences Wagen zu. Er hat seine Hose mit einem Strick zusammengebunden, trägt ein fleckiges T-Shirt und Espandrilles. In der Hand schwingt er eine Bierflasche. Vor dem geöffneten Fahrerfenster bleibt er stehen, grinst, trinkt schlürfend einen Schluck und lallt: »Habe die Ehre und das Vergnügen, Mademoiselle!«

»Ja, ja, schon gut. Gehen Sie weiter!« Florence will ihn ungeduldig vom Fenster wegschieben, wo er ihr die Sicht verdeckt.

»Da war ich gerade zweiundzwanzig damals«, fährt der Mann fort, krallt sich mit der linken Hand am Außenspiegel fest und führt mit der rechten wieder die Bierflasche zum Mund. »Jawohl, jung und knackig so wie du, ma puce.« Als er sich durchs Fenster beugen will, verliert er das Gleichgewicht und stolpert zur Seite.

In diesem Augenblick sieht Florence, daß sich das Tor im Anwesen Nummer 14 automatisch öffnet und ein silbergraues Peugeot Coupé in der Ausfahrt steht, das auf eine Chance wartet, sich in den fließenden Verkehr einordnen zu können. Am Steuer sitzt eine Frau. Sie trägt eine Baseballmütze aus Jeansstoff.

Wie elektrisiert startet Florence ihren Xantia, legt den Gang ein und gibt Gas. Um ein Haar streift der Kotflügel den Mann mit der Bierflasche, der erneut auf den Wagen zutaumelt.

Florence biegt waghalsig in die Fahrspur ein. An der nächsten Ampel muß sie wenden, um dem Peugeot folgen zu können, der in die entgegengesetzte Richtung fährt. Sie sieht gerade noch, daß er in den Boulevard Victor Hugo einbiegt, der als Einbahnstraße zur Arena und dann in die Altstadt führt.

Florence gibt Gas und schlängelt sich, so gut sie kann, durch den dichten Verkehr, um die Verfolgung aufzunehmen.

Das silbergraue Peugeot Coupé rast mit überhöhter Geschwindigkeit durch die Rue de la République Richtung St. Césaire.

Das Viertel ist häßlich und heruntergekommen. Zwischen Autowerkstätten, Schrottplätzen und lieblos in die Landschaft gesetzten Industrie-Flachbauten liegen Unrat und Papier, vom Mistral zusammengetrieben. Das Buschwerk und die verkrüppelten Steineichen rechts und links der geteerten Straße sind von einer hellen Staubschicht überzogen.

Nach Süden hin kann man bei klarem Wetter den Turm von Aigues Mortes sehen. Jetzt ist der Horizont wie eine Milchglasscheibe, und das Land duckt sich unter der Mittagssonne.

Kurz hinter einem Sanitärgroßhandel biegt der silbergraue Wagen rechts ab und fährt durch eine trostlose Bungalowsiedlung auf eine kleine Anhöhe. Dort steht ein einsames, altes Gehöft mit wuchtigen Außenmauern und einem rechteckigen Turm.

Florence fährt langsamer und vergrößert damit den Abstand zwischen sich und der fremden Frau in dem Peugeot. Nach kurzer Zeit hat der Peugeot die Anhöhe erreicht, biegt auf den kiesbestreuten Parkplatz ein und hält. Die Frau mit der Baseballmütze steigt aus, nimmt ein paar Gegenstände aus dem Kofferraum, die Florence nicht erkennen kann. Dann verschwindet sie durch ein Tor ins Innere des Hauses.

Florence nähert sich jetzt dem Gehöft und sieht an der Einfahrt ein Schild mit der Aufschrift: *Sportschützenverein Nîmes.*

...

Der Präfekt zündet sich einen Zigarillo an und wirft lässig Schachtel und Streichhölzer auf seinen Schreibtisch. Er geht ein paar Schritte durch den Raum.

In seinem dunkelblauen Zweireiher, dem blau-weiß gestreiften Hemd mit weißem Kragen und einer Krawatte mit Windhundmotiven gleicht er eher einem Dressman als einem Politiker.

»Tja, mein Lieber«, sagt er und läßt sich in seinen Sessel fallen, beide Arme breit über die Rückenlehne gespannt. »Zwei Morde in drei Tagen, ich wundere mich, daß wir die Presse noch nicht auf dem Hals haben.«

Pierre Desgranges rührt seinen Kaffee um und trinkt einen Schluck.

»Mit Rücksicht auf Cathérine Volet wurde bisher nichts rausgegeben. Ich hoffe, daß wir das noch ein paar Tage durchhalten können.«

Der Präfekt nickt, beugt sich zu Desgranges und senkt ein wenig die Stimme.

»Davon gehe ich aus. Wenn die Familie des Präsidenten mit einem Mordfall in Verbindung gebracht würde – nun, Sie wissen hoffentlich, was das heißt.«

Desgranges weiß nur allzu gut, daß das in erster Linie das Ende seiner eigenen Karriere bedeuten würde.

»Wir haben einen Tatverdächtigen, er sitzt bereits in Haft. Sein Geständnis kann nur noch eine Frage von Stunden sein.«

»Tja ...«, sagt der Präfekt gedehnt und streift die Asche von seinem Zigarillo. Er sieht Desgranges, der ihm auf der anderen Seite des Mahagonitisches auf einem Sofa gegenübersitzt, zweifelnd an. »Ich weiß nicht, Desgranges. Wenn kein Sexualverbrechen vorliegt, was sollte der Junge denn für ein Motiv haben?«

»Das müssen wir noch rausfinden, Monsieur. Im Moment sprechen die Indizien gegen ihn.«

»Ich glaube nicht, daß er es war. Das wäre zu einfach, zu glatt. Da steckt etwas anderes dahinter. Zwei Morde an zwei lesbischen Frauen – so was sieht eher nach einem Verbrechen aus Leidenschaft aus.« Der Präfekt wechselt das Thema. »Und die deutsche Kommissarin? Zufriedenstellende Arbeit?«

»Bisher ja. Wenn sie heute abend ein Geständnis bekommt ...«

Der Präfekt unterbricht seinen Polizeichef: »Das Amtshilfeersuchen nach Berlin bezog sich auf das erste Opfer, eine Deutsche. Aber das zweite Opfer ist Französin. Haben Sie mal darüber nachgedacht, was das bedeutet?«

Desgranges sieht den Präfekten einen Moment lang irritiert an, dann begreift er.

»Sie meinen, Monsieur, daß wir da rechtliche Probleme bekommen?«

»Genau.« Der Präfekt zieht noch ein letztes Mal an seinem Zigarillo, bevor er ihn im Aschenbecher ausdrückt. »Wer immer der Täter bei dem zweiten Mord ist, wird sich einen cleveren Anwalt nehmen, und der wird die Ermittlungen und jedes Geständnis, das diese Kommissarin bekommt, in Zweifel ziehen. Falls der zweite Mord vom selben Täter begangen wurde, würden auch die Beweise für die erste Tat vor Gericht nicht standhalten.«

Desgranges preßt die Fingerkuppen seiner Hände zusammen und überlegt angestrengt. Er hat das Gefühl, bis über die Ohren rot zu werden. Ärgerlich, daß er diese Konsequenz nicht bedacht hat.

»Na ja, da könnten Sie recht haben«, sagt er schließlich.

»Ich *habe* recht. Die deutsche Kommissarin hätte bei dem zweiten Mordfall nicht den Tatort betreten dürfen. Das hätte eine rein französische Angelegenheit bleiben müssen.«

»Sie wissen, ich habe Personalmangel. Kommissar Burgio ...«

Die Stimme des Präfekten wird schärfer, als er Desgranges erneut unterbricht.

»Kommissar Burgio interessiert mich nicht, lieber Desgranges. Dann hätten Sie jemanden aus Montpellier anfordern müssen.«

François Berrière steht auf, geht zu seinem Polizeichef, klopft ihm auf die Schulter und sieht ihn wohlwollend an.

»Halb so schlimm, mein Lieber. Noch ist es ja nicht zu spät. Sie entziehen ihr den Fall und übertragen ihn jemand anderem. Ich bin sicher, daß die Dame volles Verständnis dafür hat.«

Desgranges spürt, wie seine Hände langsam feucht werden und sich ein trockenes Gefühl in seinem Mund ausbreitet. Seit Desgranges auf diesem Posten in Nîmes ist, hat der Präfekt ihn zum erstenmal kritisiert. Dennoch wagt Desgranges einen kleinen Einwand.

»Und wenn die Täter, wie ich vermute, tatsächlich identisch sind?«

»Dann wird der französische Kollege *beide* Fälle gegenüber dem Staatsanwalt vertreten.« Der Präfekt wirft einen Blick auf seine Armbanduhr und geht zu seinem Schreibtisch. »Also, wir haben uns verstanden. Die Kommissarin ermittelt den zweiten Fall nicht weiter.«

»Kein Problem, Monsieur«, sagt Desgranges und steht auf. Er weiß, daß das Gespräch hiermit beendet ist.

François Berrière reicht Desgranges wortlos die Hand und öffnet die schwere Flügeltür zum Vorzimmer. Desgranges verläßt das Arbeitszimmer des Präfekten.

Kurz darauf steht er in der Eingangshalle der Präfektur. Irgend etwas hat ihn gestört an dem Gespräch mit dem Präfekten, doch er weiß nicht, was. Vielleicht ist er zu empfindlich, kann keine Kritik mehr vertragen ...

Er versucht sein Unbehagen zu ignorieren und wählt Florences Funknummer. Er wartet, doch es meldet sich niemand. Das Gerät ist abgeschaltet.

18

Die letzten beiden Schüsse der 6er Serie treffen ebenso in den 10er Kreis der Scheibe wie die vier anderen. Der trockene Knall hallt noch nach, und die Frau, jetzt ohne Baseballmütze und mit Schallschützer über den Ohren, läßt den Revolver aus der ausgestreckten linken Hand sinken. Dann drückt sie mit geübtem Griff die Trommel heraus, nimmt aus der auf einem Stuhl liegenden Schachtel neue Geschoßpatronen und füllt damit die sechs Kammern der Trommel. Ruhig legt sie ihre linke Hand erneut in Anschlag.

Florence verläßt ihren Beobachtungsposten an der halbhohen Glastür, die den Schießstand, ein großes, in die Länge gestrecktes Kellergewölbe mit heller Neonbeleuchtung, von dem kleinen Vorraum trennt. Die Frau auf dem Schießstand, ganz konzentriert auf ihre Tätigkeit, hat nicht bemerkt, daß sie beobachtet wurde.

Florence wendet sich an Arnaud Canovasain, den stellvertretenden Vorsitzenden des Sportschützenvereins Nîmes, einen hageren Mann um die Fünfzig mit Nickelbrille und einem roten Feuermal am Hals, das zur Hälfte von einem dunkelblauen T-Shirt verdeckt wird.

»Ich bin zwar Laie, was Waffen angeht«, sagt Florence und ist erstaunt, wie glatt ihr diese Lüge über die Lippen kommt. Aber gehören nicht Schauspielerei und Verstellung zu ihrem Beruf wie das Salz zur Suppe? »Aber sechsmal in die Mitte getroffen«, fährt sie fort, »und das bei so einer Entfernung – alle Achtung!«

Arnaud Canovasain nickt und sagt nicht ohne Stolz: »Sie ist ein absolutes As. Sportpistole auf fünfundzwanzig Meter Entfernung ist olympische Disziplin. Sie war letztes Jahr dritte bei den nationalen Meisterschaften. Nächste Woche sind Ausscheidungen für die Europameisterschaften, und wir hoffen natürlich, daß sie dabeisein wird.«

»Erstaunlich, daß so eine zierliche Person so gut schießen kann.«

Arnaud Canovasain lacht und zeigt dabei eine Reihe Zähne, die unzweifelhaft seine dritten sind.

»Zum Schießen braucht man keine Muskelkraft. Gefragt sind Disziplin, Selbstkontrolle, Konzentration und eine innere Ausgeglichenheit. Wir Sportschützen sind friedfertige Menschen.«

Florence nickt zustimmend.

»Aus welchen Berufszweigen kommen Ihre Mitglieder denn?«

Vom Schießstand ist jetzt erneut das trockene Knallen einer Serie von Schüssen zu hören.

»Bei uns sind alle Berufssparten vertreten«, sagt Arnaud Canovasain.

Florence lächelt.

»Ich bin Lehrerin und habe noch nie im Leben eine Waffe in der Hand gehalten.«

»Das macht nichts. Was die weiblichen Mitglieder angeht, haben wir Hausfrauen, Krankenschwestern und eine Rechtsanwältin.«

Florence nutzt die Chance, die sich bietet, macht eine Kopfbewegung zum Schießstand und fragt beiläufig: »Und die Dame da drin?«

Arnaud Canovasain hebt langsam die Augenbrauen, schüttelt den Kopf und sagt bedeutungsvoll: »Die Dame ist Chantal Berrière, die Frau unseres Präfekten, unsere First Lady sozusagen.«

Florence sieht ihn entgeistert an, fängt sich jedoch sofort und sagt schnell: »Ach, tatsächlich?«

Es ist, als ob plötzlich ein Schlüssel zu einer Tür paßt. Was wird sich hinter der Tür auftun? Der dazugehörige Raum, in den sie führt, liegt weiterhin unzugänglich im Dunkel ... Chantal Berrière, die Frau des Präfekten. Sie wohnt Quai de la Fontaine Nummer 14, eine Adresse, die Monika kannte. Sie trägt eine Baseballkappe und ist der Star des örtlichen Sportschützenvereins, dazu auf nationaler Ebene eine der besten in dieser Sportart. Sollte das alles nur Zufall sein?

Florence hat es plötzlich eilig. Sie sieht auf die Uhr und lächelt Canovasain nervös an.

»Tut mir leid. Ich habe in einer halben Stunde eine wichtige

Verabredung. Haben Sie eine Informationsbroschüre, die ich mitnehmen kann?«

Canovasain nickt wohlwollend, öffnet die Schublade eines kleinen Eckschrankes und nimmt ein Heftchen heraus.

»Hier steht alles drin, was Sie wissen müssen. Das ganze Procedere für die Aufnahme in den Club und so weiter. Sie brauchen ein polizeiliches Führungszeugnis, müssen französische Staatsbürgerin sein und werden erst einmal probehalber aufgenommen, ohne daß Sie eine eigene Waffe besitzen dürfen. Das kommt später und geht über die Präfektur.«

Florence nimmt die Broschüre und blättert sie interessiert durch. Dann steckt sie sie in ihre Handtasche und reicht Canovasain die Hand.

»Vielen Dank, Monsieur. Ich lese mir das alles genau durch und rufe Sie dann an.«

»Gern. Wir freuen uns immer über neue Mitglieder.«

Auf dem Parkplatz vor dem Sportschützenverein knallt die Nachmittagssonne auf Florences Wagen. Sie öffnet die Tür, und eine Welle stickiger, heißer Luft strömt ihr entgegen. Sie setzt sich auf den Fahrersitz, läßt die Tür geöffnet, streckt das linke Bein nach draußen und überlegt.

Dann nimmt sie ihr Handy vom Beifahrersitz und wählt die Nummer ihres Dienstapparates im *Embuscade*, der von der Telecom ins provisorische Büro gelegt wurde. Nach zweimaligem Klingeln wird abgehoben.

»Alain? Ein Glück, daß ich Sie erreiche.«

»Ich bin gerade reingekommen. Dieser Tommy Ducroix ist zurück. Er hat mir gesagt …«

Florence unterbricht ihn ungeduldig.

»Erzählen Sie mir das später. Folgendes, Alain: Besorgen Sie umgehend ein Foto von Chantal Berrière, der Frau des Präfekten.«

Am anderen Ende der Leitung ist Totenstille. Dann fragt Alain mit vorsichtiger Stimme: »Von der Frau des Präfekten?«

»Sie haben richtig verstanden.«

»Wieso denn?«

»Damit ich es der Cafébesitzerin in Blauzac zeigen kann.«

»Und wie soll ich das machen?«

»Lassen Sie sich was einfallen. Als Wiedergutmachung sozusagen, daß Sie mich vorhin belogen haben. Denn Sie wußten natürlich, wer am Quai de la Fontaine 14 wohnt.«

Alain erwidert nichts darauf. Florence wischt sich mit der flachen Hand die Schweißtropfen von der Stirn.

»Bringen Sie mir das Foto, so schnell es geht. Wir treffen uns in Blans.«

Am anderen Ende der Leitung ist es wieder still. Dann räuspert sich Alain, und seine Stimme klingt belegt, als er sagt: »Ich weiß nicht, Patron, ob ich das machen kann. Ich meine, die Frau des Präfekten, ich kann mir nicht vorstellen ...«

»Jetzt hören Sie mal gut zu, Alain«, sagt Florence. »Chantal Berrière paßt auf die Beschreibung, die die Zeugin in Blauzac von der Unbekannten in der Mordnacht am 4. Juli gegeben hat. Außerdem ist sie Mitglied im Sportschützenverein Nîmes, wo sie im übrigen in diesem Augenblick für die Qualifikation zur Europameisterschaft in der Disziplin Sportpistole trainiert. Und raten Sie mal, welche Waffe sie benutzt? Einen Korth-Revolver, ein deutsches Fabrikat.«

»Ich kenne die Waffe«, sagt Alain leise. »Kaliber 22 Long Rifle.«

»Genau.«

»Um Gottes willen, Patron!« Alain Roches Stimme ist zu einem Flüstern abgesunken. »Glauben Sie etwa, daß die Frau des Präfekten in einen Mord verwickelt ist?«

»Ich glaube gar nichts. Ich prüfe lediglich die Fakten. Und deshalb brauche ich das Foto. Oder soll ich es mir bei der örtlichen Presse besorgen?«

Alain atmet tief durch.

»Wie Sie wollen. Aber ich sage Ihnen, da können wir in Teufels Küche kommen.«

»In Teufels Küche kommen wir nur, wenn wir offenkundige Beweise unterschlagen oder wichtigen Hinweisen nicht nachgehen. Also, machen Sie sich auf den Weg. Und kommen Sie bloß nicht auf die glorreiche Idee, Desgranges von dieser Sache zu unterrichten. Das mache ich selbst, aber erst, wenn wir handfeste Beweise haben. Noch ist es viel zu früh für definitive Schlußfolgerungen. Deshalb müssen Sie auch noch nicht in Panik geraten. Also, bis später.«

Florence schaltet das Handy ab und legt es beiseite.

Sie stellt die Rückenlehne ein wenig zurück und versucht es sich, so gut es geht, bequem zu machen. Ihre Oberschenkel in den schwarzen Jeans kleben auf dem heißen Stoffbezug des Sitzes, und unter ihren Achseln haben sich große Schweißflecken auf der grünen Hemdbluse gebildet.

Sie beobachtet den Eingang zum Schützenverein. Plötzlich hat sie eine Idee, die ihr besser erscheint, als hier auf Chantal Berrière zu warten. Welche Handhabe hätte sie auch zum jetzigen Zeitpunkt, der Frau des Präfekten Fragen zu stellen?

Florence nimmt erneut ihr Handy, sucht aus ihrem Adreßbuch eine Nummer heraus und wählt. Als am anderen Ende abgehoben wird, sagt sie: »Hallo? Hier Commissaire Labelle. Ich müßte Sie dringend sprechen. Ich würde gern sofort vorbeikommen. Ja, gut. Bis gleich also.«

Florence schließt die Wagentür, startet und fährt in schnellem Tempo davon.

...

Alain Roche hat den Hörer schon eine Weile aufgelegt und starrt ins Leere. Dann zieht er ein Taschentuch heraus, um sich den Schweiß von der Stirn zu wischen.

Er ist ein Mann, der es immer geschickt verstanden hat, Entscheidungen und Konflikten aus dem Weg zu gehen. Auf unauffällige Weise und mit durchschnittlichen Beurteilungen in seiner Personalakte hat er es bis zum Inspektor gebracht. Seine Vorgesetzten schätzen ihn als phlegmatisch, belastbar und nicht übermäßig intelligent ein. Alain würde es anders ausdrücken und von sich behaupten, daß er lieber dreimal überlege, bevor er unbedacht handelt, und daß Beamte wie er die Säulen der französischen Kriminalpolizei seien. Jetzt überlegt er allerdings schon mindestens seit zehn Minuten, was er tun soll. Das, was die deutsche Kommissarin ihm aufgetragen hat, übersteigt seine bisherigen Erfahrungen bei weitem. Dabei liegt ihm ihre Art, er fühlt sich von ihr akzeptiert. Doch zum erstenmal in seiner beruflichen Laufbahn ist er gezwungen, alleinverantwortlich eine Entscheidung zu treffen.

Die Frau des Präfekten, seines obersten Dienstvorgesetzten, gehört angeblich zum Kreis der Verdächtigen in einem Mordfall, der ohnehin schon delikat genug ist. Sollte sich tatsächlich herausstellen, daß Chantal Berrière sich in der Mordnacht mit Monika Terboven getroffen hat ...

Alain verbietet sich, dies zu Ende zu denken. Seine Gedanken wandern vielmehr zu den Stationen seines Lebens, das bisher ganz ohne Umwege nach festen Vorgaben verlaufen ist:

Vor zwei Jahren hat er Marie-France geheiratet, seine Jugendliebe, die gerade ihr eigenes Blumengeschäft eröffnet hat. Ein halbes Jahr später war das okzitanische Reihenhaus am Stadtrand von Nîmes fertig, für das die finanziellen Belastungen überschaubar und erträglich sind. Für nächstes Jahr ist das erste Kind geplant.

Alain hat sein Leben übersichtlich angelegt. Finanzielle oder berufliche Turbulenzen sind nicht vorgesehen.

Doch nach dem Gespräch mit der deutschen Kommissarin scheint ein solcher nicht vorhersehbarer Zwischenfall eingetreten zu sein. Alain hat das Gefühl, auf einem Pulverfaß zu sitzen und hektisch nach der bereits brennenden Zündschnur zu suchen, um die Katastrophe verhindern zu können.

Er steht auf, tupft sich mit dem Taschentuch übers Gesicht und geht zum Fenster. Aus dem provisorischen Büro im Café *Embuscade* blickt er auf den staubigen Platz in der Dorfmitte, der in der Hitze des Spätnachmittags wie ausgestorben daliegt.

Er versucht, seine Gedanken zu ordnen und Prioritäten zu setzen. In erster Linie ist er ja Franzose. Und als solcher muß er handeln. Schließlich ist seine augenblickliche direkte Dienstvorgesetzte eine Ausländerin.

Auf der Polizeischule hat er gelernt, daß im Leben eines weisungsgebundenen Beamten bestimmte Umstände eintreten können, die ihn zwingen, der Anordnung eines Vorgesetzten nicht Folge zu leisten. Natürlich würde ein solcher Fall, sollte er je eintreten, strengstens geprüft werden. Die Verhältnismäßigkeit der Mittel würde untersucht, und es wäre entscheidend, ob ein solches Vorgehen größeren Schaden abgewendet hätte.

Ja, genau das ist es: Als französischer Polizeibeamter hat Alain jetzt die Pflicht, einen möglichen größeren Schaden abzuwenden.

Er strafft sich, ballt die rechte Faust und schlägt sie in die flache, linke Hand, als wolle er den soeben gefaßten Entschluß bestätigen. Er geht zum Telefon, nimmt den Hörer ab und wählt die Nummer von Desgranges, dem Chef der Départementpolizei.

...

Florence parkt den Wagen vor dem Herrenhaus und geht die Freitreppe hinauf zum Haupteingang. Sie klopft, und ohne eine Antwort abzuwarten, öffnet sie die schwere Eichenholztür und betritt die halbdunkle Halle.

Emmanuelle, die Haushälterin, kommt aus der Küche. Sie wischt sich die Hände an ihrer Schürze ab und begrüßt Florence.

»Madame ist am Swimmingpool«, sagt sie und beschreibt Florence den Weg dorthin.

Cathérine Volet sitzt am Beckenrand, läßt die Beine ins Wasser baumeln, während ihre Haare und die Haut in der Sonne trocknen.

»Ich kann Ihnen einen Gäste-Badeanzug anbieten, wenn Sie wollen.«

»Nein, danke«, antwortet Florence und erfaßt mit einem schnellen Blick Cathérines braungebrannte, hochgewachsene Gestalt in einem dunkelblauen, gutsitzenden Bikini. Dann setzt sie sich Cathérine gegenüber an den Rand des Pools mit dem Rücken zur Sonne.

»Haben Sie schon Neuigkeiten wegen Mira?« Cathérines Gesicht ist ernst und verschlossen. Sie sieht noch sichtlich mitgenommen aus von den Ereignissen der letzten Nacht.

»Nein.« Florence lehnt sich ein wenig zurück. »Wir sind hier in der Provinz. In Paris oder Berlin hätten wir sicher längst die Autopsieergebnisse. Vor allem hinsichtlich des zweiten Mordopfers Lucienne Simon.«

Cathérine reagiert nicht. Sie schließt ihre Augen und hält ihr Gesicht bewegungslos in die Sonne.

»Ich komme aus einem anderen Grund.« Florence macht eine kurze Pause und fährt dann fort: »Kennen Sie Chantal Berrière?«

Ein Ruck mit dem Kopf, Cathérine öffnet die Augen und sieht Florence direkt an. Ein kaum wahrnehmbares Lächeln huscht über ihre Lippen, friert aber sofort wieder ein.

»Die Frau des Präfekten. Sie haben es also herausgefunden.«

Florence beugt sich vor.

»*Was* herausgefunden?«

Cathérine steht abrupt auf, geht zu einem der Liegestühle, die im Schatten stehen, und nimmt ein gestreiftes Badehandtuch.

»Es kann ja auch nicht so schwer gewesen sein«, sagt sie mehr zu sich selbst und beginnt, sich die noch nassen Körperstellen trockenzureiben.

»Nachdem Sie die Adresse des Präfekten in Monikas Jeans gefunden haben, hatte ich gehofft, daß Sie darauf kommen.«

Florence ist mit wenigen Schritten bei Cathérine und packt sie hart am linken Handgelenk.

»Hören Sie auf, in Rätseln zu sprechen. Ich habe Sie gefragt, ob Sie Chantal Berrière kennen?!«

»Ja, ich weiß, wer sie ist.«

»Welche Verbindung gab es zwischen ihr und Monika Terboven?«

Cathérine macht eine kurze abwehrende Bewegung, und Florence läßt ihr Handgelenk los. Mit der rechten Hand reibt Cathérine das schmerzende Gelenk, holt tief Luft und sagt: »Chantal Berrière hatte ein Verhältnis mit Lucienne Simon.«

Florence starrt sie einen Moment ungläubig an.

»Woher wissen Sie das?« fragt sie und versucht, die Erregung in ihrer Stimme unter Kontrolle zu halten.

»Das spielt keine Rolle.« Cathérine wickelt sich das Badetuch um ihre Hüften. »Ich weiß es, und jetzt wissen Sie es auch.«

Noch bevor Florence die nächste Frage stellen kann, piept das Funktelefon in ihrer Handtasche.

Cathérine sagt schnell: »Ich gehe ins Haus. Wenn Sie wollen, kommen Sie ruhig nach. Ich bin berühmt für meine nachmittäglichen Saftcocktails.« Zum erstenmal lächelt sie, und ihr Gesicht ist ein wenig entspannt.

Mit raschen Schritten verläßt sie den Pool, während Florence ihr Handy herausholt und sich meldet.

Es ist Desgranges.

19

Chantal Berrière verstaut ihre Waffen im Kofferraum des Peugeot Coupé und schließt ab. Sie kurbelt das Fahrerfenster herunter und startet den Motor. Der Wagen hat die ganze Zeit in der prallen Sonne gestanden und ist entsprechend aufgeheizt.

Von Westen her ziehen grauschwarze Wolken auf, die die Bergkette der Cevennen bereits verschluckt haben und sich wie ein düsteres Segel auf die Stadt zubewegen.

Chantal fühlt sich müde und abgespannt. Das Training war anstrengend.

»Ruhe kommt durch Entspannung«, hat ihr Vater damals gesagt, als er ihr – sie war gerade dreizehn – das Schießen auf eine entferntstehende Scheibe beibrachte. Als ehemaliger Offizier und Verteidigungsminister mußte er es wissen, denn er war ein ausgezeichneter Schütze. »Und Entspannung entsteht durch völlige Leere im Gehirn.«

Sich entspannen und alle Probleme weit hinter sich lassen. An diesem Nachmittag ist ihr das nicht gut gelungen. Ihre Trefferquote war zwar ausgezeichnet wie immer, aber es hat sie mehr Anstrengung gekostet als sonst. Immer wieder war sie abgelenkt, und es gelang ihr nicht, die sich aufdrängenden Gedanken und Gefühle wegzuschieben.

Ihr Leben wird sich radikal ändern, sehr bald schon. Ihre äußeren Lebensumstände jedenfalls. Sie wird François verlassen, und Gott sei Dank reagiert er anders darauf, als sie es erwartet hat. Er scheint ihren Entschluß gelassen hinzunehmen.

Was wird Lucienne dazu sagen? Chantal brennt darauf, ihr dies alles mitzuteilen. Komisch, daß Lucienne sich gar nicht meldet. Das ist eigentlich nicht ihre Art. Monikas Tod ist ihr unter die Haut gegangen und nicht nur, weil sie Angst hat, selbst verdächtigt zu werden.

Ob Lucienne in der Rue Poise auf sie wartet? Chantal beschließt, auf dem Nachhauseweg dort vorbeizufahren.

Der Berufsverkehr hat gerade angefangen, und vor der Ampel am Bahnhof stauen sich die Autos. Nach der fünften Ampelphase kann Chantal endlich die Kreuzung überqueren, auf den Rundboulevard fahren und hinter dem *Prisunic* in die Rue Poise abbiegen. Direkt vor dem Haus findet sie einen Parkplatz. In der Ferne ist das erste Donnergrollen zu hören.

Durch den dunklen Hausflur geht sie ins Treppenhaus, nimmt zwei Stufen auf einmal und schließt mit ihrem Schlüssel die Wohnungstür im ersten Stock auf. Die Fensterläden im Appartement sind geschlossen. Chantal knipst das Deckenlicht an. Sie sieht sich im Raum um. Links an der Wand das Bett, die Stätte ihrer Leidenschaft. Auf einem Tisch unterm Fenster ihr Apple Computer. Ein Holzregal mit Chantals Arbeitsutensilien und dem ersten Ausdruck ihrer letzten Übersetzung.

Von Lucienne keine Spur, alles ist so, wie sie es am Abend vor drei Tagen verlassen hat: Auf dem viereckigen Glastisch stehen noch die beiden Gläser, eines halb voll, und die angebrochene Flasche Rosé.

Etwas irritiert Chantal, und sie braucht einen Moment, um zu erkennen, was es ist: das Geräusch des tropfenden Wasserhahns aus dem Badezimmer.

Als sie die Badezimmertür öffnet, sieht sie, daß das Licht über dem Waschbecken brennt. War Lucienne in der Zwischenzeit hier? Wann? Chantal dreht den Wasserhahn fest zu und schaltet das Licht ab. Sie läßt die Tür einen Spalt offen.

Chantal streicht mit dem Zeigefinger über ihre Unterlippe, überlegt kurz und faßt dann einen Entschluß. Sie nimmt das Telefon und wählt eine Nummer.

Nach einer Weile wird am anderen Ende abgehoben.

»Ja?« Es ist Cathérine Volet.

»Hallo!« sagt Chantal und räuspert sich. »Ich weiß zwar, daß Lucienne nicht mehr bei Ihnen wohnt, aber können Sie mir nicht sagen, wo ich sie erreichen kann?«

Am anderen Ende ist es einen Moment still. Chantal hört, wie Cathérine tief durchatmet.

»Sie wissen es noch nicht? Lucienne wurde letzte Nacht ermordet.«

»Wie bitte?« Chantal läßt sich langsam auf einen der Stühle gleiten, die um den Glastisch stehen.

»Ja. Tut mir leid, gestern nacht. Auf einem Parkplatz. Hat die Polizei sich noch nicht mit Ihnen in Verbindung gesetzt?«

Chantal legt den Hörer auf den Glastisch und hält sich mit der Hand an der Kante fest. Der ganze Raum dreht sich, und sie spürt ihr Herz heftig schlagen.

Aus dem Hörer ertönt Cathérines Stimme, leise und von weit her.

»Hallo? Sind Sie noch dran? Sagen Sie doch etwas!«

Mit einer raschen Bewegung schlägt Chantal auf die Gabel des Telefons, und das Freizeichen ertönt. In der Fensterscheibe sieht sie die scharfumrissene Silhouette ihrer Gestalt, die sich vor den geschlossenen Fensterläden spiegelt.

Draußen zucken die ersten Blitze am Himmel. Als sei dies ein Signal, steht Chantal abrupt auf und verläßt wie in Panik die Wohnung.

...

»Sind Sie wahnsinnig?«

In äußerster Erregung springt Desgranges auf und stößt seinen Schreibtischstuhl so heftig zurück, daß er hinten gegen die Wand knallt. Mit wenigen Schritten ist er bei Florence, die auf der anderen Seite des Schreibtisches sitzt, und baut sich vor ihr auf.

»Chantal Berrière, die Frau des Präfekten, soll nicht nur …« Er unterbricht sich, lacht hysterisch auf und schlägt sich mit der flachen Hand vor die Stirn, bevor er fortfährt: »So was Lächerliches habe ich noch nie gehört – *lesbisch* sein, sondern auch noch zwei Morde auf dem Gewissen haben?«

»Das habe ich nicht behauptet«, wirft Florence ein. »Ich sagte, daß einige Umstände dafür sprechen, daß …«

Desgranges packt sie heftig an der Schulter und brüllt sie an: »Für wen halten Sie sich eigentlich?! Glauben Sie, ich habe Sie aus Berlin angefordert, damit Sie die Integrität der Frau meines Vorgesetzten in Zweifel ziehen?«

Florence versucht ruhig zu bleiben. Sie entwindet sich seinem schmerzenden Griff und sieht ihm in die Augen.

»Darum geht es gar nicht, Monsieur. Es geht um einen begründeten Verdacht. Sollte die Zeugin aus Blauzac bestätigen, daß es Chantal Berrière war, die sich in jener Nacht mit Monika Terboven …«

Donnernd schlägt Desgranges mit der Faust auf den Schreibtisch. Florence zuckt zusammen.

»Die Zeugin aus Blauzac wird gar nichts! Chantal Berrière hat mit der Sache nichts zu tun. Darauf wette ich meinen Kopf.« Entschlossen nimmt Desgranges wieder hinter seinem Schreibtisch Platz. »Also: Wie ich Ihnen bereits sagte, haben Sie für den Mordfall Lucienne Simon keine Ermittlungsbefugnis mehr. Und der Fall Monika Terboven ist vorläufig abgeschlossen. Wir haben einen Verdächtigen. Er hat für die Mordnacht kein Alibi und hat das Opfer ausgeraubt. Wir werden ihn schon weichkochen, bis er gesteht.«

Florence kann es nicht fassen. Nur mühsam beherrscht sie sich. Am liebsten würde sie Desgranges ins Gesicht schleudern, wie feige und unfähig sie ihn findet.

Statt dessen sagt sie: »Welches Motiv sollte Gilbert Cosme denn gehabt haben? Etwa die Kette? Das glaube ich nicht.«

»Und welches Motiv sollte Chantal Berrière haben?« kontert Desgranges.

»Das muß man herausfinden«, entgegnet Florence. »Aber man findet es nicht heraus, wenn man Beweismittel unterschlägt und Fakten einfach ignoriert.«

Desgranges verschlägt es die Sprache.

»Tut mir leid, Monsieur«, fährt Florence fort. »Aber es fällt mir schwer zu glauben, daß Sie eine Person in Schutz nehmen und decken, gegen die Verdachtsmomente vorliegen, denen wir unbedingt nachgehen müßten. Punkt eins: Möglicherweise hat sich Chantal Berrière in der Mordnacht mit Monika Terboven getroffen. Punkt zwei: Chantal Berrière ist den professionellen Umgang mit Handfeuerwaffen gewöhnt. Punkt drei: Eine simple Überprüfung ihrer Waffen würde den Verdacht entweder bestätigen oder ausräumen.«

»Wie stellen Sie sich das vor?« Desgranges' Stimme ist eisig. Nervös lockert er seine Krawatte, die zwei Elefanten unter einer Palme zeigt, silbergrau auf azurfarbenem Grund. »Soll ich zum Präfekten gehen und sagen: Pardon, Monsieur, dürfte ich mal die Waffen Ihrer Frau unter die Lupe nehmen, denn ihre Gattin steht im Verdacht, zwei Frauen umgebracht zu haben. Abgesehen von allem anderen, das ich mir erspare zu wiederholen?!«

Wieder lacht Desgranges kurz auf.

Florence beobachtet ihn scharf. Energisch stützt er die Ellbogen auf den Schreibtisch und schlägt seine Hände klatschend zusammen.

»Es bleibt bei meiner Entscheidung, Commissaire. Die Ehefrau des Präfekten wird nicht ins Spiel gebracht.«

Florence reißt jetzt der Geduldsfaden. Laut und deutlich sagt sie: »Und meine Entscheidung ist, daß ich mit Chantal Berrière reden werde. Es muß einen Zusammenhang zwischen ihr und den Mordfällen geben, denn sie war die Geliebte von Lucienne Simon. Oder wollen Sie behaupten, daß Cathérine Volet, die Nichte des Präsidenten, lügt?«

Florence läßt ihre Worte nachwirken. Sie spürt Abwehr und Unsicherheit in Desgranges' Blick. Was Florence ihm soeben berichtet hat, stürzt ihn aus irgendwelchen Gründen in Konflikte. Hat er ein engeres Verhältnis zu Chantal Berrière, als Florence vermutet?

»Schicken Sie meinetwegen ein Fax nach Berlin, daß Sie mich von dem Fall entbinden und so weiter«, sagt sie provozierend. »Ich werde Mittel und Wege finden, *meine* Version zu berichten. Und die lautet, daß der Chef der Départementpolizei bewußt die Ermittlungen blockiert, weil er Angst um seine Karriere hat.«

Florence ist aufgestanden.

»Die Frage ist nur, Monsieur, was Ihrer Karriere mehr Schaden zufügt: Beweismaterial zu unterschlagen, was ich hiermit bezeugen kann, oder ohne Ansehen der Person objektiv in einem Mordfall zu ermitteln und ihn aufzuklären, ohne Gefahr zu laufen, daß ein Unschuldiger dafür sitzen muß.«

Florence stützt beide Hände auf Desgranges' Schreibtisch und beugt sich vor.

»Abgesehen davon, daß Gilbert Cosme für den zweiten Mord nicht in Frage kommt. Das Pärchen vom Wohnwagenstrich hat ihm ein wasserdichtes Alibi geliefert. Also, wer hat Lucienne Simon umgebracht und weswegen?«

Desgranges schweigt. Er weiß es nicht. Er weiß gar nichts mehr. Insbesondere weiß er nicht, wie er in diese Lage geraten konnte. Alles ist schiefgelaufen, dabei begann es so vielversprechend ...

Zwei Mordfälle an zwei lesbischen Frauen. Und eine penetrante deutsche Ermittlerin, die er sich selbst wie eine Laus in den Pelz gesetzt hat. Normalerweise findet er für alles eine Lösung, dafür ist er bekannt. Aber jetzt?

Als ahne Florence seine Gedanken, sagt sie beschwörend: »Vergessen Sie doch einfach, daß ich eben hier in Ihrem Büro gewesen bin. Sie haben mich noch nicht erreichen können, weil mein Handy die ganze Zeit abgeschaltet war. Dann haben *Sie* jetzt die Gelegenheit, sich Ihre Vorgehensweise noch einmal gründlich zu überlegen, und *ich* habe die Gelegenheit, in die Höhle des Löwen zu gehen. Es wäre doch schon viel gewonnen, wenn wir Gewißheit bekommen, daß es Chantal Berrière trotz aller belastender Umstände *nicht* gewesen ist.«

Florence wartet einen Augenblick auf Desgranges' Antwort. Doch der Chef der Départementpolizei schweigt, sieht sie unsicher an, und atmet ein paarmal tief durch. Schließlich nickt er kurz und zustimmend.

»Meinetwegen. Reden Sie mit Chantal Berrière. Es ist sicher besser, wenn Sie das machen.«

»Danke, Monsieur.« Florence lächelt und verläßt Desgranges' Büro. Die schwere gepolsterte Tür fällt mit einem leisen Klacken ins Schloß.

Desgranges starrt ihr nach. Sein Gesicht ist plötzlich eingefallen und grau, alle Dynamik ist gewichen. Lange blickt er vor sich hin. Nach einer Weile greift er zum Telefonhörer, legt ihn dann jedoch wieder auf.

»Aber warum?« sagt er leise und kaut heftig an seinem linken Daumennagel. »Warum sollte eine Frau wie sie, die doch alles hat, was ein Mann sich wünscht, warum sollte sie mit einer anderen Frau ...«

Er beendet den Satz nicht, spricht das Ungeheuerliche nicht aus, das Chantal beschmutzen würde, seine ferne, unerreichbare Geliebte ...

...

Als Florence den langen Korridor entlanggeht, zittern ihr die Knie. Sie bleibt einen Moment stehen und atmet tief durch. Das Pokerspiel gerade im Büro des Polizeichefs kann sie den Kopf kosten. Denn natürlich hat ein Mann wie Desgranges einen langen Arm. Ein Fax nach Berlin, und Müller-Ehrlich würde sie sofort zurückbeordern. Dann stünde *ihre* Karriere auf dem Spiel.

Aber sie muß den Versuch wagen, sie hat nur eine Chance ...

Florence beschleunigt ihre Schritte und nimmt drei Stufen auf einmal, als sie hinunter in die Haupthalle eilt. Sie ist so in Gedanken versunken, daß sie Alain Roche nicht sieht, der am Pförtnerhäuschen in der Halle steht und ihr mit offenem Mund nachstarrt, als sie das Polizeipräsidium verläßt.

20

Mit langsamen Schlucken, wie in Trance, trinkt Chantal Berrière das Wasserglas mit den aufgelösten Aspirintabletten aus. Kraftlos läßt sie die Hand sinken. Das Glas schlägt auf den Steinfußboden und zerbricht.

Sie läßt sich auf den Diwan zurückfallen und schließt die Augen. In ihrem pochenden Kopf erscheint immer wieder ein und dasselbe Bild: Lucienne, wie sie damals vor ihrer Haustür am Quai de la Fontaine stand, mit ihrem Tonbandgerät und einem Fotografen, um für die Zeitschrift *Elle* eine Reportage über sie zu machen. Vergeblich versucht Chantal, aus einer dunklen Kammer ihrer Erinnerung das Gefühl zurückzuholen, das sie bei dieser ersten Begegnung empfand. Jenen Stich in ihrem Herzen, als sie in Luciennes dunkelblaue Augen blickte und von einer Sekunde zur anderen verloren war ...

Wenn nur dieses unerträgliche Hämmern in ihrem Kopf aufhören würde. Sie muß aufstehen, sich zusammenreißen, um dieser Kommissarin gegenüberzutreten, die bereits seit einer halben Stunde in der Bibliothek auf sie wartet. Die verweinten Augen mit einem kalten Waschlappen abtupfen, ein wenig Make-up auflegen.

Vielleicht ist das ja alles gar nicht wahr, nur ein schrecklicher Alptraum, der sich bald auflösen wird wie ein falsch geschlungener Knoten. Gleich wird sie erwachen, das Telefon wird klingeln, und Luciennes Stimme wird sagen: »Hallo, Chérie, wann sehe ich dich? Du fehlst mir, ich möchte dich spüren ...« Und Chantal wird erneut die heftige Begierde in sich aufsteigen fühlen, die ihren ganzen Körper überzieht wie eine zweite Haut, ohne die sie nicht mehr leben kann ...

Was ist Traum, was ist Wirklichkeit?

Und wo ist François? Wie wird er reagieren, wenn er erfährt, daß die Polizei in seinem Haus in einem Mordfall ermittelt?

Mühsam versucht Chantal aufzustehen, bleibt einen Moment auf der Kante des Diwans sitzen, so schwindelig ist ihr.

Soll sie die Kommissarin wegschicken und rasende Kopfschmerzen vorschützen? Es würde ja doch nichts nützen, denn sie käme wieder. Nein, jetzt gilt es, einen kühlen Kopf zu bewahren, sich in kein Fangfragenspiel verwickeln zu lassen und die Situation möglichst souverän zu meistern. Chantal schleppt sich ins Badezimmer.

Zehn Minuten später geht sie mit federnden Schritten durch die holzgetäfelte Halle in die Bibliothek.

...

Der langgestreckte Raum, in dessen Mitte ein schwerer Eichentisch mit vier Stühlen steht, ist düster. Zwei hohe Fenster zur Straßenseite sind mit langen Gardinen dekoriert. Auf einem Beistelltisch liegen diverse Wochenzeitschriften und Magazine, säuberlich gestapelt wie ein Fächer.

»Wer hat sie erschossen?« Chantals Gesicht hinter der Sonnenbrille ist bewegungslos und gefaßt. Aufrecht und ein wenig verkrampft sitzt sie Florence gegenüber.

»Das wissen wir nicht.« Florence schlägt ein Bein über das andere. »Aber ich hoffe, daß *Sie* uns weiterhelfen können.«

Sie blickt Chantal scharf an. Das blasse, zarte Gesicht unter den aschblonden Haaren sieht mitgenommen aus. Wenn Florence es vor wenigen Stunden nicht selbst gesehen hätte, würde sie nicht glauben, daß diese zierliche Person ein Profi im Umgang mit Waffen ist.

»Es war doch mehr als Freundschaft, was Sie mit Lucienne Simon verbunden hat, oder nicht?«

Ein Zucken geht durch Chantals Gesicht.

»Wie meinen Sie das?«

Florence lehnt sich im Sessel zurück.

»Ich meine, daß Sie mit ihr ein Liebesverhältnis hatten.«

Abrupt steht Chantal auf und geht ans Fenster. Durch die Gardine sieht man die Schatten der Bäume auf dem Quai de la Fontaine. Das Gewitter, das sich vor einigen Stunden ankündigte, war nach ein paar zaghaften Blitzen und kurzem Donnergrollen weitergezogen. Die Sonne schickt ihr letztes Licht auf die Dächer der Häuser, und der Himmel hat jene Übergangsfarbe von Blau zu Schwarz, die für die Sommernächte des Südens so typisch ist. Das Gezwitscher der Distelfinken, die sich allmählich zu Scharen in den Platanen auf dem Quai versammeln, ist bis ins Zimmer zu hören.

Ohne sich zu Florence umzudrehen, sagt Chantal leise: »Ich weiß nicht, welche Befugnis Sie haben, mir solche Fragen zu stellen.«

»Die Befugnis ergibt sich aus den Tatsachen, Madame. Und der Mord an Lucienne Simon ist eine Tatsache. Ich habe gehört, daß Lucienne und Sie ein intimes Verhältnis hatten, das heißt also, daß Sie das Opfer sehr gut kannten.«

Chantal dreht sich zu Florence um und nimmt die Sonnenbrille ab, so daß ihre geröteten Augen deutlich zu sehen sind.

»Was soll das heißen? Wollen Sie damit sagen ...«

Florence unterbricht sie.

»Kannten Sie Monika Terboven ebenfalls?«

»Nein.« Mit einem Ruck setzt Chantal die Sonnenbrille wieder auf.

»Wo waren Sie am Abend des 4. Juli, in der Nacht, als Monika Terboven ermordet wurde? Sie wußten doch, daß sie ermordet worden ist, oder hat Lucienne Ihnen das nicht erzählt?«

»Doch, natürlich.«

»Also, wo waren Sie?«

»Ich war hier, das kann Ihnen mein Mann bezeugen.«

»Es gibt jemanden, der bezeugen kann, daß Sie sich in der fraglichen Nacht mit dem Opfer in einem Café in Blauzac getroffen haben.«

»So? Weswegen sollte ich mich mit ihr getroffen haben?«

»Das will ich ja gerade von Ihnen wissen.«

Chantal scheigt und starrt wieder aus dem Fenster. Ein Schwarm Distelfinken erhebt sich aus den Baumkronen und fliegt davon, eine dunkle, flirrende Wolke.

»Wußte Ihr Mann von Ihrem Verhältnis mit Lucienne Simon?«

Statt einer Antwort schlägt Chantal die Hände vors Gesicht. Ein stummes Schluchzen schüttelt ihren schlanken Körper.

In die Stille ertönt jetzt laut und deutlich die Stimme eines Mannes.

»Natürlich wußte ich davon«, sagt der Präfekt. Er steht in der Tür, die Hände in den Hosentaschen seines dunkelblauen Zweireihers.

Florence fragt sich, wie lange er schon dort steht und was er wohl von ihrem Gespräch mitbekommen hat.

Chantal sieht ihren Mann entsetzt an.

»François! Wie kannst du dich unterstehen ...« Sie bricht ab und dreht abrupt ihren Kopf zum Fenster.

Der Präfekt schenkt ihr einen kurzen Blick, dann geht er auf Florence zu. Er mustert sie, als wolle er das Terrain abstecken, einen unsichtbaren Kampfplatz, den er auf alle Fälle als Sieger verlassen würde. Er lächelt.

»Meine Frau und ich haben keine Geheimnisse voreinander. Commissaire Labelle, nehme ich an?« Der Präfekt reicht ihr die Hand. Florence steht auf.

»Guten Tag, Monsieur ...«

Doch der Präfekt redet bereits weiter. »Wir führen eine offene Ehe, wir tolerieren einander. Nicht wahr, chérie?«

Seine Frau ist mit wenigen Schritten bei ihm und sagt beschwörend: »Die Kommissarin hat gefragt, wo ich in der Nacht des 4. Juli gewesen bin. Du kannst doch bestätigen, daß ich hier ...«

Der Präfekt unterbricht sie.

»Moment mal ... am 4. Juli? An dem Abend hatte ich doch eine Verabredung mit Vasary. Erinnerst du dich nicht? Der Gewerkschaftsboß. Als ich gegen Mitternacht nach Hause kam, warst du nicht da.«

Chantal Berrière ist wie versteinert, dann stößt sie einen unterdrückten Schrei aus und verläßt fluchtartig die Bibliothek.

Der Präfekt sieht seiner Frau nach und schüttelt den Kopf. Aus seiner Jackettasche holt er bedächtig eine Schachtel Zigarillos und zündet sich einen Zigarillo an.

Florence sieht ihn abwartend an. Ein eleganter, gutaussehender, kalter, machtgieriger Mann, stellt sie fest. Er ist mit allen Wassern gewaschen und hat soeben das Alibi seiner Frau platzen lassen.

Der Präfekt stößt den Rauch in die Luft und lächelt.

»Ich bin sicher, Commissaire, daß sich das Ganze als Mißverständnis aufklären wird. Da meine Frau mit dem Opfer Lucienne Simon eng befreundet war, ist es völlig korrekt, daß Sie sie zum Kreis der Verdächtigen zählen. Obwohl ich nicht der Meinung bin, daß Sie die Kompetenzen haben, in diesem zweiten Mordfall zu ermitteln. Verstehen Sie mich bitte nicht falsch – die rechtlichen Kompetenzen, meine ich natürlich. Hat Desgranges Sie nicht instruiert?«

»Nein.« Florence schüttelt den Kopf und läßt sich nichts anmerken. »Worüber informiert?«

»Dann hat er Sie sicher noch nicht erreicht. Lassen wir das jetzt. Er wird es Ihnen schon selbst sagen. Obwohl das keine große Rolle mehr spielt, jetzt, da Sie hier aufgetaucht sind und meine Frau zu den Verdachtspersonen gehört.«

»Wie kommen Sie darauf? Ich habe ihr nur ein paar Fragen gestellt, Monsieur.«

»Was ja verständlich ist. Alles, was ich zur Aufklärung dieses Mißverständnisses tun kann, werde ich tun. Sie haben meine volle Unterstützung, Commissaire.«

»Danke, Monsieur. Vielleicht ist es besser, wenn ich morgen wiederkomme.«

»Wahrscheinlich. Meine Frau steht ganz offensichtlich unter Schock. Ich werde mich gleich um sie kümmern.«

Er macht eine auffordernde Geste, und Florence begreift, daß das Gespräch beendet ist.

Als sie ihre Handtasche vom Tisch nimmt, fällt ihr Blick auf die

Rauchutensilien des Präfekten. Aus den Augenwinkeln sieht Florence, daß er bereits an der Tür ist und ihr den Rücken zudreht. Mit zwei Fingern nimmt sie das Päckchen Streichhölzer und läßt es in die Handtasche gleiten, deren Reißverschluß ein Stück offen ist.

Der Präfekt begleitet Florence zur Haustür.

»Ach, eine Frage wäre noch wichtig, Monsieur. Wo bewahrt Ihre Frau gewöhnlich ihre Waffen auf?«

»Keine Ahnung. Sie schließt sie weg, in irgendeinen Schrank, irgendwo im Haus, nehme ich an.«

»Sie läßt sie nicht zufällig im Kofferraum ihres Wagens?«

»Wieso?«

»Das war nur eine Frage. Vielen Dank, Monsieur.«

»Sie brauchen doch die Waffen sicher für Ihre ballistische Untersuchung. Dann bitte ich meine Frau ...«

»Ja. Aber das hat bis morgen Zeit.«

Als Florence die marmorne Treppe hinunter- und durch den Park auf die Straße zu ihrem Wagen geht, sieht sie, daß in der Einfahrt hinter dem silbergrauen Sportcoupé ein dunkelblauer BMW steht.

Ohne sich umzudrehen, geht sie auf die Straße. Sie spürt den Blick des Präfekten wie eine eiskalte Hand, die ihr warnend über den Rücken streicht.

...

Der Schlag seiner rechten Hand in ihr Gesicht ist so hart, daß Chantal neben dem Geschirrschrank im Eßzimmer in die Ecke taumelt. Gleich darauf trifft sie ein Faustschlag am Schlüsselbein. Chantal ist stumm vor Entsetzen. Ihre Blicke hetzen durchs Zimmer, suchen eine Fluchtmöglichkeit. Doch ihr Mann steht direkt vor ihr und versperrt ihr breitbeinig den Weg.

Er sieht sie verächtlich an.

»Es reicht dir wohl nicht, daß du mich auf diese Weise betrogen hast. Du mußtest auch zwei Morde begehen! Meine Karriere, alles hast du zerstört, aber das lasse ich nicht zu! Du wirst bezahlen für das, was du getan hast. Lebenslänglich! Auf Mord steht lebenslänglich, und wenn du denkst, ich verschaffe dir ein falsches Alibi, dann hast du dich getäuscht.«

Erneut landet seine Faust mit voller Wucht auf ihrem Kopf. Chantal hebt die Arme schützend über ihr Gesicht, doch der Präfekt stemmt sie brutal zur Seite.

»So. Und jetzt zieh dich aus!«

Er greift nach ihrer Brust. Chantal will ihn wegstoßen, doch er hält ihre Handgelenke fest. Seine Hände sind wie Schraubstöcke. Chantal spürt seinen heißen Atem dicht an ihrem Gesicht. Übelkeit und Panik steigen in ihr auf.

Mit letzter Kraft will sie ihm ihr linkes Knie zwischen seine Beine rammen. Außer sich vor Wut schlägt der Präfekt wie wild auf sie ein, packt sie am Hals und schlägt ihren Kopf gegen die Wand. Er schiebt ihren Rock hoch, reißt ihr den Slip herunter und versucht, mit seinem Finger zwischen ihre Beine zu dringen.

Chantal preßt die Beine zusammen, und wieder prasseln seine Faustschläge auf sie nieder.

»Aufhören, François, ich bitte dich, hör auf!« flüstert sie entsetzt und versucht, sich seinen Händen zu entwinden. Als es nichts nützt, schreit sie laut: »Laß mich los, du Schwein!«

Das Gesicht ihres Mannes ist haßverzerrt. Er öffnet hastig seine Hose und reißt Chantal die Beine auseinander.

»Jetzt zeig ich dir mal, wie das geht. Du hast es anscheinend verlernt ...«

Chantal wehrt sich mit allen Kräften. Doch die rechte Hand des Präfekten ist auf ihren Mund gepreßt, und mit der linken drückt er sie gegen die Wand. Ihre Schreie gehen in ein ersticktes Wimmern über.

...

Müde und völlig ausgelaugt sitzt Florence am Tisch ihres provisorischen Büros im Café *Embuscade* und versucht ihre Gedanken zu sortieren. Längst ahnt sie die Wahrheit, aber wie soll sie sie beweisen? In jedem Fall muß sie Luciennes Autopsiebericht abwarten. Und wenn sich ihre Theorie bestätigt ...

Es ist kurz nach elf. Die Fenster sind geöffnet, und zahllose Insekten und Nachtfalter fliegen in den Lichtschein der Deckenbeleuchtung. Das Geräusch ihrer Flügel, die gegen die Glühbirne schlagen, vermischt sich mit dem Schreien der Zikaden, die zu Hunderten in den Platanen auf dem Platz sitzen.

Was tun? Soll sie Desgranges anrufen?

Florence schüttelt den Kopf. Er würde sie endgültig für verrückt erklären.

Warum nimmt sie nicht einfach morgen früh die erste Maschine und fliegt nach Berlin zurück? Damit wäre die Sache für sie erledigt, und Desgranges wäre froh, sie loszusein. Soll er doch sehen, wie er zurechtkommt. Sie könnte es sich so einfach machen, wenn sie nur wollte ...

Florence setzt sich kerzengerade auf den Stuhl. Bei ihrem Pflichtgefühl, ihrem Ehrgeiz und ihrem tiefen Gerechtigkeitssinn kann sie nicht einfach das Handtuch werfen.

Sie sieht das lächelnde Gesicht des Präfekten, wie er jedes Wort, mit dem er seine Frau belastet hat, auf perfide Art zu genießen schien.

Von draußen klopft es an der Tür, und Claire steckt vorsichtig ihren Kopf durch den Spalt. Aus dem Café ertönen lachende Männerstimmen und der digitale Gongton des Spielautomaten.

»Ein Anruf für Sie. Aus Les Oliviers. Sie möchten bitte sofort Cathérine Volet anrufen.«

»Danke«, sagt Florence und wartet, bis Claire die Tür geschlossen hat. Sie nimmt ihr Handy, sucht Cathérines Nummer aus ihrem Adreßbuch und wählt.

»Hallo?« sagt sie, als am anderen Ende abgenommen wird. »Commissaire Labelle.«

Gespannt lauscht sie Cathérine Volets knappen Worten.

»Ich komme sofort«, sagt sie dann, steckt das Handy in ihre Handtasche und verläßt in höchster Eile das Café.

21

Chantal Berrière schließt erschöpft die Augen.

»Mehr kann ich nicht sagen. Das ist die Wahrheit, Commissaire.«

Erschüttert betrachtet Florence das verquollene Gesicht der Frau des Präfekten. Er hat sie übel zugerichtet. Auf der linken Wange eine Platzwunde, die Cathérine mit roter Jodtinktur versorgt hat. Blaue Flecken an Oberarmen und am Hals. Von allem anderen ganz zu schweigen.

Vergewaltigung in der Ehe ist auch in Frankreich kein Straftatbestand … Florence zweifelt keinen Augenblick daran, daß Chantal ihr die Wahrheit gesagt hat. Dabei ist ihr eines bewußt: Die Geschichte, die Chantal ihr soeben offen und ohne etwas zu beschönigen erzählt hat, würde kein Richter glauben. Chantal Berrière sitzt in der Falle, die Schlinge ist zugezogen, wenn nicht … Die Ereignisse, die hinter Chantals Bericht zu erahnen sind, werden vielleicht für immer im dunkeln bleiben.

Der perfekte Mord. Sollte es ihn tatsächlich geben?

»Glauben Sie mir?« Chantals leise Stimme holt Florence aus ihren Gedanken zurück. Sie erhebt sich von der Bettkante des Gästezimmers, das Cathérine Volet in aller Eile für sie hergerichtet hatte.

»Ich glaube Ihnen! Aber jetzt brauchen Sie erst einmal Ruhe. Sie brauchen vor allem einen Arzt.« Sie beugt sich zu Chantal und fügt hinzu: »Ich tue, was ich kann, das verspreche ich Ihnen.«

…

Cathérine wartet im venezianischen Salon. Sie steht mit dem Rücken zum Fenster und stützt beide Hände auf das Fensterbrett.

»Wie geht es ihr?« fragt sie, als Florence die Tür hinter sich schließt und sich in einen der Sessel fallen läßt.

»Kennen Sie einen Arzt, besser eine Ärztin?«

»Meine Hausärztin in Nîmes.«

»Wir benötigen dringend ein Attest über die Verletzungen.«

»Ich rufe sie gleich an. Soll ich Ihnen einen Kaffee machen?«

Florence nickt vage. Cathérine verläßt jetzt ihren Platz am Fenster und will an Florence vorbei zur Tür gehen. Doch dann bleibt sie stehen, und die Augenpaare beider Frauen treffen sich.

Trotz aller Zerschlagenheit spürt Florence, daß von Cathérine etwas ausgeht, das sie jetzt dringend brauchen kann: Solidarität und Unterstützung. Verständnis, Vertrauen. Ein unbestimmtes Gefühl von Geborgenheit. Cathérine scheint eine Frau zu sein, auf die man sich verlassen kann, wenn es darauf ankommt. Die trennende Linie, die zwischen ihr, der ermittelnden Kommissarin, und Cathérine, einer Schlüsselfigur in den beiden Mordfällen, bestanden hat, ist auf einmal wie weggewischt. Cathérine lächelt, als ahne sie ihre Gedanken. Als sie sich jetzt zum Gehen wendet, streift ihre Hand kurz Florences Nacken, wie unabsichtlich, zufällig. Eine flüchtige, zärtliche Berührung, die nichts Unpassendes hat, angesichts der Situation, in der sich beide befinden.

Die Tür fällt leise ins Schloß.

Florence nimmt ihren Kopf in beide Hände und schließt die Augen.

Der Tunnel ist endlos und stockfinster. Sie steht in der Mitte. Zu beiden Ausgängen ist der Weg gleich lang und gleich beschwerlich. Dennoch gibt es nur diesen einen Weg ...

Florence lehnt sich zurück.

Ihr Plan ist gefaßt. Doch für seine Durchführung braucht sie Desgranges. Sie muß erreichen, daß er mitspielt. Wenn nicht, ist Chantal verloren.

Aber nicht heute. Morgen, morgen ist auch noch ein Tag. Verschieben wir's auf morgen – wer hat das noch mal gesagt? Von irgendwoher kommt ihr das bekannt vor ...

Florence schreckt hoch. Zwei warme, feste Hände liegen auf ihren Oberschenkeln und werden ruckartig weggezogen. Cathérine kniet vor ihr auf dem Marmorboden und lächelt spöttisch.

»War ich eingeschlafen?« flüstert Florence irritiert.

»Kleine Mädchen sollten nachts nicht so lange aufbleiben, auch wenn sie schon Kommissarin sind.«

Florence lacht los. Ein befreiendes, lautes Lachen, in das Cathérine einfällt.

Cathérine steht auf und schenkt heißen, duftenden Kaffee in zwei Tassen; eine davon schiebt sie Florence über den Tisch sowie einen Teller, auf dem ein Käsesandwich liegt.

»Hier, stärken Sie sich erst einmal. Die Ärztin kommt in einer halben Stunde. So lange müssen Sie noch durchhalten.«

Während Florence hungrig in ihr Sandwich beißt und einen ersten Schluck Kaffee trinkt, zündet sich Cathérine eine Zigarette an. In der ihr eigenen Art stößt sie den Rauch schnell und steil in die Luft. Sie hat auf dem anderen Sessel Platz genommen, und Florence spürt ihren Blick. Grüne Augen oder blaue? Florence muß lächeln.

Ob sie es je herausfindet?

...

»Ich habe ihr ein Beruhigungsmittel gegeben, sie schläft jetzt.«

Dr. Silvains helle, klare Augen wollen nicht so recht zu dem faltigen Gesicht, den glanzlosen, kurzen grauen Haaren und den zahlreichen Altersflecken auf ihren Händen passen. Junge Augen in einem unauffälligen Durchschnittsgesicht.

»Morgen vormittag bekommen Sie meinen Bericht«, sagt sie zu Florence. »Den Abstrich schicke ich auch gleich ein. Aber daß Madame Berrière das gegen ihren Mann verwenden kann, bezweifle ich.« Sie verzieht skeptisch ihren schmalen, schon ein wenig eingefallenen Mund und geht zur Haustür. Im Innenhof steht ihr Fiat Panda. Sie startet den Motor und verläßt Cathérine Volets Anwesen.

Die Nacht ist schwül, und eine bedrohliche Stille liegt über dem Land. Die Zikaden haben ihren nächtlichen Gesang eingestellt. Es ist, als halte die Natur draußen den Atem an.

Der Wagen der Ärztin biegt in die Pinienallee ein, und das Licht der Scheinwerfer verliert sich in der Ferne.

Plötzlich ist ein heftiger Windstoß zu hören wie das Herannahen einer großen Woge. Die schwarzen Wipfel der Pinien, die sich schemenhaft vor dem düsteren Horizont abzeichnen, erzittern.

Cathérine ist in die Halle zurückgegangen. Florence dreht sich langsam zu ihr um.

»Ich muß jetzt fahren. Es wird sicher doch noch ein Gewitter geben, und ich möchte vorher in Blans sein.«

»Wirklich? Sie können auch in einem der Gästezimmer schlafen.«

»Danke, sehr nett von Ihnen.« Florence lächelt. »Aber ich fahre lieber zurück.«

»Wie Sie wollen. Gute Nacht!«

»Gute Nacht.«

Als Florence wenig später die Pinienallee entlangfährt, fallen die ersten schweren Regentropfen. Florence gibt Gas. Eine Viertelstunde später läßt sie sich ins Bett fallen, in einen tiefen, traumlosen Schlaf.

22

Es ist kurz vor zwölf, als Florence auf den Rundboulevard fährt und von dort aus zum Polizeipräsidium.

Sie versucht, sich auf das kommende Gespräch mit Desgranges zu konzentrieren. Gegen acht hatte sie unter seiner Privatnummer angerufen, ihm in wenigen Worten das Wichtigste mitgeteilt und sein Einverständnis eingeholt, diverse Ermittlungen anstellen zu können. Mittags will sie ihm einen ausführlichen Bericht abliefern, und danach soll die weitere Vorgehensweise entschieden werden.

Zuerst fuhr sie ins gerichtsmedizinische Institut, wo Luciennes

Autopsiebericht inzwischen vorlag, der Florences Vermutung in zwei entscheidenden Punkten bestätigte. Im Labor hatte sie anschließend Untersuchungen im Hinblick auf Fingerabdrücke machen lassen und mit denen im Bericht der Spurensicherung verglichen. Seit wenigen Wochen erst haben sie dort einen nagelneuen Computer, und der Rechner lieferte in Sekundenschnelle das Resultat.

Danach hatte sie zwei dringende Anrufe getätigt. Einen nach Berlin in ihr Büro. Blaschke hatte immer noch nichts über einen Karlheinz Wiesner herausgefunden, und Florence machte ihm klar, daß das sowieso Schnee von gestern sei. Als sie Müller-Ehrlich sprechen wollte, erfuhr sie, daß er auf Dienstreise beim BKA sei.

Ihr zweiter Anruf ging in die Zentrale der Gewerkschaft Öffentlicher Dienst in Nîmes, um sich kurzfristig mit dem Gewerkschaftsboß Vasary zu verabreden, den sie eine halbe Stunde später traf.

In Begleitung eines Mitarbeiters der Spurensicherung verbrachte sie eineinhalb Stunden in Chantal Berrières Wohnung in der Rue Poise.

Florence ist am Präsidium angekommen, fährt in den Innenhof und parkt ihren Wagen an der Mauer des Quergebäudes, die noch im Schatten liegt. Entschlossenen Schrittes geht sie über den Hof in den zweiten Stock zu Desgranges Büro.

...

Der Chef der Départementpolizei hat Florence über eine halbe Stunde lang zugehört, ohne sie ein einziges Mal zu unterbrechen.

Sie hat ihre Ausführungen beendet. Sie sind schlüssig und logisch. Das Motiv ist da, und zwar eines, das plausibel erscheint.

Desgranges hat seinen üblichen dynamischen Gesichtsausdruck aufgesetzt, und nichts erinnert an den Mann, der gestern, als es um Chantal Berrière ging, die Ermittlungen noch gezielt blockieren wollte.

Er sieht Florence forschend an. Sie sitzt ihm gegenüber auf der anderen Seite des Schreibtisches. Das Gesicht übermüdet, die Haare ein wenig zusammengefallen, mit demselben marineblauen T-Shirt und den hellen Leinenhosen wie gestern. Doch ihre Augen sind wach, sie ist voller Energie und Engagement. Als Frau ist sie überhaupt nicht sein Typ. Er mag feingliedrige, zarte Frauen mit schmalen Schultern. Frauen wie Chantal Berrière, in ihrem Sport zwar eine der Besten, aber dennoch auf faszinierende Weise weiblich …

Desgranges weiß nur zu gut, daß der Plan, den Florence ihm soeben vorgeschlagen hat, riskant und gefährlich ist. Er kann sie beide die Karriere kosten. Normalerweise setzt er sich mit einem Menschen nur ins selbe Boot, wenn er felsenfest davon überzeugt ist, daß das Boot nicht kentern kann. Doch hier muß er eine Ausnahme machen, denn in diesem Fall ist das Risiko gleichzeitig auch seine Chance. In der Karriereleiter eines Chefs der Départementpolizei gibt es nicht mehr viele Aufstiegsmöglichkeiten, eigentich nur noch eine …

Desgranges greift zum Telefonhörer. »Verbinden Sie mich bitte mit Untersuchungsrichterin Colombier«, sagt er zu seiner Sekretärin. Nach einer Weile ist die Verbindung hergestellt.

»Ja, Desgranges am Apparat. Gut, daß ich Sie erreiche. Es geht um die beiden Mordfälle Terboven und Simon. Ja, das dachte ich mir. Ich brauche dringend einen Haftbefehl. Das würde ich Ihnen lieber persönlich darlegen. Sind Sie jetzt in Ihrem Büro? Gut, wir kommen gleich, ich bringe Commissaire Labelle mit.«

Er legt auf, um den Hörer gleich wieder abzuheben. Er wählt eine Nummer.

»Alain? Kommen Sie bitte sofort in mein Büro.«

Desgranges steht auf und geht ein paar Schritte durch den Raum. Wie immer ist er tadellos gekleidet mit seinem beigefarbenen Leinenanzug, dem blaugestreiften Hemd und der grünen Krawatte. Sein Gesicht ist glatt rasiert und der intensive Duft eines Herrenparfüms umgibt ihn.

Florence ist froh, daß die Dinge ihren Lauf nehmen, so wie sie es geplant hat. Und daß Desgranges mitspielt, vorläufig jedenfalls. Sie spürt, wie sich in ihrem Inneren eine Spannung aufbaut und ihr Puls schneller schlägt. Sie kennt dieses Gefühl, das sich immer dann einstellt, wenn der Countdown in einem Mordfall läuft und die Ermittlungen ihrem Ende zugehen. Eine Art Jagdfieber ergreift dann von ihr Besitz. Vielleicht das Erbe von Großvater Chastanier? Florence verkneift sich ein Lächeln. Sie muß an Marbeuf denken, der jetzt im Krankenhaus liegt und den alle inzwischen vergessen haben.

Es klopft an die Tür, und Alain Roche betritt den Raum. Es ist das erste Mal, daß er ohne Marbeuf oder einen anderen Vorgesetzten zum Chefkommissar gerufen wird. Dementsprechend verlegen räuspert er sich.

Kühl und sachlich erteilt ihm Desgranges seine Anweisung.

»Kontaktieren Sie in einer Stunde das Sekretariat des Präfekten. Heute ist die monatliche Sitzung des Conseil, sie dauert ohne Pause den ganzen Tag. Lassen Sie den Präfekten aus der Sitzung herausholen, und teilen Sie ihm mit, daß wir zu seiner Privatwohnung gefahren sind, um seine Frau wegen dringenden Mordverdachts zu verhaften.«

Alain steht mit offenem Mund mitten im Raum. Heftig wischt er sich mit der Hand die strähnigen Haare aus der Stirn und wirft einen gehetzten Blick zu Florence. Doch diese hat sich abgewandt, und ratlos sieht Alain wieder Desgranges an.

»Sie haben richtig verstanden, Alain.« Desgranges macht eine ungeduldige Bewegung mit der Hand. »Gehen Sie, und wie gesagt: erst in einer Stunde! Und vor allem – höchste Geheimhaltung, dafür haften Sie mir!«

Alain nickt irritiert und verläßt das Büro. Er versteht die Welt nicht mehr.

...

Desgranges, der normalerweise seinen Dienstwagen selbst steuert, hat diesmal einen Fahrer angefordert, der sie in rasendem Tempo zur Staatsanwaltschaft bringt.

Untersuchungsrichterin Arlette Colombier hört sich an, welche Verdachtsmomente vorliegen, wobei sie zunehmend nervös wird. Nach vielen Einwänden und Bedenken muß auch sie einsehen, daß die Beweise ausreichen. Mit bleichem Gesicht unterschreibt sie schließlich den Haftbefehl. In Hinausgehen dreht sich Florence noch einmal zu ihr um. Das schmale Gesicht der Untersuchungsrichterin mit den dunkelbraunen Augen und den langen schwarzen Haaren zeigt keine Regung.

Sie kann höchstens Ende Zwanzig sein, denkt Florence. Das ist sicher ihr erster Mordfall. Morgen wird ihr Name in allen Zeitungen stehen. Welche Chance für ihre Karriere! Allerdings – wenn Florences Plan nicht aufgeht, wird diese Aktion wie ein Bumerang auch auf die Untersuchungsrichterin zurückschlagen.

Der Fahrer parkt den Wagen auf der gegenüberliegenden Straßenseite. Im dichten Mittagsverkehr erwischen Desgranges und Florence eine Lücke und überqueren rasch die Straße. Sie gehen die marmornen Stufen hoch zum Eingang der Residenz des Präfekten, und Florence klingelt an der Tür. Nach einer Weile wird geöffnet. Das Hausmädchen Sophie, adrett in hellblauem Kleid und blau-weiß gestreifter Schürze, sieht sie fragend an.

»Ja?«

Desgranges zieht seinen Dienstausweis aus der Innentasche seines Jacketts.

»Polizei. Wir möchten Ihnen gern ein paar Fragen stellen.«

Sophies ängstlicher, aber auch sensationslüsterner Blick wandert schnell zu Florence und wieder zurück zu Desgranges.

»Mir? Wieso denn, worum geht es?«

Desgranges betritt den Hausflur, und Florence folgt ihm.

»Es geht um einen Mordfall.«

Sophie sieht ihn entgeistert an, und Desgranges sagt beruhigend: »Keine Angst, Mademoiselle, *Sie* werden nicht verdächtigt. Nur ein paar Routinefragen.«

Das Hausmädchen schluckt und entgegnet zögernd: »Ich weiß nicht, Monsieur. Man müßte vielleicht dem Herrn Präfekten und

Madame Bescheid sagen. Beide sind nicht da, und ...« Sie unterbricht sich.

»Wo können wir uns unterhalten?« fragte Florence.

»In der Bibliothek. Hier entlang, bitte. Aber ich habe nicht so lange Zeit, ich muß beim Traiteur eine Bestellung abholen.«

»Es dauert nicht lange«, ermutigt Desgranges sie freundlich und betrachtet mit Kennerblick ihre schlanken, wohlgeformten Beine, als sie durch die Halle geht und die Tür zur Bibliothek öffnet.

»Darf ich Ihnen denn etwas bringen? Kaffee, Mineralwasser?«

»Beides«, bittet Desgranges. Sophie nickt eifrig und geht mit eiligen Schritten in die Küche.

Florence und Desgranges betreten die Bibliothek.

...

Wenig später hat das Hausmädchen Sophie auf einem der Stühle in der Bibliothek Platz genommen und wartet.

Florence holt ein Foto aus ihrer Tasche, das Cathérine ihr heute morgen gegeben hat. Es wurde am Swimmingpool von Les Oliviers aufgenommen und zeigt Monika Terboven, die im Bikini mit geschlossenen Augen auf einem Handtuch am Beckenrand liegt. Lucienne Simon kniet hinter ihr, hält eine Flasche Wasser über Monikas Gesicht, als wolle sie es über sie schütten, und lacht verschmitzt in die Kamera.

»Kennen Sie diese beiden Frauen?«

Florence beobachtet scharf Sophies Reaktion.

Das Hausmädchen nimmt das Foto in die Hand und betrachtet es kurz. Sofort zeigt ihr Finger auf Lucienne, und mit sicherer Stimme sagt sie: »Die hier. Die kenne ich. Die war vor ein paar Tagen hier und hat nach Madame gefragt. Die andere hab ich noch nie gesehen.« Sie gibt Florence das Foto zurück.

»Wann war das?«

Sophie überlegt.

»Vorgestern. Ich kam gerade von den Einkäufen zurück.«

»War Madame Berrière da, als sie nach ihr fragte?«

»Nein.«

»Um wieviel Uhr war das?«

»So gegen eins. Sie war ganz aufgeregt, ging einfach in die Halle und sagte, sie wolle nicht wieder gehen, ehe sie nicht mit Madame gesprochen habe. Und sie wisse, daß Madame nicht in Paris sei.« Sophie schüttelt verständnislos den Kopf. »Das fand ich komisch. Madame wollte gar nicht nach Paris fahren. Ich weiß nicht, wie sie darauf kam.«

»Was haben Sie gemacht, als sie einfach reingekommen ist?« fragt Desgranges und schüttet sich ein Glas Mineralwasser ein.

»Ich habe ihr gesagt, daß ich Madame gern etwas ausrichten könne.«

»War der Präfekt zu Hause?« Desgranges trinkt einen kräftigen Schluck.

»Nein, natürlich nicht. Tagsüber ist er nie zu Hause. Das heißt … an dem Tag kam er zufällig gegen halb zwei.«

»Weswegen?«

»Das weiß ich nicht.«

»Was geschah dann?«

»Die Frau wollte ein Stück Papier haben und einen Briefumschlag. Ich gab ihr beides, und sie schrieb eine Nachricht für Madame und bat mich, ihr den Umschlag zu geben, wenn sie nach Hause komme. Es sei wahnsinnig dringend.«

Sophie sieht Florence mit großen Augen an und schluckt.

»Und weiter?«

»Ich legte den Umschlag in der Halle auf die Kommode. Als Monsieur kam, nahm er ihn mit nach hinten in den Salon.«

Florence und Desgranges tauschen einen kurzen Blick. Florence wechselt das Thema. Sie steht auf und geht ein paar Schritte durch den Raum.

»Wohnen Sie hier im Haus?«

»Nein. Ich wohne in der Altstadt, bei meinen Eltern.«

»Wann haben Sie denn gewöhnlich Feierabend?«

»Das kommt ganz darauf an. Wenn Monsieur und Madame abends außer Haus sind, natürlich früher. Wenn Gäste zum Essen da sind, kann es auch mal bis Mitternacht gehen. Monsieur bestellt mir dann immer ein Taxi. Er sagt, Nîmes bei Nacht sei zu unsicher für eine Frau. Wegen der vielen Soldaten, die Kaserne ist ja nicht weit.«

»Und Donnerstag abend? Wann sind Sie da gegangen?«

»Da war es früh. Ich hatte noch gebügelt und die Wäsche weggeräumt. Dann hab ich meinen Freund angerufen, der hat mich so gegen fünf abgeholt.«

»Haben Sie Madame Berrière noch gesehen?«

»Nein. Ich wußte ja, daß sie beim Training war, und das dauert meistens.«

»Und der Präfekt?«

»Monsieur blieb mittags nur ganz kurz, er wollte nicht mal was essen.«

»Als er kam, war da die Frau auf dem Foto schon weg?«

»Natürlich! Sie ging ja gleich, nachdem sie mir den Brief gegeben hatte.«

Von der Halle her ist jetzt das Geräusch der Haustür zu hören, die ins Schloß fällt. Florence und Desgranges sehen sich an. Sophie blickt ängstlich zur Tür.

Aus der Halle ertönt die Stimme des Präfekten. »Chérie?« Seine klackenden Schritte entfernen sich. Kurz darauf ruft er: »Sophie!?« Seine Schritte nähern sich wieder.

Sophie öffnete den Mund und will gerade antworten, aber Desgranges unterbindet es mit einer schnellen Geste seiner Hand. Er steht auf. Mit ruhigen Schritten geht er zur Tür und öffnet sie.

»Monsieur? Sophie ist hier«, sagt er laut und wartet.

Der Präfekt erscheint wieder in der Halle. Er schiebt Desgranges zur Seite und betritt die Bibliothek. Unruhig wandert sein Blick von Sophie zu Florence und dann zu Desgranges.

»Wo ist meine Frau? Was geht hier vor? Einer Ihrer Mitarbeiter hat mich aus einer wichtigen Sitzung geholt. Ich warte auf eine Erklärung, Desgranges.« Seine Stimme bekommt einen drohenden Unterton.

Desgranges wendet sich an Sophie.

»Wir brauchen Sie im Moment nicht mehr. Sie können gehen.«

Sophie verläßt eilig die Bibliothek, nicht ohne dem Präfekten einen unsicheren, entschuldigenden Blick zuzuwerfen, als sei sie dafür verantwortlich, daß die Polizei im Haus ist. Doch der Präfekt beachtet sie nicht.

Desgranges schließt die Tür hinter Sophie. Er zieht den Haftbefehl aus seiner Jackettasche, faltet ihn bedächtig auseinander und überreicht ihn dem Präfekten.

»Tut mir leid, Monsieur, wir haben einen Haftbefehl gegen Sie. Sie werden beschuldigt, Monika Terboven und Lucienne Simon erschossen zu haben.«

Es herrscht einen Moment lang Totenstille. Das Gesicht des Präfekten läuft rot an. Die Adern an seinem Hals treten hervor, und Florence sieht Ungläubigkeit in seinen Augen, die schlagartig in Haß übergeht. Mühsam beherrscht sagt er zu Desgranges: »Was fällt Ihnen ein, haben Sie den Verstand verloren? Verlassen Sie sofort mein Haus. Das wird Sie teuer zu stehen kommen, Desgranges.«

»Ich wäre vorsichtig mit meinen Äußerungen, Monsieur.« Desgranges lächelt ihn liebenswürdig an. »Wir können Sie auch mit ins Präsidium nehmen, aber dann würde das Ganze in zehn Minuten die Runde machen. Wollen Sie das?«

Langsam, wie in Zeitlupe, gleitet der Präfekt auf einen der Stühle. Mit zitternden Händen holt er eine Schachtel Zigarillos aus der Tasche und steckt sich eine in den Mund. Noch bevor er nach Streichhölzern suchen kann, hält Florence ein Feuerzeug in der Hand.

»Hier, bitte«, sagte sie und legt es auf den Tisch.

Der Präfekt greift mit der linken Hand danach, betrachtet es und sieht Florence entsetzt an. Als halte er ein Stück glühende Kohle in der Hand, wirft er es auf den Tisch zurück und nimmt den Zigarillo aus dem Mund.

Florence lächelt.

»Tja, Monsieur, wir fanden es auf der Lichtung in Blans. Ein Geschenk Ihrer Frau. Die Initialen *J. B.* – Jojo Berrière. Jojo ist der Kosename, den Ihre Frau Ihnen früher einmal gegeben hat. Das Feuerzeug war naß und voller Schlamm nach dem Gewitter. Trotzdem haben wir Ihre Fingerabdrücke darauf gefunden. Die fanden wir außerdem nicht nur auf dem Wasserhahn in der Wohnung Ihrer Frau in der Rue Poise, sondern auch auf der Tastatur ihres Apple Notebook, das dort auf ihrem Schreibtisch steht. Es war ein verhängnisvoller Fehler, den Zettel für Lucienne Simon, der sie auf den Parkplatz lockte und der so aussehen sollte, als habe Ihre Frau ihn geschrieben, ohne Handschuhe zu tippen. Aber ich gebe zu, daß der Computer-Trackpad sich mit Handschuhen nicht so gut bewegen läßt.«

Der Präfekt greift nach einem Päckchen Streichhölzern in seiner Hosentasche und zündet sich den Zigarillo an. Er versucht einen kühlen Kopf zu bewahren und sagt arrogant: »Ich weiß nicht, was Sie damit beweisen wollen. Ich vermisse das Feuerzeug zwar seit geraumer Zeit, aber da ich gar nicht auf dieser Lichtung war, weiß ich nicht, wie es dahingekommen sein könnte. Beweisen Sie es, Mademoiselle. Und was das Notebook angeht: Meine Frau arbeitet auch hier in der Wohnung oft damit. Ich habe schon einige Male darauf geschrieben. Das wird sie Ihnen bestätigen.«

Florence lehnt sich zurück.

»Ich glaube nicht, daß Ihre Frau Ihnen noch irgend etwas *bestätigen* wird, nach allem, was Sie ihr letzte Nacht angetan haben.«

Der Präfekt sieht sie verächtlich an und bläst den Rauch in die Luft, sagt aber nichts.

»Nächster Punkt«, fährt Florence fort. »Sie haben zwar alles hübsch arrangiert, damit der Verdacht auf Ihre Frau fallen mußte, aber eines dabei vergessen: Ihre Frau ist Linkshänderin, während Sie Rechtshänder sind. Das zweite Opfer, Lucienne Simon, wurde von einem Rechtshänder erschossen, daran gibt es keinen Zweifel. Der Einschußwinkel in ihrem Schädel ist der Beweis. Bei Monika Terboven war das nicht festzustellen, denn sie wurde aus einigen Metern Entfernung erschossen, und die Position des Mörders war nicht zu rekonstruieren.«

Florence macht eine Pause. Sie kann förmlich die Gedanken des Präfekten lesen. *Du kannst mir gar nichts,* sagt sein Blick. Er hält sich für den perfekten Mörder. Er weiß genau, wie schwierig es sein wird, ihm diese Morde zu beweisen. Ein Indizienprozeß, solange kein Geständnis vorliegt.

Florence schaudert bei dem Gedanken, daß er hinterrücks auf der Lichtung eine völlig fremde Frau liquidierte und wenige Tage später, als er seinen Irrtum bemerkte, geschickt die Gunst der Stunde für den zweiten Mord nutzte, sich neben Lucienne auf den Beifahrersitz setzte, sie charmant in Sicherheit wiegte und ihr irgendeine Geschichte erzählte, warum Chantal verhindert sei, um Lucienne dann den Korth-Revolver seiner Frau an die Schläfe zu setzen und abzudrücken.

So leicht würde François Berrière nicht zu überführen sein, das weiß Florence.

Desgranges öffnet jetzt den obersten Knopf seines Hemdes und lockert die Krawatte.

»Sie sind zwar kein erfolgreicher Sportschütze wie Ihre Frau, Monsieur«, sagt er. »Aber vor Ihrer politischen Karriere waren Sie Berufsoffizier. Der gezielte Schuß auf Monika Terboven auf der dunklen Lichtung bei Blans dürfte also kein Problem für Sie gewesen sein.«

Der Präfekt lacht laut auf.

»Machen Sie sich nicht lächerlich, Desgranges. Weswegen hätte ich sie denn erschießen sollen? So was Absurdes!«

»Irrtümlicherweise sozusagen«, antwortet Florence. »Weil Sie Monika Terboven mit Lucienne Simon verwechselt haben. Nachdem sich Ihre Frau am späten Abend des 4. Juli noch mit jemandem verabredet hatte, schöpften Sie Verdacht. Als Ihre Frau nach Blauzac fuhr, folgten Sie ihr.«

»Was reden Sie da für einen Unsinn? Ich hatte an dem Abend eine Verabredung mit Vasary, dem Chef der Gewerkschaft Öffentlicher Dienst.«

Der Präfekt drückt seinen Zigarillo aus und schenkt sich in eines der Gläser, die das Hausmädchen auf den Tisch gestellt hat, Mineralwasser ein.

»Laut Vasarys Aussage waren Sie eine knappe Stunde bei ihm, und zwar zwischen zwanzig und einundzwanzig Uhr. Dann brachte er Sie zum Wagen, und wissen Sie, was er uns sagte? Sie seien in ein silbergraues Peugeot Sportcoupé gestiegen, den Wagen Ihrer Frau. Das deckt sich übrigens mit der Aussage der Cafehausbesitzerin in Blauzac, die Monika Terbovens gelben Clio vor dem Café gesehen hatte und einen dunkelblauen BMW. Ihre Frau bestätigte uns, daß sie an diesem Abend mit dem BMW gefahren ist, *Ihrem* Wagen. Sie waren am frühen Abend nach ihr nach Hause gekommen, und hatten Ihren BMW hinter das Sportcoupé in die Einfahrt gestellt. Als Ihre Frau zu ihrer Verabredung mit Monika Terboven fuhr, wollte sie den Wagen nicht extra wegfahren und nahm bequemerweise den BMW. Und dieser Tatsache ist es zu verdanken, daß Sie überhaupt den Wagen Ihrer Frau in dieser Nacht benutzen konnten, den Wagen, in dem ihre Waffen lagen.«

»So ein Schwachsinn! Erstens war mir völlig egal, wohin sie fuhr, und zweitens hat sie es mir auch gar nicht gesagt. Wie sollte ich denn wissen, mit wem sie sich treffen wollte?«

»Vielleicht haben Sie von einem Zweitapparat aus gelauscht? Lucienne Simon hat oft bei Ihnen angerufen, um Ihre Frau zu sprechen. Aber immer, wenn Sie am Apparat waren, legte sie auf. Schließlich waren Sie ja der Ehemann ihrer Geliebten. An jenem Abend hat das Telefon wieder mehrere Male bei Ihnen geklingelt. Sie wurden mißtrauisch. Vielleicht haben Sie gedacht, Ihre Frau hätte einen Liebhaber? Als es erneut klingelte, ging Ihre Frau an den Apparat. Aber diesmal war es nicht Lucienne Simon, sondern Monika Terboven, was Ihre Frau überraschte. Sie belauschten wahrscheinlich das Gespräch. Doch Sie können unmöglich das ganze Gespräch mitgehört haben, sonst hätten Sie Monika Terboven nicht mit Lucienne Simon verwechselt. Sie bekamen nur soviel mit, daß Ihre Frau sich am späten Abend mit einer anderen Frau verabredet hat und daß Ihre Frau nach dem Gespräch seltsam verwirrt war. Ein Verdacht stieg in Ihnen auf: Der Liebhaber Ihrer Frau ist kein Mann, sondern eine Frau. Und mit einemmal erklärte sich das Verhalten Ihrer Frau in den letzten Monaten. Sie waren rasend vor Eifersucht und wollten der Sache nachgehen, um Gewißheit zu erhalten.«

Florence macht eine Pause und schenkt sich ein Glas Wasser ein. Der Präfekt schweigt hochmütig. Desgranges fährt fort.

»Sie wußten also, daß Ihre Frau um einundzwanzig Uhr dreißig im Café von Blauzac verabredet war, und fuhren von Vasarys Privatwohnung aus direkt dorthin. Sie parkten das Sportcoupé etwas abseits, um nicht gesehen zu werden. Durch die erleuchteten Fenster des Cafés sahen Sie Ihre Frau, die intensiv mit Monika Terboven sprach und sie mehrfach in die Arme nahm.«

Desgranges wirft Florence einen auffordernden Blick zu, und sie ergreift wieder das Wort.

»Sie konnten natürlich nicht wissen, um was es in dem Gespräch ging. Sie konnten nicht wissen, daß Monika Ihre Frau gebeten hatte, die Beziehung mit Lucienne zu beenden. Monika litt unendlich darunter, so daß Ihre Frau sie tröstend in den Arm nahm. Ihre Frau schlug Monika Terboven vor, in ihre Wohnung in die Rue Poise zu fahren, um dort noch ein Glas Wein zu trinken und weiterzureden. Hinzu kam, daß Monika begann, Ihre Frau zu erpressen. Sie drohte mit einem öffentlichen Skandal, wenn Ihre Frau die Beziehung mit Lucienne nicht aufgeben würde. Ihre Frau war also angesichts Ihrer exponierten Stellung verständlicherweise in Sorge und wollte alles daransetzen, Monika zu beruhigen. Sie folgten den beiden Wagen in die Rue Poise. Nach etwa einer Stunde verließ Monika Terboven die Wohnung. Und für Sie war klar: In der kleinen Wohnung Ihrer Frau hatte soeben ein Schäferstündchen stattgefunden.«

Der Präfekt ist bleich geworden. Er zündet sich einen zweiten Zigarillo an, sagt aber immer noch nichts.

»Sie folgten ihr. Als Monika Terboven zum Ausgang des Dorfes fuhr, ihren Wagen parkte und auf der Lichtung verschwand, erinnerten Sie sich an die Waffen im Kofferraum Ihrer Frau. Viele Male hatten Sie sie gebeten, die Waffen ordnungsgemäß im Haus zu verstauen, aber sie war nachlässig. An diesem Abend kam Ihnen das zupaß. Sie nahmen den Korth-Revolver und folgten Monika auf die Lichtung. Dort haben Sie auch Ihr Feuerzeug verloren, entweder vor oder nach dem Mord. Dann beobachteten Sie, wie Monika mit Gilbert Cosme durchs Fernrohr sah. Als sie später zurück nach Blans wollte, suchten Sie sich ein günstiges Versteck und erschossen sie hinterrücks.«

»Halten Sie mich für so dumm?« Der Präfekt versucht erneut sein ironisches Lachen. »Der Schuß wäre ja zu hören gewesen.«

»Ja und? Sie waren doch weit genug von Gilbert Cosme und dessen Teleskop entfernt. Die Nacht war dunkel, und Sie liefen nach dem Schuß sicher schnell ins Dorf zurück. Außerdem benutzten Sie die Waffe Ihrer Frau, und der Wagen Ihrer Frau stand in Blans. Sie waren also abgesichert, falls er gesehen worden wäre. Der Verdacht wäre früher oder später in jedem Fall auf Ihre Frau gefallen. Und das war ja auch Ihre Absicht.

Am nächsten Tag hatte Ihre Frau mit Ihnen ein Gespräch, kurz bevor die Gäste Ihrer Gartenparty eintrafen. Sie teilte Ihnen mit, daß sie sich von Ihnen trennen wolle, weil sie mit Lucienne ein neues Leben plane. Und da wurde Ihnen klar, daß die Frau, die sie in der Nacht zuvor erschossen hatten, gar nicht die Geliebte Ihrer Frau gewesen war. Der Grund Ihrer Eifersucht war also keineswegs beseitigt, im Gegenteil. Ihre Frau gestand Ihnen ihre Gefühle zu einer anderen Frau, sie wollte klare Verhältnisse schaffen. Sie sahen, daß sie für immer für Sie verloren war. Deswegen beschlossen Sie, sie endgültig dafür zu bestrafen und ihr Leben zu zerstören. Ihre Wut auf Ihre Frau war um so größer, als Sie quasi einmal ›umsonst‹ getötet hatten. Ihrer Frau gegenüber spielten Sie den liberalen Ehemann, der souverän mit dieser Situation umgehen würde. Bedauerlicherweise ließ Ihre Frau sich von Ihnen einwickeln, sonst hätte sie die Gefahr erkannt, in der Lucienne Simon schwebte.

Sie faßten also einen neuen Plan, wobei Ihnen wiederum einige glückliche Zufälle in die Hände spielten. Zum Beispiel, daß Lucienne Simon völlig aufgelöst hier in Ihr Haus kam, weil Cathérine Volet sie rausgeschmissen hatte und sie nicht wußte, wo sie wohnen sollte. Ihre Frau wollte sich im Moment nicht mit Lucienne treffen, um nicht durch sie mit dem Mord und den Geschehnissen auf Les Oliviers in Verbindung gebracht zu werden, denn immerhin hatte sie sich in der Mordnacht mit Monika Terboven getroffen. Außerdem war sie sich Ihrer exponierten Stellung als Präfekt bewußt und wollte Ihre Karriere nicht gefährden.

Sie nahmen den Brief, den Lucienne Simon hinterlassen hat, lasen ihn und erzählten Ihrer Frau nichts davon. Wir wissen zwar nicht, was in dem Brief stand, aber höchstwahrscheinlich bat Lucienne Simon Ihre Frau dringend um ein Treffen, ein Gespräch. Sie hatte sich am Tag nach dem Mord an Monika Terboven mit Ihrer Frau in einem Café in Nîmes getroffen, wo diese ihr vorschlug, einander vorerst nicht zu sehen, damit das Haus des Präfekten nicht mit Les Oliviers und seinen Bewohnerinnen in Verbindung gebracht werden konnte. An diesem Nachmittag fuhr Ihre Frau wieder zum Training auf den Schießstand. Sie, Monsieur, fuhren in die Rue Poise, weil sie annahmen, daß Lucienne irgendwann dort auftauchen würde. Mit einer fingierten Nachricht wollten Sie sie in die Falle locken. Da Sie nicht wissen konnten, ob Lucienne einen Schlüssel für die Wohnung hatte, hefteten Sie den Zettel vermutlich an die Tür.«

Für einen Moment herrscht Stille in der Bibliothek. Das Gesicht des Präfekten ist ausdruckslos.

»Sie gingen ein hohes Risiko ein«, sagt Desgranges. »Denn Sie konnten ja nicht wissen, ob Lucienne Simon tatsächlich in der Rue Poise auftauchen würde oder ob Ihre Frau die Nachricht vielleicht vor ihr finden würde. Ihre Frau wäre dann sicherlich mißtrauisch geworden und hätte vermutet, daß Sie dahintersteckten. Daß Sie dieses Risiko eingegangen sind, spricht für Ihre Kaltblütigkeit, Monsieur.«

Florence streicht sich mit der Hand die Haare aus der Stirn. Sie spürt schmerzhaft ihren Rücken und wird sich plötzlich bewußt, wie angespannt sie die ganze Zeit auf dem Stuhl gesessen hat. Sie steht auf und geht ans Fenster.

»Lucienne mußte annehmen, daß der Zettel von Ihrer Frau war, die sie um ein Gespräch gebeten hatte und die sich aus taktischen Gründen verleugnen ließ. Die Chance war also groß, daß Lucienne Simon in der Nacht zu diesem Parkplatz fahren würde. Darauf spekulierten Sie. Ihre Frau kam gegen Abend vom Training, sagte, daß sie müde sei und früh ins Bett wolle. Das begünstigte Ihren Plan.

Gegen elf Uhr ging Ihre Frau dann zu Bett. Kurz darauf verließen Sie das Haus. Das angebliche Rendezvous Ihrer Frau mit Lucienne hatten Sie für dreiundzwanzig Uhr dreißig terminiert.«

Florence hält kurz inne und sieht den Präfekten kalt an.

»Ich frage mich allerdings, Monsieur, wie Sie es geschafft haben, daß Lucienne nicht mißtrauisch wurde, als *Sie* statt Ihrer Frau aus dem Sportcoupé stiegen, zu ihrem Wagen gingen, in dem sie wartete, und neben ihr auf dem Beifahrersitz Platz nahmen.«

Der Präfekt starrt Florence haßerfüllt an. Doch sie fährt unbeirrt fort. »Haben Sie sie erpreßt? Ihr gedroht, ihre Karriere als Journalistin zu zerstören? Oder haben Sie ihr ein kleines, schlüpfriges Geschäft vorgeschlagen: Ihr beide laßt mich mal zusehen bei Euren Spielchen, und ich bin weiterhin der diskrete Gentleman? Wie fand Lucienne Simon denn diesen Vorschlag?«

Florence geht zum Tisch zurück und setzt sich wieder hin.

»Wie haben Sie sich gefühlt, Monsieur, als Sie aus nächster Nähe den Schuß auf eine wehrlose Frau abfeuerten? Überall Blutspritzer, Knochensplitter, die austretende Gehirnmasse … Ist Ihnen schlecht geworden? Haben Sie sich übergeben müssen, als Sie ausstiegen? Neben dem Wagen des Opfers haben wir die Reste von Erbrochenem gefunden. Die haben wir untersuchen lassen. Ein Vergleich mit Ihrem Speichel, Monsieur, wird ergeben, daß das Erbrochene neben dem Wagen von Lucienne Simon von Ihnen stammt.«

Der Präfekt kann sich nicht mehr beherrschen. Erregt springt er auf und schreit: »Ich wollte meine Frau wiederhaben! Ich wollte nicht, daß sie bei einer Frau das empfindet …«

»Was Sie ihr nie geben konnten?« Desgranges beugt sich vor. »Und deswegen wollten Sie ihre Geliebte aus dem Weg räumen. Deswegen haben Sie zuerst Monika Terboven erschossen und dann Lucienne Simon!«

»Ja!!!« Mit geballten Fäusten steht der Präfekt vor Desgranges. »Und ich würde es wieder tun! Diese Drecksweiber haben aus meiner Frau eine verdammte Lesbe gemacht! Sie haben mein Leben ruiniert, meine Karriere …«

Er bricht ab, und seine sich überschlagende Stimme geht in ein kurzes, hysterisches Schluchzen über. Danach ist Stille.

Desgranges betrachtet François Berrière sachlich und emotionslos wie ein Wissenschaftler ein Versuchstier. Berrière, der große Politiker, der mit einem Auge schon nach Paris geschielt hat und dem die Präfektur in Nîmes längst zu klein geworden war. Jetzt sitzt er da wie ein Häufchen Elend. Ein eifersüchtiger Schlappschwanz, der nicht in der Lage war, seine Frau zu befriedigen wie ein ganzer Kerl.

Wer so wenig Distanz zu seinem Privatleben hat und sich von persönlichen Haßgefühlen leiten läßt, der will Innenminister von Frankreich werden?

Desgranges ist zufrieden. Das Boot war nicht gekentert. Vor Gericht wird es noch mal hart auf hart gehen, denn bis dahin hat der Präfekt mit seinem Anwalt eine Strategie ausgearbeitet. Vielleicht widerruft er sein Geständnis, und ein reiner Indizienprozeß ist immer höchst kompliziert.

Wieder muß Desgranges an Chantal Berrière denken. Auch wenn sie sich von ihrem Mann, dem Doppelmörder, scheiden läßt – für ihn wird sie nie frei sein. Oder – wer weiß?

Vorerst wird er sich auf das Naheliegende konzentrieren. Und das ist als nächster Schritt die Pressekonferenz, auf der er die Verhaftung des Präfekten bekanntgeben und damit eine Bombe platzen lassen wird. Und dann, in einem knappen Jahr, stehen die Neuwahlen zum Conseil Général an und damit die Neuwahl des Präfekten. Und es müßte schon mit dem Teufel zugehen, wenn er sich diese Chance entgehen ließe. Desgranges steht auf und wendet sich ein letztes Mal an François Berrière.

»Als wir gestern in Ihrem Büro über die beiden Mordfälle sprachen, ist Ihnen ein kleiner Fehler unterlaufen. Sie sagten, daß *zwei* lesbische Frauen ermordet wurden, erinnern Sie sich? Sie haben jedoch nicht wissen können, daß Lucienne Simon ebenfalls lesbisch war. Das hat Ihnen niemand gesagt, und es steht auch nichts darüber in den Akten. Erst heute früh habe ich begriffen, daß das so eine Art Schuldgeständnis war.« Desgranges lächelt. »Kommen Sie, Monsieur.«

23

Die wenigen Sachen, die sie aus Berlin mitgebracht hat, sind schnell gepackt. Florence zieht den Reißverschluß der Reisetasche zu, sieht sich noch einmal im karg möblierten Zimmer um und geht mit der Tasche in der Hand hinunter ins Café *Embuscade.*

Es ist später Vormittag. Aus der Küche dringt bereits der köstliche Duft von gebratener Pintade, dem heutigen Mittagstisch. Durch den Spalt der offenen Küchentür sieht Florence, wie Elise Lamarque Gemüse putzt.

Im Café sind keine Gäste, und auch draußen auf dem Bürgersteig sind die Stühle noch leer. Claire steht hinter dem Tresen und liest den *Midi libre.* Als sie Florence sieht, blickt sie auf.

»Steht schon was drin?« fragt Florence, und Claire schüttelt enttäuscht den Kopf.

»Nein, das ist die Zeitung von gestern. Die von heute erscheint nicht. Die Drucker streiken ab heute in ganz Frankreich.«

»Aha«, sagt Florence und muß lächeln. Desgranges wird sich also noch ein wenig gedulden müssen, bis sein Bild in die Zeitung kommt.

Vorgesetzte scheinen auf der ganzen Welt gleich zu sein. Es geht ihnen nie um die Sache, sondern immer nur um das eigene Ego und um die Verwertung des Erfolgs. Da ist Desgranges nicht anders als Müller-Ehrlich.

Auf dem Platz draußen ist das quietschende Geräusch von Bremsen zu hören. Gilbert Cosme schiebt sein Moped auf den Bürgersteig und lehnt es gegen die Wand. Seit vierundzwanzig Stunden ist er wieder auf freiem Fuß. Claire hatte gestern abend erzählt, daß er sich einen Anwalt nehmen wolle, um den Staat auf Schadenersatz und Haftentschädigung zu verklagen. Florence hatte gelacht und zu Claire gesagt, daß er eigentlich froh sein könne, wenn Cathérine Volet ihn nicht wegen Diebstahls der Smaragdkette anzeigt.

Gilbert wirft einen kurzen Blick durch die Tür des Cafés und ruft Claire zu: »Ein Perrier-Menthe!« Er läßt sich auf einen der Stühle auf dem Bürgersteig fallen, streckt die Beine lang aus und beginnt, an seinen Fingernägeln zu kauen.

»Für Sie auch noch was, bevor Sie fahren?« fragt Claire. Doch Florence schüttelt den Kopf.

Sie sieht auf die Uhr. In einer guten Stunde geht ihr Zug. Alain hatte am frühen Morgen zusammen mit einem Kollegen bereits ihren Dienstwagen aus Blans abgeholt.

Mit dem Geständnis des Präfekten waren die beiden Mordfälle aufgeklärt und abgeschlossen. Chantal Berrière standen gestern die Tränen in den Augen, als sie sich bei Florence bedankte.

»Danken Sie nicht mir, sondern dem Schicksal, daß Sie als Linkshänderin auf die Welt gekommen sind. Sonst wäre es schwer gewesen, Ihrem Mann die beiden Morde nachzuweisen und ihn zu einem Geständnis zu provozieren.«

Claire nimmt das Glas mit dem Perrier und der Menthe und bringt es zu Gilbert an den Tisch. Sie wechselt ein paar belanglose Worte mit ihm und kommt wieder zurück.

In dem Moment fährt Cathérines Landrover über den Platz und hält mit laufendem Motor direkt vor dem Café. Florence gibt Claire die Hand.

»Also, vielen Dank für alles. Es war schön hier bei Ihnen.«

Claire sagt nichts. Sie nickt mit dem Kopf, und Florence spürt, daß ihr ein Kloß im Hals sitzt.

»Auf Wiedersehen, Madame Lamarque«, ruft Florence in die Küche.

Claires Mutter erscheint in der Tür und reicht ihr die Hand, die von der Küchenarbeit feucht ist.

»Auf Wiedersehen, Commissaire. Alles Gute für Sie!«

»Danke.«

Gilbert Cosme dreht sich ostentativ weg, als Florence ihre Reisetasche nimmt und hinausgeht.

Sie sieht Cathérines Gesicht, das sie anlächelt, sieht die flirrende Farbe ihrer Augen und spürt die zufällige Berührung ihrer Hand, als sie ihr die Reisetasche abnimmt, um sie im Wagen zu verstauen.

Als sie davonfahren, dreht sich Florence ein letztes Mal um. Claire und ihre Mutter stehen vor dem Café und winken dem Wagen nach.

Mit fünfminütiger Verspätung fährt der Zug im Bahnhof ein.

»Kommen Sie wieder?« fragt Cathérine.

Florence antwortet nicht sofort.

»Vielleicht. Ja, irgendwann vielleicht.«

»Sie sind herzlich eingeladen. Ich würde mich freuen!«

Ehe Florence sich versieht, hat Cathérine sie in ihre Arme genommen. Sie küßt sie auf beide Wangen, und Florence fühlt ihren festen Körper, riecht den Duft ihres Parfüms.

Schnell nimmt sie ihre Reisetasche und steigt in den Waggon, der direkt vor ihnen hält.

Cathérine wartet nicht, bis der Zug abfährt. Als Florence den Gang an den Abteilen entlanggeht, sieht sie, wie Cathérine zum Ausgang schlendert, sich noch einmal umdreht, lächelt und dann die Rolltreppe hinunterfährt.

Florence spürt ihr Herz bis zum Hals klopfen. Sie setzt sich in das erste leere Abteil und schließt die Augen. Doch Cathérines Gesicht ist immer noch zum Greifen nah.

Gillian Hanscombe

Gefährliche Schwestern

Roman

Aus dem Englischen von Susanne Aeckerle

Band 13848

Die Londoner Frauenszene hat zwei Stars: die erfolgreiche Schriftstellerin Gloriana Hardy und Veronica Veruschi, genannt Babes, Feministin der ersten Stunde, der fast die gesamte Szene zu Füßen liegt. Was niemand außer der Bauchrednerin Tessa wahrhaben will: Babes ist eine korrupte Opportunistin, die schon manche Anhängerin psychisch und finanziell ruiniert hat. Aber der Wunsch der »Schwesternschaft« nach einer Heldin verstellt den Blick auf die Wahrheit. Tessa, selbst einmal Opfer von Babes, entwickelt in langen Zwiegesprächen mit ihrer Bauchrednerpuppe Sybil Mordphantasien. Auf einer Party schließlich offeriert sie Babes vergiftete Biskuits. Doch Tessa ist nicht die einzige, die just an diesem Abend Babes nach dem Leben trachtet ...

Fischer Taschenbuch Verlag

fi 218 / 5

Fern Kupfer

Zwei Freundinnen

Roman

Aus dem amerikanischen Englisch
von Michaela Huber

Band 12173

Sharon und Barbara sind berufstätig, verheiratet und Mütter von Töchtern. Beide sind beste Freundinnen und doch sind sie grundverschieden. Während Sharon Konflikte am liebsten vermeidet, zufrieden mit ihrem eher anspruchslosen Job ist und entschlossen, ihre recht glückliche Ehe mit Jesse nie zu gefährden, ist die attraktive Barbara sehr selbstbewußt, ehrgeizig in ihrem Beruf und eher locker im Umgang mit Männern. Als Barbara eines Tages beschließt, sich von ihrem Mann zu trennen und mit ihren Töchtern zu Andrew nach Kalifornien zu ziehen, ist Sharon zunächst schockiert. Doch trotz ihrer Zweifel an Barbaras Entscheidung begleitet sie ihre Freundin auf deren Bitte hin quer durch das Land in ihr neues Leben. Die Reise, der zwei so grundverschiedenen Frauen, wird zu einer Reise zu sich selbst. In vielen intensiven Gesprächen lernen sie einander und auch ihr eigenes Ich besser verstehen und wissen am Ende der langen Fahrt, wie wichtig sie füreinander sind und wie sehr sie sich gegenseitig brauchen.

Fischer Taschenbuch Verlag

fi 2089 / 3

Frances Lucas

Die Gegenspielerin

Roman

Aus dem amerikanischen Englisch von
Gabriela Mischkowski

Band 13280

Die lesbische Lokalpolitikerin Sidney Garrett zieht als Kandidatin der Demokratischen Partei gegen den korrupten republikanischen Bürgermeister von New Brunswick in den Wahlkampf. Sidney deckt die Machenschaften der gegnerischen Partei und deren Verstrickung in Bestechungsskandale auf. Joan Stanford, verwöhnte Tochter eines konservativen Bankers, beschließt, Sidneys Wahlkampagne zu unterstützen. Mit zunehmender Überzeugung engagiert sie sich für Sidneys mutigen Kampf. Gemeinsam entwirren die beiden Frauen den Parteifilz und ziehen gegen Spekulanten, Stadtplaner und korrupte Politiker zu Felde, die skrupellos ihre Interessen durchzusetzen versuchen. Bald merkt Joan zu ihrem eigenen Erstaunen, daß sie auch von Sidney selbst fasziniert ist. Die Wahl rückt näher, und die Dinge nehmen eine dramatische Wendung.

Fischer Taschenbuch Verlag

fi 1927 / 5

Katharina Höcker

Schwesternehe

Erzählung

Band 13281

Mit Anfang Dreißig glaubt Elisabeth, die Jahre der Suche nach einem Lebensentwurf abgeschlossen zu haben. Sie hat sich im Gegebenen eingerichtet und deutet das Gleichmaß ihres Alltags und die zur Schwesternliebe gewordene Beziehung mit ihrer langjährigen Partnerin Judith als Glück. Doch dann kündigt sich Jan, eine Kölner Psychotherapeutin, die mit Elisabeth deren neuestes Buch diskutieren will, für einen Wochenendbesuch an, und die trügerische Ruhe wird nachhaltig erschüttert. Die Gespräche zwischen Jan und Elisabeth gewinnen schnell eine Tiefe, die die zur Routine gewordenen Alltagsplaudereien mit Judith schon lange vermissen lassen. Je deutlicher Elisabeth spürt, daß sie zunehmend von Jan fasziniert ist, desto mehr zieht sie sich in sich selbst zurück, um der Verwirrung ihrer Gefühle zu entgehen. Aber die Gefährdung der scheinbar so intakten Zweisamkeit mit Judith läßt sich nicht mehr länger ignorieren, und Elisabeth muß schließlich anfangen, ihren Lebensentwurf noch einmal neu zu überdenken.

Fischer Taschenbuch Verlag

fi 1967 / 5

Petra Urban

Die Maulwürfin

Roman

Band 13081

Katharina Mallack, die introvertierte Künstlerin mit den leuchtendroten Haaren, verschwindet hin und wieder aus ihrem Atelier, um für einige Zeit in die schillernde Märchenwelt Ludwigs II. einzutauchen. Die Journalistin Lydia Labetzke kennt ihre Kapriolen zur Genüge. Schließlich verbindet die beiden seit Kindertagen eine tiefe Freundschaft. Dieses Mal aber scheint Katharinas Abwesenheit kein kreativer Müßiggang zu sein. Die Postkarte, die Lydia erhält, birgt emotionalen Sprengstoff. Von unklaren Ängsten bedrängt, beginnt Lydia den Spuren der anderen zu folgen. Was sie über die Freundin erfährt, zwingt sie, die gemeinsame Vergangenheit neu zu entdecken und nie gekannte Gefühle zuzulassen... In Gesprächen und Erinnerungen wird die gemeinsame Vergangenheit der Frauen zu neuem, buntem Leben erweckt. Dabei wird das Versteckspiel mit ihren Gefühlen und der aufgebrochenen Konflikte zwischen Liebe und Tod, der in einem unerwarteten Ende eskaliert, beleuchtet.

Fischer Taschenbuch Verlag

fi 807 / 5